LES AMOURS
DE PSYCHÉ
ET DE CUPIDON

*La littérature du XVIIe siècle
dans la même collection*

BOILEAU, *Œuvres.*
BOSSUET, *Discours sur l'histoire universelle.*
    Sermon sur la mort et autres sermons.
BUSSY-RABUTIN, *Histoire amoureuse des Gaules.*
CORNEILLE, *Le Cid* (Édition avec dossier).
    Horace (Édition avec dossier).
    L'Illusion comique (Édition avec dossier).
    La Place royale (Édition avec dossier).
    Théâtre.
    Trois Discours sur le poème dramatique.
    (Édition avec dossier).
CYRANO DE BERGERAC, *Voyage dans la lune.*
FÉNELON, *Télémaque.*
FURETIÈRE, *Le Roman bourgeois* (Édition avec dossier).
LA BRUYÈRE, *Caractères.*
MME DE LA FAYETTE, *La Princesse de Clèves.*
LA FONTAINE, *Les Amours de Psyché et de Cupidon*
    Contes et Nouvelles en vers.
    Fables.
LA ROCHEFOUCAULD, *Maximes et Réflexions diverses.*
MALHERBE, *Œuvres poétiques.*
MOLIÈRE, *Œuvres complètes.*
    Dom Juan (Édition avec dossier).
    Le Misanthrope (Édition avec dossier).
    Le Tartuffe (Édition avec dossier).
PASCAL, *Pensées.*
PERRAULT, *Contes.*
RACINE, *Théâtre complet.*
    Bajazet.
    Bérénice (Édition avec dossier).
    Britannicus.
    Iphigénie (Édition avec dossier).
    Phèdre (Édition avec dossier).
    Les Plaideurs (Édition avec dossier).
ROTROU, *Le Véritable saint Genest* (Édition avec dossier).
SCARRON, *Le Roman comique.*
MME DE SÉVIGNÉ, *Lettres.*
SOREL, *Histoire comique de Francion.*
VALINCOUR, *Lettres sur la Princesse de Clèves* (Édition avec dossier).

LA FONTAINE

LES AMOURS DE PSYCHÉ ET DE CUPIDON

Édition établie
par
Françoise CHARPENTIER

GF Flammarion

© 1990, FLAMMARION, Paris, pour cette édition.
ISBN 2-08-070568-7

INTRODUCTION

« Mon principal but est toujours de plaire : pour en venir là, je considère le goût du siècle. » *Psyché* cependant à sa parution déplut, ou ne plut pas. Cette œuvre étrange, où chatoie, en effet, « le goût du siècle », mais dans un cadre insolite qui ne répondait à aucune forme attendue, connut un médiocre succès. La Fontaine n'en vit pas de réédition de son vivant. Les illustrateurs mêmes, à qui le génie emblématique du poète fait tant de signes, ne s'intéressèrent pas à cet ouvrage où la représentation plastique tient tant de place ; il faut attendre la fin du siècle pour que paraisse en Hollande une édition avec frontispice ; la première édition illustrée notable est celle de Moreau le Jeune (Paris, Saugrain, 1795). C'était pourtant un enfant très aimé de son auteur que cette *Psyché*, comme toute œuvre qui a beaucoup coûté. Il y a là d'abord une étonnante tentative pour porter la prose à un niveau de perfection quasi musicale où elle pourrait rivaliser avec les vers qui l'entrecoupent et la rythment : « Il me restait [...] d'amener de la prose à quelque point de perfection [...] Je confesse qu'elle me coûte autant que les vers. Que si jamais elle m'a coûté, c'est dans cet ouvrage. » (Préface) A nos oreilles cependant, rien apparemment ne sent le labeur dans cette diction élégante et sensible, grâce et perfection rarement atteintes. Notre modernité est aussi attirée (comme celle du XVIIe siècle a pu être rebutée) par la subtile disposition de la narration, par les ruses exquises de l'énonciation. Bref, cette Belle a dormi longtemps, bien plus qu'un siècle, sous les savants ombrages de Versailles combinés par Le Nôtre ; la réveiller : telle est la tâche (charmante) que certains ont entreprise depuis les dernières décennies.

DU CONTE FOLKLORIQUE AU ROMAN PRÉCIEUX

L'histoire de Psyché n'est pas, à la vérité, l'un de ces très grands mythes qui ont constitué l'imaginaire occidental. Son origine, certes, est vénérable. Platon dans la première partie du *Phèdre*, décrit les épreuves par lesquelles l'âme (psyché) doit passer, l'ascèse qu'elle doit accomplir, portée par le « délire amoureux », pour s'épurer et rejoindre son véritable lieu, celui de l'Unité divine.

La « psyché », en tant que composante de l'être humain s'opposant au corps, est entre autres le souffle de la vie, l'ultime souffle qui s'échappe du corps mourant, et par contamination l'âme des morts. Ce souffle ultime est parfois figuré par un papillon (dernier sens du mot psyché), symbole d'immortalité, qui s'échappe de la bouche du mort. Cette âme du mort est aussi représentée par une jeune fille aux ailes de papillon.

Ce n'est qu'une tradition ésotérique tardive qui s'est emparée de ce motif pour lui donner une interprétation sacrée, et lui conférer une dimension mystique. Pour le manichéisme (après le IIIe siècle de notre ère), Psyché (dotée d'une majuscule) est une divinité céleste. Fulgence au Ve siècle donne une interprétation allégorique de l'histoire inventée par les conteurs : le roi et la reine représentent Dieu et la matière ; les trois filles, la chair, le libre arbitre, l'âme ; Cupidon, le désir qui anime l'âme ; Vénus, la libido, l'amour déréglé... Sur ce chemin des allégories il est difficile de s'arrêter.

Mais la tradition antique, en donnant à une jeune fille le nom de Psyché, en a fait un conte avec tous les caractères du folklore. Elle ne nous en a conservé que la version qu'en donne, au IIe siècle ap. J.-C., Apulée dans ses *Métamorphoses*, livres IV à VI. Il s'est pourtant trouvé de nombreuses « lectures » pour donner à ce roman une interprétation mystique : « Les tribulations de Lucius changé en âne pour avoir voulu pénétrer les mystères de la magie seraient la punition de l'âme d'épreuve en épreuve, jusqu'à sa purification par Isis », et l'histoire de Psyché, épreuves de l'âme sous le magistère de l'Amour jusqu'à l'accomplissement dans le parfait amour, serait une mise en abyme de l'histoire de Lucius. En effet, cet épisode permet plausiblement une interprétation, sinon ésotérique, du moins spirituelle. Nous suivrons cependant P. Grimal, qui y voit plutôt (et le ton de tout ce texte lui donne raison) l'utilisation d'un vieux thème populaire (la Belle et la Bête) pour « illustrer plaisamment le mythe platonicien de l'Ame et l'Amour », qui chez Platon est un « démon ». L'initiation à l'amour est cependant la « clé » sérieuse, parmi un ensemble de contes cyniques, clé que vient confirmer la fin du roman, « attentive aux leçons de l'hellénisme oriental [1] ».

Ce roman d'Apulée, construit sur une trame picaresque présente un jeune homme, Lucius, métamorphosé par erreur en âne, qui traverse toutes sortes d'aventures parmi voyageurs, voleurs, brigands, prétexte à la transcription d'une série de contes érotiques ; il reviendra pour la fin du roman à sa forme primitive, ayant reçu l'initiation aux mystères d'Osiris (la latinité était alors très infiltrée de cultes moyen-

---

1. *Métamorphoses*, IV-10 dans : *Romans grecs et latins*, prés. et trad. par P. Grimal, Paris, Gallimard, Bibliothèque de la Pléiade, 1958. Notices p. 143 et XXIII.

orientaux). Ce Lucius se trouve retenu avec une malheureuse jeune fille enlevée par des brigands, à qui une « vieille radoteuse » raconte, pour la distraire, l'histoire de Psyché. Cette histoire est la perle des *Métamorphoses*, et c'est surtout elle qu'a retenue la postérité.

« Il était une fois un roi et une reine qui avaient trois filles d'une beauté extraordinaire ; mais la cadette surpassait encore les deux autres, si bien qu'elle leur portait ombrage. » Telle est à peu de choses près l'attaque du conte d'Apulée : on y reconnaîtra sans peine les ingrédients des contes tels que nous les connaissons dans de nombreuses traditions et civilisations. Celle dans laquelle puise Apulée est celle des « fables milésiennes », genre de récit en prose dont le premier exemple aurait été donné par Aristide de Milet (début Ier siècle av. J.-C.) et popularisé en latin : contes plaisants, de ton libre, volontiers cyniques. Le plus connu est celui de « La matrone d'Éphèse », rapporté par Pétrone dans le *Satiricon*. On retrouve dans l'histoire de Psyché des éléments où nous avons su, depuis, reconnaître des structures profondes du conte : le motif des parents, l'opposition, entre trois filles, de deux méchantes et une bonne ; la « disjonction » qui sépare le héros, chargé d'une mission impossible, de sa terre et de ses parents ; les épreuves qu'il subit, secouru par des « adjuvants » et des objets magiques (des fourmis, un roseau, une tour qui parle...) ; un mythe de curiosité : une interdiction arbitraire de voir et de savoir, dont la transgression fait la péripétie principale du récit... Apulée, et aussi bien La Fontaine, jouent sur une corde infiniment sensible de la lecture :

> Si *Peau d'âne* m'était conté,
> J'y prendrais un plaisir extrême,
> Le monde est vieux, dit-on : je le crois, cependant
> Il le faut amuser encor comme un enfant[1].

---

1. *Fables*, VIII, 5, « Le pouvoir des fables ».

L'un et l'autre récit ont ce charme immédiat du conte, et parfois même (pour parler comme Molière), on pourrait mettre « un plus » du côté d'Apulée, dans l'épisode des fourmis par exemple :

> Après lui avoir assigné comme tâche ce monceau de graines diverses, Vénus se rend à un repas de mariage. Psyché [...] abattue par l'énormité de la tâche, reste muette et effondrée. Alors une fourmi, une petite fourmi des champs, saisie de pitié, [...] s'affaire activement à appeler et convoquer toute la troupe des fourmis du voisinage [1]...

Les fourmis, chacun sait que cela connaît La Fontaine. Moins rustique qu'Apulée, il leur réserve dans sa *Psyché* le registre de l'héroï-comique. Mais la petite fourmi campagnarde, un an avant Psyché, est la première « héroïne » des *Fables*, ouvrant le premier livre du premier recueil, qui se referme sur un être de charme et d'inconséquence : « La jeune veuve. »

En effet, comme le suggère ce jeu croisé des objets qui se font signe, avec La Fontaine nous entrons dans un monde littéraire plus complexe que celui d'Apulée, en tout cas bien différent.

A l'horizon de Psyché.

Psyché paraît en 1669 [2]. En 1668, date de parution du premier recueil des *Fables* (livres I-VI), il clôture l'œuvre par un épilogue où il annonce :

> Bornons ici cette carrière.
> Les longs ouvrages me font peur.
> ....
> Retournons à Psyché...

---

1. *Métamorphoses*, p. 247.
2. La Fontaine joint au volume le long poème d'*Adonis*, naguère offert à Fouquet dans une belle calligraphie, mais qui n'avait jamais été édité.

On peut penser que *Psyché* dément un peu la crainte de son auteur devant « les longs ouvrages ». A cette œuvre il a longtemps travaillé. Elle doit beaucoup à l'ancien projet du *Songe de Vaux,* promis à Fouquet en des temps meilleurs. Voilà huit ans que le Surintendant est sous les verrous (septembre 1661), sans espoir d'y échapper. La Fontaine lui gardera toujours sa fidélité[1], mais il faut bien porter ailleurs ses offres de « pension » poétique (plaisanterie que le pensionné de Vaux échangeait avec Fouquet). Du *Songe de Vaux* il avait écrit neuf fragments, dont quatre seront publiés un peu à la fois, joints à d'autres œuvres (le premier en 1665, trois en 1671 ; les cinq autres ne paraîtront que dans l'édition posthume de 1729). Il ne s'agira donc pas, pour Psyché, de réemploi. Plus intimement, une parenté esthétique, et comme un même désir traverse *Le Songe* et *Psyché*. Dans le cadre d'un songe, que La Fontaine dit explicitement avoir emprunté au *Songe de Poliphile* de Colonna[2], l'auteur, qui se donne le nom d'Acante, devait présenter en divers épisodes les merveilles de Vaux, eaux, jardins, bâtiments, animées de présences amicales, celles d'un Ariste, un Lycidas, un Gélaste, de présences galantes (une Sylvie, une Aminte) et fabuleuses (des Nymphes, l'Amour, les Grâces, Cythérée elle-même...). On ne sait comment La Fontaine aurait organisé l'œuvre ; elle devait, en tout cas, mêler les vers à la prose, formule alors appréciée des mondains, et où il se sent à l'aise. Mais plus que ces noms ou ces circonstances, dont il se joue par des glissements et des substitutions, ce qui rapproche ces fragments inachevés et *Psyché* est une sorte de rêverie voluptueuse, les présences mêlées de la nature et de l'art, du monde humain et fabuleux, et

---

1. Ce qu'il paiera par les difficultés qu'a connues sa carrière.
2. Colonna (Francesco) : *Hypnerotomachia Poliphili,* Venise, Alde Manuce, 1499. Trad. fr. : *Hypnerotomachie ou discours du songe de Poliphile,* Paris, Kerver, 1546. L'influence de cet ouvrage sur la culture française a été considérable. Voy. introd. ci-dessous.

plus que tout peut-être un hommage souterrain mais tenace à la poésie et à ses pouvoirs. Nous retrouverons ultérieurement cette parenté rêveuse et un peu mélancolique de l'éloge de Vaux et de la « promenade de Versailles[1] ».

La Psyché de La Fontaine.

L'œuvre dont se réclame ouvertement le poète est celle d'Apulée : « Apulée me fournissait la matière » (Préface). On pourrait donc penser à une réécriture du conte d'Apulée, dont il n'aurait eu à inventer, comme il le dit, « que la forme, c'est-à-dire les paroles ». Nous savons que cette *Psyché* n'a que partiellement à voir avec l'histoire racontée par Lucius, mais il semble d'abord que ce soit à cause de tous les morceaux hétérogènes, les ruptures, l'éclatement que La Fontaine a imposés à son récit. Recousons donc ces fragments dispersés et brillants, pour évaluer ce que le nouvel auteur a fait de l'ancien conte.

La Fontaine développe et étend les éléments du conte de toutes les façons. Il adopte le cadre spatial fourni par Apulée, mais il étoffe ses ébauches de descriptions assez sommaires et l'enrichit de descriptions nouvelles[2] ; il enrichit surtout les dialogues, créant entre Psyché et son mystérieux mari des conversations d'amour qui se résolvent en caresses silencieuses ou en larmes de plaisir ou de reproche, baignant de tendre sensualité, bien mieux que son modèle, toute la relation des époux-amants. Il transcrit aussi tout le discours virtuel que se tiennent en eux-mêmes les personnages, avec des effets de distance ironique.

---

1. Cette expression est de ma part un détournement de titre : Madeleine de Scudéry publie en 1669 une *Promenade de Versailles*, *dédiée au Roi*. Tous ces textes se font signe, mais la démarche de La Fontaine est bien plus sinueuse...
2. Cette question de la description sera abordée ultérieurement.

Dans l'ensemble il suit la narration primitive, s'expliquant dans la Préface sur les quelques changements qu'il y a introduits et signalant comme siens quelques épisodes ; en réalité il doit aussi à des sources qu'il n'a pas mentionnées : la descente aux enfers renvoie à toutes les grandes « catabases » classiques, Homère, Virgile, Dante (il est vrai qu'il suggère dans son texte la cohorte des poètes chantres des enfers). Il crée un épisode presque étranger au scénario du roman : la halte chez le vieillard-pêcheur ; pour le cadre narratif, La Fontaine l'emprunte à un épisode de la *Jérusalem délivrée* du Tasse, celui d'Herminie, discontinu et pathétique, disséminé aux chants VI, VII et XIX : même blessure d'amour de la belle fugitive, même errance dans une forêt sauvage, même halte salvatrice chez un ancien courtisan devenu philosophe et fatigué des cours. La Fontaine cependant dote ce vieillard de deux filles, qui sont peut-être bien la raison profonde de cet épisode parasite ; car c'est l'occasion pour Psyché, qui a fait des progrès en amour, de procurer au vieillard et à ses filles un petit traité de l'éducation des filles, dont on se doute qu'il ne va pas du côté de l'ascèse ni de la condamnation de l'amour. Chose plus remarquable : le conteur prend cette occasion pour professer que l'ignorance n'a jamais protégé l'innocence, et plaide pour que les filles aient accès à tous les livres : « Si jamais vous avez des filles, laissez-les lire. »

L'histoire de Psyché et Cupidon chez La Fontaine déploie avec ses questions d'amour, ses « cas » limites (Psyché avait-elle tort de vouloir contempler l'Amour ?) un tissu à la fois galant et passionné où la société précieuse, les vrais précieux dont lui-même a été, aurait bien pu reconnaître cet intarissable traité de l'amour qui se poursuit dans la conversation, le roman, la poésie ; le poète lui-même ne manque pas d'adresser quelques signaux en ce sens, au point d'employer « Astrée », à un certain moment, comme un terme générique pour désigner le manuel d'amourtype. Cette histoire badine, qui se veut badine, en prend une voix plus grave, et il faut peut-être lui restituer (comme on tente de le faire pour le conte d'Apulée), un sens plus sérieux.

Tout le scénario repose, il est vrai, sur une vision satirique des femmes, farcie de lieux communs certes, mais la conviction y est, et il ne faut pas espérer que La Fontaine renonce à sa misogynie bien connue[1]. Les femmes sont sottes, inaptes aux travaux de l'esprit, aux grandes pensées, mesquines, jalouses, agressives, sans scrupules, et par-dessus tout d'une irrépressible curiosité. C'est le privilège de la beauté, par l'enchantement qu'elle répand, de faire oublier ce péché originel des femmes, et peut-être même d'en être exemptée : ce serait le cas de Psyché ; hélas, la nature (féminine) corrompue a laissé en elle ses stigmates, et le poète laisse entendre la voix narquoise de l'ironie quand il montre la coquetterie de Psyché, ses raisonnements retors pour justifier son caprice, voire ses désobéissances les plus dangereuses, sa fatale curiosité enfin : « Deux curiosités à la fois ! Y a-t-il femme qui y résistât ? » C'est particulièrement à l'endroit des femmes, et en ce qui touche la vie érotique, que La Fontaine laisse le plus de place au ton libertin, celui des *Contes* (qui s'accentuera par la suite), frôlant ici parfois le polisson — sans y tomber toutefois. Cette « manière » satirique, Apulée la lui inspire, comme il lui a fourni la « matière » ; cependant La Fontaine avait déjà amplement prouvé, par ses premiers *Contes et nouvelles en vers*, qu'il n'avait

---

1. Giraudoux a pourtant une bien belle intuition : La Fontaine dit-il, reconnaissant enfin qu'il n'a pas de vraie passion pour les femmes, et qu'il ne saura jamais les connaître, voit alors naître en lui, pour elles, une « charmante curiosité », où l'on pourrait dire (cet ajout est de moi) qu'enfin, par la reconnaissance de son incompétence, le respect peut venir. C'est à ce moment qu'après une « jeune Veuve », il peut concevoir Psyché. Giraudoux voit d'ailleurs dans *Psyché* « le grand ouvrage du milieu de sa vie ». (*Les Cinq Tentations de La Fontaine*, Paris, Grasset, 1938, p. 112).

pour cela besoin de nul modèle — ou qu'il en avait beaucoup.

Mais sous ce badinage court le fil d'une histoire de désir, de passion, d'amour enfin. Chacun des amants apprend à aimer l'autre. Si Cupidon aime Psyché, l'Amour aime l'âme. La fin de l'histoire va bien, va « aussi » (mais pas seulement) dans le sens platonicien et spirituel que l'on veut lui donner. L'Amour aime Psyché telle qu'elle est. Il renonce à l'étrange interdit de la « vision » — qui cache peut-être l'antique interdit parental porté sur le regard et le désir de l'enfant ; en cela, l'Amour renonce à édicter la Loi, ce qui, à la vérité, n'était pas vraiment son rôle. En Psyché cette lente ascèse est plus spectaculaire ; l'interdit arbitraire porté par l'Amour est la première des « épreuves » qui lui apprendront le parfait amour ; mais en même temps, paradoxalement, les revendications qu'elle élève pour la légitimité du voir, pour connaître dans le voir la complétude de l'amour, résonnent (dans le texte même) comme des revendications justes : de « cette opiniâtreté à rester invisible », « toute la postérité s'est étonnée », dit le conteur. Et Psyché : « Je ne puis appeler présence un bien où les yeux n'ont aucune part. » Ici encore, lire avec le soupçon psychanalytique nous éclaire : au fond de toute curiosité, il y a la curiosité du sexuel[1]. Peut-être que le conte sait cela d'instinct[2].

Son parcours dans l'amour est tout aussi justiciable d'une lecture psychanalytique. Psyché dans les débuts aime comme une enfant à peine adolescente. Son mari en est bien conscient :

> Ah ! Psyché, Psyché, je vois bien que cette passion et vos jeunes ans n'ont encore guère de commerce ensemble.

---

[1]. Sur ce point, voy. Freud (S.) : *Un souvenir d'enfance de Léonard de Vinci*, 1910, trad. fr. 1917, Paris, Gallimard/Idées.
[2]. C'est l'hypothèse que fait Bruno Bettelheim, *Psychanalyse des contes de fées*, 1976, Paris, Laffont.

Elle aime d'un amour qui revient sur elle-même, séduite par les images innombrables d'elle que lui offre son palais enchanté. Elle aime ces images qui lui méritent l'amour de l'Amour. Il lui faut, pour passer de cet amour narcissique à un « amour d'objet », généreux et qui accède enfin à l'Autre, s'arracher ou être arrachée à elle-même dans un effort coûteux, figuré par les épreuves du conte [1].

Qu'elle soit prise dans le fil d'une pensée mystique ou d'un regard psychologique, cette belle histoire d'un trajet amoureux réussi est-elle la fin de l'histoire? On peut se demander si chez Apulée, tout le récit ne tend pas vers sa dernière phrase, qui en donnerait une clé toute naturaliste, bien différente de l'idéalisme platonicien : « Il leur naquit une fille, que nous nommons Volupté. » Ce présent de l'aujourd'hui lancé par le lointain fabuleux du prétérit, La Fontaine l'efface; mais aussi n'est-ce pas pour lui le mot de la fin. A lui revient l'invention d'élever des temples à la Volupté, l'élevant à la dignité d'une réalité esthétique, et il construit le premier de ces temples avec son bel Hymne de la Volupté : sans doute est-ce là la véritable finalité du texte. La Fontaine avoue son goût pour ce morceau (d'ailleurs illustre et souvent sorti de son contexte) par la discrète mise en scène littéraire qui l'accompagne : silence, litote élégante :

> Poliphile cessa de lire. Il n'avait pas cru pouvoir mieux finir que par l'Hymne de la Volupté, dont le dessein ne déplut pas tout à fait à ses trois amis.

Le conteur et le poète.

C'est que *Psyché* a posé à son auteur des problèmes de mise en œuvre d'une subtilité extrême — ou, bien

---

1. Freud (S.) : — *Pour introduire le narcissisme*, 1914, Trad. fr. dans : *La Vie sexuelle*, Paris, P.U.F., 1969. — *Pulsions et destins des pulsions*, 1915. Trad. fr. dans : *Métapsychologie*, Paris, Gallimard/Idées, 1940.

plutôt, lui-même s'est proposé un dessein tout différent de celui des contes racontés au premier degré. Le moins difficile n'était pas simple déjà : celui du style. La Fontaine le pose dans sa Préface. Il prétend maintenir une unité de ton : « l'uniformité de style est la règle la plus étroite que nous ayons ». Il adopte (lui l'ami de la prose du XVIe siècle et de Marot) le « badinage » : « il a fallu badiner depuis le commencement jusqu'à la fin » ; « badinerie » impure toutefois, qui doit associer « du galant et de la plaisanterie ». En réalité, rien n'est plus varié que les tons et les styles qu'il pratique dans ce texte. Vers et prose d'abord : formule mondaine, à succès, mais où plus que quiconque il excelle. Ce voisinage lui permet souvent de passer imperceptiblement du prosaïque au noble, de la plaisanterie à l'émotion ; le vers lui permet d'exprimer le presque inexprimable, le « je-ne-sais-quoi » classique où sont suspendus, par exemple, l'attente d'une sensualité déjà savante et toujours innocente, le tremblement du désir qui ne connaît pas son propre nom :

Ruisseaux, enseignez-moi l'objet de mon amour ;
Guidez vers lui mes pas, vous dont l'onde est si pure...

Le vers aussi lui permet d'introduire dans cette œuvre qui se veut riante la douleur du délaissement, la nostalgie du bonheur perdu, — bref d'exprimer ce que La Fontaine cache dans un monde d'amusement, de satire et de drôlerie, sa profonde mélancolie :

Que nos plaisirs passés augmentent nos supplices !

Nous sommes là dans la matière du conte. Dans ses abords esthétiques également, le passage de la prose au vers permet d'accomplir sans paraître peiner l'un des plus difficiles exercices littéraires, mais qui dans cette œuvre cesse d'être un ornement et fait structuralement partie du projet : la description. Le ton du récit s'élève progressivement comme pour enfin se fixer au niveau d'un chant solennel, par exemple pour la description de la grotte de Thétys. Encore ce vaste morceau offre-t-il à l'auteur l'occasion d' « essayer » d'esthétiques diverses : après la pompe mythologique classique, l'étonnement de l'homme baroque devant les métamorphoses, les variations de nature des éléments, les jeux de fuite et d'illusion perpétuelles,

> Morceaux pétrifiés, coquillages, croissance,
> Caprices infinis du hasard et des eaux.

Encore cette variété est-elle souvent exploitée deux fois, au premier degré quand l'auteur adopte pour son compte, par exemple, le style de la préciosité, et au second degré, quand il la parodie. Certains morceaux sont de purs, d'authentiques poèmes précieux (« Tout l'Univers obéit à l'Amour... »), l'esprit de certains épisodes est de nature précieuse (l'énigme qu'offre l'Oracle), le point de départ même du texte : le nom pseudonymique des quatre amis, appartient au monde précieux. Mais une brusque désinvolture vient balayer parfois par la parodie les images auxquelles le poète ailleurs recourt en toute bonne foi : « C'était quelque chose [...] qui ne se saurait exprimer par les lis, les roses, l'ivoire ni le corail. » Cette duplicité délicieuse, connivence tacite avec le lecteur, n'est pas l'un des moindres attraits de ce livre.

Cela nous amène à ce qui fait, fondamentalement, la complexité et la singularité de cette œuvre : elle n'est pas le récit des *Amours de Psyché et de Cupidon,* elle est le récit d'un récit, donnée initiale sur laquelle le poète va construire un labyrinthe de lecture.

LE LABYRINTHE DE PSYCHÉ

Le motif de Psyché n'est pas inédit quand La Fontaine l'aborde. Outre les traditions ésotériques citées plus haut, le mythe est traité comme tel par Boccace dans sa *Genealogia deorum,* grand réservoir de la mythographie pour l'Europe médiévale et renaissante. Les peintres, à la Renaissance précisément, s'emparent de son image (Raphaël, suite du palais Chigi), des traducteurs l'adaptent en français (Cl. Chappuys, A. Héroët, etc.). Elle fait l'objet de créations originales, notamment un *Ballet de Psyché* de Benserade en 1656. Le motif est pourtant alors plus pictural que littéraire. Mais l'originalité profonde de La Fontaine se trouve dans le bizarre protocole qu'il a conçu pour son œuvre : au cours d'une promenade, un auteur présente à ses amis l'ouvrage qu'il vient d'écrire : *Les Amours de Psyché et de Cupidon*. Formule peut-être devenue banale pour nous que le livre qui se mire dans le livre, mise en abyme que des dramaturges avaient essayée plusieurs fois aux XVIe et XVIIe siècles : *La Comédie des comédiens* de Gougenot (1633), *L'Illusion comique* de Corneille, *Le Véritable Saint Genest* de Rotrou, etc. (sans parler de Shakespeare). Mais la formule est plus ardue si l'on est privé de l'art du spectacle, et assurément son étrangeté, qui fait pour nous une bonne part de sa séduction, a dû faire une bonne part de son insuccès en 1669.

Pour *Le Songe de Vaux*, La Fontaine avait déjà cherché un moyen de ne pas présenter *directement* les objets de sa description, mais enchâssés dans un cadre dont la distance créait déjà un recul esthétique ; il avait pour cela choisi ce qu'il appelle gracieusement le « frêle édifice du songe ». Cette conception ne devait pas déjà aller de soi, puisqu'il prend la peine de la justifier en invoquant pour garants, outre le *Roman de la Rose* et ce que l'on appelle, un peu à tort, le *Songe de Scipion*[1], *Le Songe de Poliphile*, référence à coup sûr plus convaincante que les deux autres. Poliphile, un jeune clerc, s'endort à la veille des Kalendes de mai 1467 (la date est révélée à la dernière ligne du livre) et se trouve égaré dans un paysage de forêt. Il entre-

---

1. Grand morceau, autonome en effet, qui forme la fin du *De Republica* de Cicéron.

prend la poursuite de son amie qu'il a perdue, Polia, à travers bois sauvages, grottes habitées de chauves-souris et de dragons, paysages de ruines antiques, jardins dessinés... Il retrouve Polia et les amants reçoivent une initiation amoureuse d'un symbolisme vivement érotique. Leurs aventures ne s'arrêtent pas là mais à la fin de la nuit, Polia s'évanouit dans un adieu, rappelant à son amant qui s'éveille qu'elle est morte. Œuvre véritablement onirique, prise, selon les humeurs et les modes critiques, comme une sorte de Guide bleu du voyageur humaniste ou un voyage initiatique, propagandiste d'une philosophie naturaliste, ce qu'elle est assurément dans les deux hypothèses, espace d'une nuit immensément dilatée, ce livre est présent dans la culture des XVIe et XVIIe siècles et La Fontaine avait toutes les raisons d'invoquer son autorité.

C'est un autre cadre qu'il choisit pour Psyché; on verra pourtant que le *Poliphile* n'en est pas absent, et d'abord par le nom de l'auteur fictif. Pourquoi l'auteur réel a-t-il eu besoin de déléguer sa voix à un auteur fictif? Pourquoi a-t-il même eu besoin de multiplier les voix? Cette question pose celle, irritante, des « quatre amis ».

Quatre amis.

Tel est bien l'*incipit* du texte, et il serait vain de vouloir y échapper. Irritante, cette question l'est à cause d'une rêverie produite par la critique du XIXe siècle, que l'affinement de l'histoire littéraire nous fait considérer comme une bévue et une naïveté. Sur la foi de témoignages mal interprétés, et surtout par un désir positiviste de trouver des « clés » à toutes les serrures, et des identités sous tout nom de convention, on a assimilé Poliphile, Acante, Gélaste et Ariste à la société d'amis qu'aurait formée La Fontaine, Racine, Molière et Boileau — avec des attributions flottantes d'ailleurs. Dans un article qui a fait date[1], sans renoncer à trouver des clés, J. Demeure a définitivement écarté ces hypothèses fantaisistes. En étudiant soigneusement les amitiés et le milieu intellectuel de La Fontaine il a suggéré que Gélaste, l'ami du rire, pourrait être l'ami de toujours de La Fontaine, le gai Maucroix ; l'excellent Ariste, l'homme de confiance de Fouquet, avocat puis homme de lettres, Pellisson[2] ; Acante est le nom que se donne La Fontaine lui-même dans le *Songe de Vaux* ; et, sagement si l'on tient absolument aux clés, ce critique renonce à identifier Poliphile.

Il est vrai que la société précieuse a aimé proposer des devinettes allusives à travers toute cette onomastique érudite et galante, moyen de reconnaissance comme d'exclusion d'une société close et élitiste, et il n'est pas absurde de voir se profiler tel ou tel sous ces silhouettes vagues des Aminte, Dorante ou Climène ; à condition de rester joueur. Certes certains de ces noms valent pour une identité véritable : Iris sera Madame de La Sablière, le malheureux Oronte est Fouquet. Mais La Fontaine (et sans doute la société qu'il fréquente) aime à jouer à colin-maillard avec ces êtres fluides portés par la seule vertu de leur nom. Dans son milieu, Pellisson était notoirement connu comme « Acante », de nombreux poèmes et propos en témoignent : La Fontaine n'hésite pas à s'emparer de son nom pour lui-même, sans doute possible, dans *Le Songe* ; on retrouve une partie du personnel du *Songe* dans *Psyché* : Gélaste, Ariste, Acante ; faut-il absolument qu'ils soient les mêmes ? un nom parasite apparaît, celui de l'auteur Poliphile, dont La Fontaine n'avait à coup sûr pas besoin puisqu'il disposait d'Acante, auteur s'il en fut.

---

1. Demeure (Jean) : « Les quatre amis de Psyché », *Mercure de France*, série moderne, janv.-avril 1928, p. 331 et suiv.
2. Pour ses liens avec Fouquet Pellisson fut embastillé ; mais plus chanceux que son maître, il était gracié et libre en 1669

Une parenté unit Acante et Poliphile, soulignée dès la première page (et l'ultime parole de cette promenade, avant le silence, sera le mot d'admiration d'Acante devant le soleil couchant). Ils sont auteurs tous deux, amateurs de jardins, cœurs trop tendres; on pouvait seulement dire « que (Poliphile) aimait toutes choses ». Faudra-t-il donc écrire son nom avec un -y- ? Un personnage de Colonna a failli faire la même bévue, mais rétablit expressément la vérité :

> Eh mais, je pensais que ton nom signifiait : qui aime beaucoup; je m'aperçois à présent qu'il veut dire : l'ami de Polia[1].

Le naturalisme voluptueux du *Poliphile* ne convenait que trop bien à La Fontaine pour que ce nom lui ait échappé par mégarde[2]. La mention de Colonna dans son avertissement au *Songe de Vaux* est maintenue dans le fragment qu'il fait paraître en 1671; en outre, une parenté de structure unit le conte de *Psyché*, bien plus bref il est vrai, au *Poliphile* : le mouvement, les jardins, les œuvres d'art, les eaux... Mais la promenade bourgeoisement classique a remplacé l'errance merveilleuse, l'ordonnance du parc monarchique la sauvagerie des lieux aux ruines oubliées, une journée de bel automne la nuit qui semblait interminable... C'est dans l'espace fabuleux du conte que La Fontaine retrouvera la liberté de mouvement des amants qui se poursuivent.

On peut identifier vaguement Ariste et Gélaste; pourquoi pas les deux noms proposés? Mais si Poliphile et Acante laissent se dessiner, entre leurs silhouettes mal superposées par une heureuse amblyopie, quelque chose du poète qui fit *Psyché*, pourquoi

---

1. Trad. fr. Claudius Popelin, Paris, 1883.
2. La question se pose, car l'édition de 1669, qui utilise des -y-grammaticaux (futur « je diray ») les ignore dans certains noms : Psiché, Poliphile, etc. Fallait-il aligner Polyphile sur Psyché? C'est là-dessus que je m'explique; ce choix engage le sens du texte.

les deux raisonneurs, ceux qui retiennent l'émotion par le rire ou la réflexion, ne porteraient-ils pas aussi les mouvements contradictoires d'une âme mouvante ? Et quand tout est dit, la question est de peu d'intérêt. La Fontaine veut plaire ; l'essentiel est d'écouter la polyphonie qu'il a voulu créer en rassemblant ces quatre amis.

Etagement des voix, emboîtement des espaces.

Le relais des voix est une des plus délicates machines de ce texte. Contrairement à ce qui se passe dans un récit ordinaire, les discours ne se situent pas au même niveau, et l'on peut en discerner quatre : d'abord celui de l'auteur véritable, qui signe la dédicace, produit la préface, et engage le récit. Deuxième niveau : celui de l'auteur fictif, à qui la parole est bientôt donnée. Mais avant sa voix on entend celle d'Acante, qui *ne peut se retenir* de réciter un poème de sa façon ; cette voix d'Acante permet de caractériser un troisième niveau, qu'on peut appeler le niveau de la promenade : y interviennent toutes les voix hors récit, y compris celle de Poliphile quand il n'est pas récitant du conte ; voix de la conversation et du commentaire. C'est à ce niveau que prend place la discussion si importante sur le rire et les larmes. Enfin, toutes les voix fictives *du conte*, celle de Psyché, de l'Amour, de tous les participants du dialogue rapporté par Poliphile forment le quatrième niveau. On peut ajouter que, par une ultime subtilité, Poliphile délègue encore sa voix à l'auteur inconnu du mystérieux manuscrit qui l'aide à résoudre les plus délicates questions et qui fait comme une enclave dans son propre récit (p. 71 à 77).

Ces voix se mêlent sans se confondre à mesure que se déroulent la promenade, le conte et les devis. Le protocole qui réglait, chez d'anciens conteurs (Boccace, Marguerite de Navarre) la répartition claire des voix entre « devis » et « nouvelles » se trouve ici délicatement perturbé au profit d'un nouveau type d'énonciation ; il faut toute l'agilité d'une oreille mondaine, rompue à l'art de la conversation, pour percevoir parfois, comme en l'attrapant au vol, le registre du commentaire qui vient se glisser dans le récit : ce qui produit des effets d'humour ou d'ironie ; il peut arriver que Psyché en fasse les frais. Si dans le dialogue du conte la voix du conteur intervient pour le commentaire, il arrive que la voix de l'auteur véritable, en principe absent, se fasse entendre. C'est souvent la voix de l'ironie et du réalisme, qui rappelle opportunément que ceci n'est qu'un conte :

> Je laisse à penser [...] si l'on avait épargné les diamants et les pierreries ; il est vrai que c'était ouvrage de fée, lequel d'ordinaire ne coûte rien.

Le « je » est celui du récitant Poliphile : mais la remarque narquoise sur les fées ne viendrait-elle pas de La Fontaine ? Cet « auteur vrai » ne se laisse d'ailleurs pas oublier et reprend explicitement la conduite du livre en rejetant « Poliphile et ses trois amis », « nos quatre amis », à la troisième personne, par exemple à la fin des deux livres.

Ce léger jeu de glissement des voix est aussi sensible dans les morceaux de poésie, attribuables habituellement à l'auteur véritable, à Poliphile l'auteur fictif, mais aussi à Acante, et parfois délégués aux acteurs du conte, à Psyché, dont Poliphile a pris bien soin de spécifier qu'on lui avait appris la poésie, « cette corruptrice des cœurs » (... et à qui donc faut-il attribuer ce paradoxal commentaire ?).

Par ces virtuosités de l'énonciation, La Fontaine représente la littérature, la poésie *en train de se faire*. Ce qui n'est que la part la plus importante du projet qu'il met en œuvre dans *Psyché : représenter la représentation*. L'œuvre d'art, *Psyché*, qu'il met en scène pour ses lecteurs. est elle-même enchâssée dans une œuvre plus vaste et composite : le parc de Versailles, et non pas figée dans la contemplation immobile, mais animée par les points de vue successifs d'une promenade qui en fait tourner tous les aspects (ceux du récit, ceux de l'espace) : d'où cette impression de léger vertige euphorique, déjà provoquée peut-être par les voix concertantes, que l'on peut éprouver à la lecture de ce livre.

Le dispositif se complique dès que l'on entre dans le détail. Car l'espace de Versailles est lui-même composé de sous-espaces, et orné d'œuvres qui « représentent » quelque chose, quelque chose qui appelle la description (c'est-à-dire qui nous invite à « entrer ») : les groupes de la grotte de Thétys, du bassin d'Apollon ou de Latone : on entre donc dans cette représentation comme dans un nouvel espace, et ces espaces peuvent virtuellement s'emboîter à l'infini... La plus frappante de ces œuvres d'art, où l'auteur a mis quelque malice, est le fragment de « tissu de la Chine, plein de figures qui contiennent toute la religion de ce pays-là » : l'espace représente même l'irreprésentable, l'abstrait ! ce qui rappelle les tableaux qu'en voyage achètent les compagnons de Pantagruel, « auxquels étaient au vif peintes les Idées de Platon et les Atomes d'Epicure [1] ». Ici la description est plaisamment éludée : mais on comprend qu'elle fasse *nécessairement* partie du livre : elle est étroitement solidaire de toute sa conception.

Nouveau vertige : cet espace esthétique du parc, du château, des bassins, est redoublé dans l'espace du conte par le palais et les jardins de Psyché, eux-mêmes peuplés de représentations dans lesquelles entre le regard : on y voit le Chaos, que le jeune Amour amène à l'harmonie, un cyclope, une nymphe, et la figure de Psyché multipliée de toutes parts. Palais de mirages, jeux d'illusions ? Psyché elle-même se pose un

---

1. Rabelais : *Quart Livre de Pantagruel*, chap. III. On peut être assuré que La Fontaine, excellent lecteur de Maître François, s'est ici souvenu de lui.

moment la question, et on peut se demander si elle n'avait pas raison quand on voit que tout disparaît au moment où l'Amour s'envole.

La promenade englobe toute l'œuvre, nature admirablement domestiquée par l'art. Même le somptueux couchant versaillais est repris deux fois par les prestiges de la parole : la belle prose d'Acante qui appelle le regard des amis sur

> ce gris de lin, ce couleur d'aurore, cet orangé, et surtout ce pourpre qui environne le roi des astres,

et le poème qu'assume La Fontaine en personne, non sans renvoyer au « plaisir qu'Acante goûtait ».

Couchant monarchique, qui fait face aux images solaires du roi que les amis n'ont cessé d'admirer au cours de toute la promenade. Couchant peut-être déjà mélancolique malgré toute sa magnificence : et c'est la lune qu'au terme de cette journée ils voudront bien « prendre pour leur guide ».

Françoise CHARPENTIER.

NOTRE TEXTE

Nous reproduisons le texte de l'édition de 1669, Paris, Barbin, in-8° (B.N. Rés. Y2 1468), dans une orthographe, une ponctuation et une disposition des paragraphes modernisées.

Nous avons maintenu le nom de Poliphile dans sa graphie ancienne pour des raisons dont nous nous expliquons dans l'introduction. Pour les pièces de vers, nous maintenons les graphies anciennes chaque fois que la rime l'exige.

La British Library de Londres conserve un exemplaire *princeps* qui porte dans ses marges trente-cinq variantes manuscrites qui pourraient être de la main de La Fontaine. Elles sont d'un assez faible intérêt littéraire, et les fragments de *Psyché* que La Fontaine a publiés en 1671 ne comportent aucune de ces corrections. Nous jugeons inutile d'en alourdir les notes. On peut les lire dans : La Fontaine, *Œuvres diverses*, éd. par P. Clarac, Gallimard, Bibliothèque de la Pléiade, p. 825-826.

LES AMOURS
DE
PSICHE
ET DE
CUPIDON.

Par M. DE LA FONTAINE.

A PARIS,
Chez CLAUDE BARBIN, au Palais
sur le Perron de la Sainte Chapelle.

M. DC. LXIX.
AVEC PRIVILEGE DV ROY.

A MADAME LA DUCHESSE
DE BOUILLON[1]

Madame,

C'est avec quelque sorte de confiance que je vous dédie cet ouvrage : non qu'il n'ait assurément des défauts, et que le présent que je vous fais soit d'un tel mérite qu'il ne me donne sujet de craindre ; mais comme Votre Altesse est équitable, elle agréera du moins mon intention. Ce qui doit toucher les grands, ce n'est pas le prix des dons qu'on leur fait, c'est le zèle qui accompagne ces mêmes dons, et qui, pour en mieux parler, fait leur véritable prix auprès d'une âme comme la vôtre. Mais, Madame, j'ai tort d'appeler présent ce qui n'est qu'une simple reconnaissance. Il y a longtemps que Mgr le duc de Bouillon me comble de grâces[2], d'autant plus grandes que je les mérite moins. Je ne suis pas né pour le suivre dans les dangers ; cet honneur est réservé à des destinées plus illustres que la mienne : ce que je puis est de faire des vœux pour sa gloire, et d'y prendre part en mon cabinet, pendant qu'il remplit les provinces les plus éloignées des témoignages de sa valeur[3], et qu'il suit les traces de son oncle[4] et de ses ancêtres sur ce théâtre où ils ont paru avec tant d'éclat, et qui retentira longtemps de leur nom et de leurs exploits. Je me figure l'héritier de tous ces héros, cherchant les périls dans le même temps que je jouis d'une oisiveté que les seules Muses interrompent. Certes, c'est un bonheur extraordinaire pour moi, qu'un prince qui a tant de passion pour la guerre, tellement ennemi du repos et de la mollesse, me voie d'un œil aussi favorable, et me donne autant de marques de bienveillance que si j'avais exposé ma vie pour son service. J'avoue, Madame, que je suis sensible à ces choses : heureux que Sa Majesté m'ait donné un maître[5] qu'on ne saurait trop aimer, malheureux de lui être si inutile ! J'ai cru que Votre Altesse seroit bien aise que je la fisse entrer en société de louanges avec un époux qui lui est si cher. L'union vous rend vos avantages communs, et en multiplie la gloire, pour ainsi dire. Pendant que vous écoutez avec transport le récit de ses belles actions, il n'a pas moins de ravissement d'entendre ce que toute la France publie de la beauté de votre âme, de la vivacité de votre esprit, de votre humeur bienfaisante, de l'amitié que vous avez contractée avecque les Grâces : elle est telle qu'on ne croit pas que vous puissiez jamais vous séparer. Ce n'est là qu'une partie des louanges que l'on vous donne. Je voudrais avoir un amas de paroles assez précieuses pour achever cet éloge, et pour vous témoigner, plus parfaitement que je n'ai fait jusqu'ici, avec combien de passion et de zèle je suis,

Madame,
   De Votre Altesse,
      Le très humble et très obéissant serviteur,
                                DE LA FONTAINE.

PRÉFACE

J'ai trouvé de plus grandes difficultés dans cet ouvrage qu'en aucun autre qui soit sorti de ma plume[6]. Cela surprendra sans doute ceux qui le liront : on ne s'imaginera jamais qu'une fable contée en prose m'ait tant emporté de loisir; car pour le principal point, qui est la conduite, j'avais mon guide; il m'était impossible de m'égarer; Apulée me fournissait la matière; il ne restait que la forme, c'est-à-dire les paroles; et d'amener de la prose à quelque point de perfection, il ne semble pas que ce soit une chose fort mal aisée : c'est la langue naturelle de tous les hommes. Avec cela, je confesse qu'elle me coûte autant que les vers; que si jamais elle m'a coûté, c'est dans cet ouvrage. Je ne savais quel caractère choisir : celui de l'histoire est trop simple; celui du roman n'est pas encore assez orné; et celui du poème l'est plus qu'il ne faut. Mes personnages me demandaient quelque chose de galant : leurs aventures, étant pleines de merveilleux en beaucoup d'endroits, me demandaient quelque chose d'héroïque et de relevé. D'employer l'un en un endroit, et l'autre en un autre, il n'est pas permis : l'uniformité de style est la règle la plus étroite que nous ayons. J'avais donc besoin d'un caractère nouveau, et qui fût mêlé de tous ceux-là; il me le fallait réduire dans un juste tempérament[7]. J'ai cherché ce tempérament avec un grand soin : que je l'aie ou non rencontré, c'est ce que le public m'apprendra.

Mon principal but est toujours de plaire : pour en venir là, je considère le goût du siècle. Or, après plusieurs expériences, il m'a semblé que ce goût se porte au galant et à la plaisanterie : non que l'on méprise les passions; bien loin de cela, quand on ne les trouve pas dans un roman, dans un poème, dans une pièce de théâtre, on se plaint de leur absence; mais dans un conte comme celui-ci, qui est plein de merveilleux, à la vérité, mais d'un merveilleux accompagné de badineries, et propre à amuser des enfants, il a fallu badiner depuis le commencement jusqu'à la fin : il a fallu chercher du galant et de la plaisanterie. Quand il ne l'aurait pas fallu, mon inclination m'y portait, et peut-être y suis-je tombé en beaucoup d'endroits contre la raison et la bienséance.

Voilà assez raisonné sur le genre d'écrire que j'ai choisi : venons aux inventions. Presque toutes sont d'Apulée, j'entends les principales et les meilleures. Il y a quelques épisodes de moi[8], comme l'aventure de la grotte, le vieillard et les deux bergères, le temple de Vénus et son origine, la description des enfers, et tout ce qui arrive à Psyché pendant le voyage qu'elle y fait, et à son retour jusqu'à la conclusion de l'ouvrage. La manière de conter est aussi de moi, et les circonstances, et ce que disent les personnages[9]. Enfin ce que j'ai pris de mon auteur est la conduite et la fable[10]; et c'est en effet le principal, le plus ingénieux, et le meilleur de beaucoup. Avec cela j'y ai changé quantité d'endroits, selon la liberté ordinaire que je me donne. Apulée fait servir Psyché par des voix dans un lieu où rien ne doit manquer à ses plaisirs, c'est-à-dire qu'il lui fait goûter ces plaisirs sans que personne paraisse. Premièrement, cette solitude est ennuyeuse; outre cela elle est effroyable. Où est l'aventurier[11] et le brave qui toucherait à des viandes lesquelles viendraient d'elles-mêmes se présenter? Si un luth jouait tout seul, il me ferait fuir, moi qui aime extrêmement la musique. Je fais donc servir Psyché par des nymphes qui ont soin de l'habiller, qui l'entretiennent de choses agréables, qui lui donnent des comédies et des divertissements de toutes les sortes.

Il serait long, et même inutile, d'examiner les endroits où j'ai quitté mon original, et pourquoi je l'ai quitté. Ce n'est pas à force de raisonnement qu'on fait entrer le plaisir dans l'âme de ceux qui lisent : leur sentiment me justifiera, quelque téméraire que j'aie été ; ou me rendra condamnable, quelque raison qui me justifie. Pour bien faire, il faut considérer mon ouvrage, sans relation à ce qu'a fait Apulée, et ce qu'a fait Apulée, sans relation à mon livre, et là-dessus s'abandonner à son goût. Au reste, j'avoue qu'au lieu de rectifier l'oracle dont il se sert au commencement des aventures de Psyché, et qui fait en partie le nœud de la fable, j'en ai augmenté l'inconvénient, faute d'avoir rendu cet oracle ambigu et court, qui sont les deux qualités que les réponses des dieux doivent avoir [12] et qu'il m'a été impossible de bien observer. Je me suis assez mal tiré de la dernière, en disant que cet oracle contenait aussi la glose des prêtres ; car les prêtres n'entendent pas ce que le dieu leur fait dire : toutefois il peut leur avoir inspiré la paraphrase aussi bien qu'il leur a inspiré le texte, et je me sauverai encore par là. Mais, sans que je cherche ces petites subtilités, quiconque fera réflexion sur la chose trouvera que ni Apulée ni moi nous n'avons failli. Je conviens qu'il faut tenir l'esprit en suspens dans ces sortes de narrations, comme dans les pièces de théâtre : on ne doit jamais découvrir la fin des événements ; on doit bien les préparer, mais on ne doit pas les prévenir. Je conviens encore qu'il faut que Psyché appréhende que son mari ne soit un monstre. Tout cela est apparemment [13] contraire à l'oracle dont il s'agit, et ne l'est pas en effet : car premièrement la suspension des esprits et l'artifice de cette fable ne consistent pas à empêcher que le lecteur ne s'aperçoive de la véritable qualité du mari qu'on donne à Psyché ; il suffit que Psyché ignore qui est celui qu'elle a épousé, et que l'on soit en attente de savoir si elle verra cet époux, par quels moyens elle le verra, et quelles seront les agitations de son âme après qu'elle l'aura vu. En un mot, le plaisir que doit donner cette fable à ceux qui la lisent, ce n'est pas leur incertitude à l'égard de la qualité de ce mari, c'est l'incertitude de Psyché seule : il ne faut pas que l'on croie un seul moment qu'une si aimable personne ait été livrée à la passion d'un monstre, ni même qu'elle s'en tienne assurée ; ce serait un trop grand sujet d'indignation au lecteur. Cette belle doit trouver de la douceur dans la conversation et dans les caresses de son mari, et de fois à autres appréhender que ce ne soit un démon ou un enchanteur ; mais le moins de temps que cette pensée lui peut durer jusqu'à ce qu'il soit besoin de préparer la catastrophe, c'est assurément le plus à propos. Qu'on ne dise point que l'oracle l'empêche bien de l'avoir. Je confesse que cet oracle est très clair pour nous ; mais il pouvait ne l'être pas pour Psyché : elle vivait dans un siècle si innocent, que les gens d'alors pouvaient ne pas connaître l'Amour sous toutes les formes que l'on lui donne. C'est à quoi on doit prendre garde ; et par ce moyen il n'y aura plus d'objection à me faire pour ce point-là.

Assez d'autres fautes me seront reprochées, sans doute ; j'en demeurerai d'accord, et ne prétends pas que mon ouvrage soit accompli : j'ai tâché seulement de faire en sorte qu'il plût, et que même on y trouvât du solide aussi bien que de l'agréable. C'est pour cela que j'y ai enchâssé des vers en beaucoup d'endroits, et quelques autres enrichissements, comme le voyage des quatre amis, leur dialogue touchant la compassion et le rire, la description des enfers, celle d'une partie de Versailles. Cette dernière n'est pas tout à fait conforme à l'état présent des lieux ; je les ai décrits en celui où dans deux ans on les pourra voir. Il se peut faire que mon ouvrage ne vivra pas si longtemps ; mais quelque peu d'assurance qu'ait un auteur qu'il entretiendra un jour la postérité, il doit toujours se la proposer autant qu'il lui est possible, et essayer de faire les choses pour son usage.

LIVRE PREMIER

Quatre amis[14], dont la connaissance avait commencé par le Parnasse, lièrent une espèce de société que j'appellerais Académie si leur nombre eût été plus grand, et qu'ils eussent autant regardé les Muses que le plaisir. La première chose qu'ils firent, ce fut de bannir d'entre eux les conversations réglées, et tout ce qui sent sa conférence académique. Quand ils se trouvaient ensemble et qu'ils avaient bien parlé de leurs divertissements, si le hasard les faisait tomber sur quelque point de science ou de belles-lettres, ils profitaient de l'occasion : c'était toutefois sans s'arrêter trop longtemps à une même matière, voltigeant de propos en autre, comme des abeilles qui rencontreraient en leur chemin diverses sortes de fleurs[15]. L'envie, la malignité, ni la cabale, n'avaient de voix parmi eux. Ils adoraient les ouvrages des anciens, ne refusaient point à ceux des modernes les louanges qui leur sont dues, parlaient des leurs avec modestie, et se donnaient des avis sincères lorsque quelqu'un d'eux tombait dans la maladie du siècle, et faisait un livre, ce qui arrivait rarement. Poliphile y était le plus sujet (c'est le nom que je donnerai à l'un de ces quatre amis). Les aventures de Psyché lui avaient semblé fort propres pour être contées agréablement. Il y travailla longtemps sans en parler à personne : enfin il communiqua son dessein à ses trois amis, non pas pour leur demander s'il continuerait, mais comment ils trouvaient à propos qu'il continuât. L'un lui donna un avis, l'autre un autre : de tout cela, il ne prit que ce qu'il lui plut. Quand l'ouvrage fut achevé, il demanda jour et rendez-vous pour le lire. Acante ne manqua pas, selon sa coutume, de proposer une promenade en quelque lieu hors la ville, qui fût éloigné, et où peu de gens entrassent : on ne les viendrait point interrompre ; ils écouteraient cette lecture avec moins de bruit et plus de plaisir. Il aimait extrêmement les jardins, les fleurs, les ombrages. Poliphile lui ressemblait en cela ; mais on peut dire que celui-ci aimait toutes choses. Ces passions, qui leur remplissaient le cœur d'une certaine tendresse, se répandaient jusqu'en leurs écrits, et en formaient le principal caractère. Ils penchaient tous deux vers le lyrique, avec cette différence qu'Acante avait quelque chose de plus touchant, Poliphile de plus fleuri. Des deux autres amis, que j'appellerai Ariste et Gélaste, le premier était sérieux sans être incommode, l'autre était fort gai. La proposition d'Acante fut approuvée. Ariste dit qu'il y avait de nouveaux embellissements à Versailles[16] : il fallait les aller voir, et partir matin, afin d'avoir le loisir de se promener après qu'ils auraient entendu les aventures de Psyché. La partie fut incontinent conclue : dès le lendemain ils l'exécutèrent. Les jours étaient encore assez longs, et la saison belle : c'était pendant le dernier automne. Nos quatre amis, étant arrivés à Versailles de fort bonne heure, voulurent voir, avant le dîner, la Ménagerie : c'est un lieu rempli de plusieurs sortes de volatiles et de quadrupèdes, la plupart très rares et de pays éloignés. Ils admirèrent en combien d'espèces une seule espèce d'oiseaux se multipliait, et louèrent l'artifice et les diverses imaginations de la nature, qui se joue dans les animaux comme elle fait dans les fleurs. Ce qui leur plut davantage, ce furent les demoiselles de Numidie[17], et certains oiseaux pêcheurs qui ont un bec extrêmement long, avec une peau au-dessous qui leur sert de poche. Leur plumage est blanc, mais d'un blanc plus clair que celui des cygnes ; même de près il paraît carné[18], et tire sur la couleur de rose vers la racine. On ne peut rien voir de plus beau : ce sont espèce de cormorans. Comme nos gens avaient encore du loisir, ils firent un tour à l'Orangerie[19]. La beauté et le nombre des orangers et des autres plantes qu'on y conserve ne se sauraient exprimer. Il y a tel de ces arbres qui a résisté aux attaques de cent hivers. Acante, ne voyant personne autour de lui que ces trois amis (celui qui les conduisait était éloigné), Acante, dis-je, ne se put tenir de réciter certains couplets de poésie que les autres se souvinrent d'avoir vus dans un ouvrage de sa façon[20].

Sommes-nous, dit-il, en Provence ?
Quel amas d'arbres toujours verts
Triomphe ici de l'inclémence
Des aquilons et des hivers ?

Jasmins dont un air doux s'exhale,
Fleurs que les vents n'ont pu ternir,
Aminte[21] en blancheur vous égale,
Et vous m'en faites souvenir.

Orangers, arbres que j'adore,
Que vos parfums me semblent doux !
Est-il dans l'empire de Flore
Rien d'agréable comme vous ?

Vos fruits aux écorces solides
Sont un véritable trésor ;
Et le jardin des Hespérides
N'avait point d'autres pommes d'or.

Lorsque votre automne s'avance,
On voit encor votre printemps ;
L'espoir avec la jouissance
Logent chez vous en même temps[22].

Vos fleurs ont embaumé tout l'air que je respire :
Toujours un aimable zéphyre

> Autour de vous se va jouant.
> Vous êtes nains ; mais tel arbre géant,
> Qui déclare au soleil la guerre,
>   Ne vous vaut pas,
> Bien qu'il couvre un arpent de terre
>   Avec ses bras.

La nécessité de manger fit sortir nos gens de ce lieu si délicieux. Tout leur dîner[23] se passa à s'entretenir des choses qu'ils avaient vues, et à parler du monarque pour qui on a assemblé tant de beaux objets. Après avoir loué ses principales vertus, les lumières de son esprit, ses qualités héroïques, la science de commander ; après, dis-je, l'avoir loué fort longtemps, ils revinrent à leur premier entretien, et dirent que Jupiter seul peut continuellement s'appliquer à la conduite de l'univers : les hommes ont besoin de quelque relâche. Alexandre faisait la débauche ; Auguste jouait ; Scipion et Lælius s'amusaient souvent à jeter des pierres plates sur l'eau ; notre monarque se divertit à faire bâtir des palais : cela est digne d'un roi. Il y a même une utilité générale, car, par ce moyen, les sujets peuvent prendre part aux plaisirs du prince, et voir avec admiration ce qui n'est pas fait pour eux. Tant de beaux jardins et de somptueux édifices sont la gloire de leur pays. Et que ne disent point les étrangers ! Que ne dira point la postérité quand elle verra ces chefs-d'œuvre de tous les arts ! Les réflexions de nos quatre amis finirent avec leur repas. Ils retournèrent au château, virent les dedans, que je ne décrirai point : ce serait une œuvre infinie. Entre autres beautés, ils s'arrêtèrent longtemps à considérer le lit, la tapisserie et les sièges dont on a meublé la chambre et le cabinet du Roi. C'est un tissu de la Chine, plein de figures qui contiennent toute la religion de ce pays-là. Faute de brachmane[24], nos quatre amis n'y comprirent rien. Du château ils passèrent dans les jardins, et prièrent celui qui les conduisait de les laisser dans la grotte[25] jusqu'à ce que la chaleur fût adoucie; ils avaient fait apporter des sièges. Leur billet[26] venait de si bonne part qu'on leur accorda ce qu'ils demandaient : même, afin de rendre le lieu plus frais, on en fit jouer les eaux. La face de cette grotte est composée, en dehors, de trois arcades, qui font autant de portes grillées. Au milieu d'une des arcades est un soleil, de qui les rayons servent de barreaux aux portes : il ne s'est jamais rien inventé de si à propos, ni de si plein d'art. Au-dessus sont trois bas-reliefs.

>   Dans l'un, le dieu du jour[27] achève sa carrière.
>   Le sculpteur a marqué ces longs traits de lumière,
>   Ces rayons dont l'éclat, dans les airs s'épanchant,
>   Peint d'un si riche émail les portes du couchant[28].
>   On voit aux deux côtés le peuple d'Amathonte[29]
>   Préparer le chemin sur des dauphins qu'il monte :
>   Chaque Amour à l'envi semble se réjouir
>   De l'approche du dieu dont Téthys[30] va jouir;
>   Des troupes de Zéphyrs dans les airs se promènent,
>   Les Tritons empressés sur les flots vont et viennent.
>   Le dedans de la grotte est tel que les regards,
>   Incertains de leur choix, courent de toutes parts.
>   Tant d'ornements divers, tous capables de plaire,
>   Font accorder le prix tantôt au statuaire,
>   Et tantôt à celui dont l'art industrieux
>   Des trésors d'Amphitrite[31] a revêtu ces lieux.
>   La voûte et le pavé sont d'un rare assemblage :
>   Ces cailloux que la mer pousse sur son rivage,
>   Ou qu'enferme en son sein le terrestre élément,
>   Différents en couleur, font maint compartiment.
>   Au haut de six piliers d'une égale structure,
>   Six masques de rocaille, à crotesque[32] figure,
>   Songes de l'art, démons bizarrement forgés,
>   Au-dessus d'une niche en face sont rangés.
>   De mille raretés la niche est toute pleine :
>   Un Triton d'un côté, de l'autre une Sirène,
>   Ont chacun une conque en leurs mains de rocher;
>   Leur souffle pousse un jet qui va loin s'épancher.
>   Au haut de chaque niche un bassin répand l'onde :
>   Le masque la vomit de sa gorge profonde;
>   Elle retombe en nappe et compose un tissu

Qu'un autre bassin rend sitôt qu'il l'a reçu.
Le bruit, l'éclat de l'eau, sa blancheur transparente,
D'un voile de cristal alors peu différente,
Font goûter un plaisir de cent plaisirs mêlé.
Quand l'eau cesse, et qu'on voit son cristal écoulé,
La nacre et le corail en réparent l'absence :
Morceaux pétrefiés[33], coquillage, croissance[34],
Caprices infinis du hasard et des eaux,
Reparaissent aux yeux plus brillants et plus beaux.
Dans le fond de la grotte, une arcade est remplie
De marbres à qui l'art a donné de la vie.
Le dieu de ces rochers, sur une urne penché,
Goûte un morne repos, en son antre couché.
L'urne verse un torrent ; tout l'antre s'en abreuve ;
L'eau retombe en glacis, et fait un large fleuve.
J'ai pu jusqu'à présent exprimer quelques traits
De ceux que l'on admire en ce moite[35] palais :
Le reste est au-dessus de mon faible génie.
Toi qui lui peux donner une force infinie,
Dieu des vers et du jour, Phébus[36], inspire-moi :
Aussi bien désormais faut-il parler de toi.
Quand le Soleil est las, et qu'il a fait sa tâche,
Il descend chez Téthys, et prend quelque relâche.
C'est ainsi que Louis s'en va se délasser
D'un soin que tous les jours il faut recommencer.
Si j'étais plus savant en l'art de bien écrire,
Je peindrais ce monarque étendant son empire :
Il lancerait la foudre ; on verrait à ses pieds
Des peuples abattus, d'autres humiliés.
Je laisse ces sujets aux maîtres du Parnasse[37] ;
Et pendant que Louis, peint en dieu de la Thrace[38],
Fera bruire en leurs vers tout le sacré vallon,
Je le célébrerai sous le nom d'Apollon.
Ce dieu, se reposant sous ces voûtes humides,
Est assis au milieu d'un chœur de Néréides.
Toutes sont des Vénus, de qui l'air gracieux
N'entre point dans son cœur, et s'arrête à ses yeux ;
Il n'aime que Téthys, et Téthys les surpasse.
Chacune, en le servant, fait office de Grâce :
Doris[39] verse de l'eau sur la main qu'il lui tend ;
Chloé dans un bassin reçoit l'eau qu'il répand ;
A lui laver les pieds Mélicerte s'applique ;
Delphire entre ses bras tient un vase à l'antique.

Climène auprès du dieu pousse en vain des soupirs :
Hélas ! c'est un tribut qu'elle envoie aux zéphyrs ;
Elle rougit parfois, parfois baisse la vue ;
Rougit, autant que peut rougir une statue :
Ce sont des mouvements qu'au défaut du sculpteur
Je veux faire passer dans l'esprit du lecteur[40].
Parmi tant de beautés, Apollon est sans flamme ;
Celle qu'il s'en va voir seule occupe son âme.
Il songe au doux moment où, libre et sans témoins,
Il reverra l'objet qui dissipe ses soins[41].
Oh ! qui pourrait décrire en langue du Parnasse[42]
La majesté du dieu, son port si plein de grâce,
Cet air que l'on n'a point chez nous autres mortels,
Et pour qui l'âge d'or inventa les autels !
Les coursiers de Phébus aux flambantes narines,
Respirent l'ambroisie en des grottes voisines.
Les Tritons en ont soin : l'ouvrage est si parfait
Qu'ils semblent panteler du chemin qu'ils ont fait.
Aux deux bouts de la grotte, et dans deux enfonçures,
Le sculpteur a placé deux charmantes figures ;
L'une est le jeune Acis[43] aussi beau que le jour.
Les accords de sa flûte inspirent de l'amour :
Debout contre le roc, une jambe croisée,
Il semble par ses sons attirer Galatée[43] ;
Par ses sons, et peut-être aussi par sa beauté.
Le long de ces lambris un doux charme est porté ;
Les oiseaux, envieux d'une telle harmonie,
Épuisent ce qu'ils ont et d'art et de génie ;
Philomèle[44], à son tour, veut s'entendre louer,
Et chante par ressorts que l'onde fait jouer[45].
Écho[46] même répond, Écho, toujours hôtesse
D'une voûte ou d'un roc témoin de sa tristesse.
L'onde tient sa partie : il se forme un concert
Où Philomèle, l'eau, la flûte, enfin tout sert.
Deux lustres de rocher de ces voûtes descendent ;
En liquide cristal leurs branches se répandent :
L'onde sert de flambeaux, usage tout nouveau[47].
L'art en mille façons a su prodiguer l'eau :
D'une table de jaspe un jet part en fusée ;
Puis en perles retombe, en vapeur, en rosée.
L'effort impétueux dont il va s'élançant
Fait frapper le lambris au cristal jaillissant ;
Telle et moins violente est la balle enflammée.

L'onde, malgré son poids, dans le plomb renfermée,
Sort avec un fracas qui marque son dépit,
Et plaît aux écoutants, plus il les étourdit.
Mille jets, dont la pluie à l'entour se partage,
Mouillent également l'imprudent et le sage.
Craindre ou ne craindre pas à chacun est égal :
Chacun se trouve en butte au liquide cristal.
Plus les jets sont confus, plus leur beauté se montre ;
L'eau se croise, se joint, s'écarte, se rencontre,
Se rompt, se précipite à travers les rochers,
Et fait comme alambics distiller leurs planchers.
Niches, enfoncements, rien ne sert de refuge :
Ma Muse est impuissante à peindre ce déluge ;
Quand d'une voix de fer je frapperais les cieux,
Je ne pourrais nombrer les charmes de ces lieux[48].

    Les quatre amis ne voulurent point être mouillés ; ils prièrent celui qui leur faisait voir la grotte de réserver ce plaisir pour le bourgeois ou pour l'Allemand, et de les placer en quelque coin où ils fussent à couvert de l'eau. Ils furent traités comme ils souhaitaient. Quand leur conducteur les eut quittés, ils s'assirent à l'entour de Poliphile, qui prit son cahier ; et, ayant toussé pour se nettoyer la voix, il commença par ces vers :

Le Dieu qu'on nomme Amour n'est pas exempt d'aimer :
    A son flambeau quelquefois il se brûle ;
Et, si ses traits ont eu la force d'entamer
        Les cœurs de Pluton et d'Hercule,
        Il n'est pas inconvénient
    Qu'étant[49] aveugle, étourdi, téméraire,
        Il se blesse en les maniant ;
    Je n'y vois rien qui ne se puisse faire :
    Témoin Psyché, dont je vous veux conter
La gloire et les malheurs, chantés par Apulée[50].
    Cela vaut bien la peine d'écouter ;
        L'aventure en est signalée.

Poliphile toussa encore une fois après cet exorde ; puis, chacun s'étant préparé de nouveau pour lui donner plus d'attention, il commença ainsi son histoire :

Lorsque les villes de la Grèce étaient encore soumises à des rois, il y en eut un qui, régnant avec beaucoup de bonheur, se vit non seulement aimé de son peuple, mais aussi recherché de tous ses voisins. C'était à qui gagnerait son amitié ; c'était à qui vivrait avec lui dans une parfaite correspondance[51] ; et cela, parce qu'il avait trois filles à marier. Toutes trois étaient plus considérables par leurs attraits que par les États de leur père. Les deux aînées eussent pu passer pour les plus belles filles du monde, si elles n'eussent point eu de cadette ; mais véritablement cette cadette leur nuisait fort. Elles n'avaient que ce défaut-là : défaut qui était grand, à n'en point mentir ; car Psyché (c'est ainsi que la jeune sœur s'appelait), Psyché, dis-je, possédait tous les appas que l'imagination peut se figurer, et ceux où l'imagination même ne peut atteindre. Je ne m'amuserai point à chercher des comparaisons jusque dans les astres pour vous la représenter assez dignement : c'était quelque chose au-dessus de tout cela, et qui ne se saurait exprimer par les lis, les roses, l'ivoire ni le corail[52]. Elle était telle enfin que le meilleur poète aurait de la peine à en faire une pareille. En cet état, il ne se faut pas étonner si la reine de Cythère[53] en devint jalouse. Cette déesse appréhendait, et non sans raison, qu'il ne lui fallût renoncer à l'empire de la beauté[54], et que Psyché ne la détrônât : car, comme on est toujours amoureux de choses nouvelles, chacun courait à cette nouvelle Vénus. Cythérée[53] se voyait réduite aux seules îles de son domaine[55], encore une bonne partie des Amours, anciens habitants de ces îles bienheureuses, la quittaient-ils pour se mettre au service de sa rivale. L'herbe croissait dans ses temples qu'elle avait vus naguère si fréquentés : plus d'offrandes, plus de dévots, plus de pèlerinages pour l'honorer. Enfin la chose passa si avant[56] qu'elle en fit ses plaintes à son fils, et lui représenta que le désordre irait jusqu'à lui.

> Mon fils, dit-elle, en lui baisant les yeux,
> La fille d'un mortel en veut à ma puissance ;
>   Elle a juré de me chasser des lieux
>   Où l'on me rend obéissance :
>   Et qui sait si son insolence
> N'ira pas jusqu'au point de me vouloir ôter
> Le rang que dans les cieux je pense mériter ?
>
>   Paphos n'est plus qu'un séjour importun :
> Des Grâces et des Ris la troupe m'abandonne ;
>   Tous les Amours, sans en excepter un,
>   S'en vont servir cette personne.
>   Si Psyché veut notre couronne,
> Il faut la lui donner ; elle seule aussi bien
> Fait en Grèce à présent votre office et le mien.
>
>   L'un de ces jours je lui vois pour époux
> Le plus beau, le mieux fait de tout l'humain lignage,
>   Sans le tenir de vos traits ni de vous,
>   Sans vous en rendre aucun hommage.
>   Il naîtra de leur mariage
> Un autre Cupidon qui d'un de ses regards
> Fera plus mille fois que vous avec vos dards.
>
>   Prenez-y garde ; il vous y faut songer :
> Rendez-la malheureuse ; et que cette cadette,
>   Malgré les siens, épouse un étranger
>   Qui ne sache où trouver retraite,
>   Qui soit laid, et qui la maltraite,
> La fasse consumer en regrets superflus,
> Tant que[57] ni vous ni moi nous ne la craignions plus.

Ces extrémités où s'emporta la déesse marquent merveilleusement bien le naturel et l'esprit des femmes : rarement se pardonnent-elles l'avantage de la beauté. Et je dirai en passant que l'offense la plus irrémissible parmi ce sexe, c'est quand l'une d'elles en défait une autre en pleine assemblée ; cela se venge ordinairement comme les assassinats et les trahisons. Pour revenir à Vénus, son fils lui promit qu'il la vengerait. Sur cette assurance, elle s'en alla à Cythère en équipage de triomphante. Au lieu de passer par les airs, et de se servir de son char et de ses pigeons, elle entra dans une conque de nacre, attelée de deux dauphins. La cour de Neptune l'accompagna. Ceci est proprement matière de poésie : il ne siérait guère bien à la prose de décrire une cavalcate de dieux marins : d'ailleurs je ne pense pas qu'on pût exprimer avec le langage ordinaire ce que la déesse parut alors.

C'est pourquoi nous dirons en langage rimé
Que l'empire flottant en demeura charmé ;
Cent Tritons, la suivant jusqu'au port de Cythère,
Par leurs divers emplois s'efforcent de lui plaire.
L'un nage à l'entour d'elle, et l'autre au fond des eaux
Lui cherche du corail et des trésors nouveaux ;
L'un lui tient un miroir fait de cristal de roche ;
Aux rayons du soleil l'autre en défend l'approche ;
Palémon, qui la guide, évite les rochers ;
Glauque[58] de son cornet fait retentir les mers ;
Téthys lui fait ouïr un concert de Sirènes ;
Tous les Vents attentifs retiennent leurs haleines.
Le seul Zéphyre est libre, et d'un souffle amoureux
Il caresse Vénus, se joue à ses cheveux ;
Contre ses vêtements parfois il se courrouce.
L'onde, pour la toucher, à longs flots s'entrepousse ;
Et d'une égale ardeur chaque flot à son tour
S'en vient baiser les pieds de la mère d'Amour.

« Cela devait être beau, dit Gélaste ; mais j'aimerais mieux avoir vu votre déesse au milieu d'un bois, habillée comme elle était quand elle plaida sa cause devant un berger[59] ». Chacun sourit de ce qu'avait dit Gélaste ; puis Poliphile continua en ces termes :

A peine Vénus eut fait un mois de séjour à Cythère, qu'elle sut que les sœurs de son ennemie étaient mariées ; que leurs maris, qui étaient deux rois leurs voisins, les traitaient avec beaucoup de douceur et de témoignages d'affection ; enfin qu'elles avaient sujet de se croire heureuses. Quant à leur cadette, il ne lui était resté pas un seul amant, elle qui en avait eu une telle foule que l'on en savait à peine le nombre : ils s'étaient retirés comme par miracle, soit que ce fût le vouloir des dieux, soit par une vengeance particulière de Cupidon. On avait encore de la vénération, du respect, de l'admiration pour elle, si vous voulez ; mais on n'avait plus de ce qu'on appelle amour : cependant c'est la véritable pierre de touche à quoi l'on juge ordinairement des charmes de ce beau sexe.

Cette solitude de soupirants près d'une personne du mérite de Psyché fut regardée comme un prodige, et fit craindre aux peuples de la Grèce qu'il ne leur arrivât quelque chose de fort sinistre. En effet, il y avait de quoi s'étonner. De tout temps, l'empire de Cupidon, aussi bien que celui des flots, a été sujet à des changements ; mais jamais il n'en était arrivé de semblable : au moins n'y en avait-il point d'exemples dans ces pays. Si Psyché n'eût été que belle, on ne l'eût pas trouvé si étrange ; mais, comme j'ai dit, outre la beauté qu'elle possédait en un souverain degré de perfection, il ne lui manquait aucune des grâces nécessaires pour se faire aimer : on lui voyait un million d'amours[60], et pas un amant. Après que chacun eut bien raisonné sur ce miracle, Vénus déclara qu'elle en était cause ; qu'elle s'était ainsi vengée par le moyen de son fils ; que les parents de Psyché n'avaient qu'à se préparer à d'autres malheurs, parce que son indignation durerait autant que la vie, ou du moins autant que la beauté de leur fille ; qu'ils auraient beau s'humilier devant ses autels, et que les sacrifices qu'ils lui feraient seraient inutiles, à moins que de lui sacrifier Psyché même.

C'est ce qu'on n'était pas résolu de faire : loin de cela, quelques personnes dirent à la belle que la jalousie de Vénus lui était un témoignage bien glorieux, et que ce n'était pas être trop malheureuse que de donner de l'envie à une déesse, et à une déesse telle que celle-là.

Psyché eût voulu que ces fleurettes lui eussent été dites par un amant[61]. Bien que sa fierté l'empêchât de témoigner aucun déplaisir, elle ne laissait pas de verser des pleurs en secret. « Qu'ai-je fait au fils de Vénus ? disait-elle souvent en soi-même ; et que lui ont fait mes sœurs, qui sont si contentes ? Elles ont eu des amants de reste ; moi, qui croyais être la plus aimable, je n'en ai plus. De quoi me sert ma beauté ? Les dieux, en me la donnant, ne m'ont pas fait un si grand présent que l'on s'imagine ; je leur en rends la meilleure part ; qu'ils me laissent au moins un amant, il n'y a fille si misérable qui n'en ait un : la seule Psyché ne saurait rendre personne heureux ; les cœurs que le hasard lui a donnés, son peu de mérite les lui fait perdre. Comment me puis-je montrer après cet affront ? Va, Psyché, va te cacher au fond de quelque désert : les dieux ne t'ont pas faite pour être vue, puisqu'ils ne t'ont pas faite pour être aimée. »

Tandis qu'elle se plaignait ainsi, ses parents ne s'affligeaient pas moins de leur part ; et, ne pouvant se résoudre à la laisser sans mari, ils furent contraints de recourir à l'oracle. Voici la réponse qui leur fut faite, avec la glose que les prêtres y ajoutèrent :

L'époux que les Destins gardent à votre fille
Est un monstre cruel qui déchire les cœurs,
Qui trouble maint État, détruit mainte famille,
Se nourrit de soupirs, se baigne dans les pleurs.

A l'univers entier il déclare la guerre,
Courant de bout en bout un flambeau dans la main :
On le craint dans les cieux, on le craint sur la terre ;
Le Styx n'a pu borner son pouvoir souverain ;

C'est un empoisonneur, c'est un incendiaire,
Un tyran qui de fers charge jeunes et vieux.
Qu'on lui livre Psyché ; qu'elle tâche à lui plaire :
Tel est l'arrêt du Sort, de l'Amour, et des Dieux.

> Menez-la sur un roc, au haut d'une montagne,
> En des lieux où l'attend le Monstre son époux ;
> Qu'une pompe funèbre en ces lieux l'accompagne,
> Car elle doit mourir pour ses sœurs et pour vous [62].

Je laisse à juger l'étonnement et l'affliction que cette réponse causa. Livrer Psyché aux désirs d'un monstre ! y avait-il de la justice à cela ? Aussi les parents de la belle doutèrent longtemps s'ils obéiraient. D'ailleurs, le lieu où il la fallait conduire n'avait point été spécifié par l'oracle. De quel mont les dieux voulaient-ils parler ? Était-il voisin de la Grèce ou de la Scythie ? Était-il situé sous l'Ourse [63], ou dans les climats brûlants de l'Afrique ? (car on dit que dans cette terre il y a de toutes sortes de monstres). Le moyen de se résoudre à laisser une beauté délicate sur un rocher, entre des montagnes et des précipices, à la merci de tout ce qu'il y a de plus épouvantable dans la nature ? Enfin, comment rencontrer cet endroit fatal ? C'est ainsi que les bonnes gens cherchaient des raisons pour garder leur fille ; mais elle-même leur représenta la nécessité de suivre l'oracle.

« Je dois mourir, dit-elle à son père, et il n'est pas juste qu'une simple mortelle, comme je suis, entre en parallèle avec la mère de Cupidon : que gagneriez-vous à lui résister ? Votre désobéissance nous attirerait une peine encore plus grande. Quelle que puisse être mon aventure, j'aurai lieu de me consoler quand je ne vous serai plus un sujet de larmes. Défaites-vous de cette Psyché sans qui votre vieillesse serait heureuse : souffrez que le Ciel punisse une ingrate pour qui vous n'avez eu que trop de tendresse, et qui vous récompense si mal des inquiétudes et des soins que son enfance vous a donnés. »

Tandis que Psyché parlait à son père de cette sorte, le vieillard la regardait en pleurant, et ne lui répondait que par des soupirs ; mais ce n'était rien à comparaison du désespoir où était la mère. Quelquefois elle courait par les temples toute échevelée ; d'autres fois elle s'emportait en blasphèmes contre Vénus ; puis, tenant sa fille embrassée, protestait de mourir plutôt que de souffrir qu'on la lui ôtât pour l'abandonner à un monstre. Il fallut pourtant obéir. En ce temps-là les oracles étaient maîtres de toutes choses ; on courait au-devant de son malheur propre, de crainte qu'ils ne fussent trouvés menteurs : tant la superstition avait de pouvoir sur les premiers hommes [64] ! La difficulté n'était donc plus que de savoir sur quelle montagne il fallait conduire Psyché. L'infortunée fille éclaircit encore ce doute. « Qu'on me mette, dit-elle, sur un chariot, sans cocher ni guide, et qu'on laisse aller les chevaux à leur fantaisie : le Sort les guidera infailliblement au lieu ordonné. »

Je ne veux pas dire que cette belle, trouvant à tout des expédients, fût de l'humeur de beaucoup de filles, qui aiment mieux avoir un méchant mari que de n'en point avoir du tout. Il y a de l'apparence que le désespoir, plutôt qu'autre chose, lui faisait chercher ces facilités.

Quoi que ce soit, on se résout à partir : on fait dresser un appareil de pompe funèbre, pour satisfaire à chaque point de l'oracle. On part enfin ; et Psyché se met en route sous la conduite de ses parents. La voilà sur un char d'ébène, une urne auprès d'elle, la tête penchée sur sa mère, son père marchant à côté du char, et faisant autant de soupirs qu'il faisait de pas : force gens à la suite, vêtus de deuil ; force ministres de funérailles ; force sacrificateurs portant de longs vases et de longs cornets dont ils entonnaient des sons fort lugubres. Les peuples voisins, étonnés de la nouveauté d'un tel appareil, ne savaient que conjecturer. Ceux chez qui le convoi passait l'accompagnaient par honneur jusqu'aux limites de leur territoire, chantant des hymnes à la louange de Psyché leur jeune déesse, et jonchant de roses tout le chemin, bien que les maîtres des cérémonies leur criassent que c'était offenser Vénus : mais quoi ! les bonnes gens ne pouvaient retenir leur zèle.

Après une traite de plusieurs jours, lorsque l'on commençait à douter de la vérité de l'oracle, on fut étonné qu'en côtoyant une montagne fort élevée, les chevaux, bien qu'ils fussent frais et nouveau[65] repus, s'arrêtèrent court, et, quoi qu'on pût faire, ils ne voulurent point passer outre. Ce fut là que se renouvelèrent les cris ; car on jugea bien que c'était le mont qu'entendait l'oracle.

Psyché descendit du char ; et, s'étant mise entre l'un et l'autre de ses parents, suivie de la troupe, elle passa par dedans un bois assez agréable, mais qui n'était pas de longue étendue. A peine eurent-ils fait quelque mille pas, toujours en montant, qu'ils se trouvèrent entre des rochers habités par des dragons de toutes espèces. A ces hôtes près, le lieu se pouvait bien dire une solitude, et la plus effroyable qu'on pût trouver. Pas un seul arbre, pas un brin d'herbe, point d'autre couvert[66] que ces rocs, dont quelques-uns avaient des pointes qui avançaient en forme de voûte, et qui, ne tenant presque à rien, faisaient appréhender à nos voyageurs qu'elles ne tombassent sur eux. D'autres se trouvaient creusés en beaucoup d'endroits par la chute des torrents ; ceux-ci servaient de retraite aux hydres, animal fort familier en cette contrée.

Chacun demeura si surpris d'horreur, que, sans la nécessité d'obéir au Sort, on s'en fût retourné tout court. Il fallut donc gagner le sommet, malgré qu'on en eût : plus on allait en avant, plus le chemin était escarpé. Enfin, après beaucoup de détours, on se trouva au pied d'un rocher d'énorme grandeur, lequel était au faîte de la montagne, et où l'on jugea qu'il fallait laisser l'infortunée fille. De représenter à quel point l'affliction se trouva montée, c'est ce qui surpasse mes forces :

> L'Éloquence elle-même, impuissante à le dire,
> Confesse que ceci n'est point de son empire ;
> C'est au silence seul d'exprimer les adieux
> Des parents de la belle, au partir de ces lieux.

LIVRE PREMIER 59

> Je ne décrirai point ni leur douleur amère,
> Ni les pleurs de Psyché, ni les cris de sa mère,
> Qui, du fond des rochers renvoyés dans les airs,
> Firent de bout en bout retentir ces déserts.
> Elle plaint de son sang la cruelle aventure,
> Implore le soleil, les astres, la nature ;
> Croit fléchir par ses cris les auteurs du destin ;
> Il lui faut arracher sa fille de son sein :
> Après mille sanglots enfin l'on les sépare.
> Le Soleil, las de voir ce spectacle barbare,
> Précipite sa course ; et, passant sous les eaux,
> Va porter la clarté chez des peuples nouveaux :
> L'horreur de ces déserts s'accroît par son absence.
> La Nuit vient sur un char conduit par le Silence ;
> Il amène avec lui la crainte en l'Univers.

La part qu'en eut Psyché ne fut pas des moindres. Représentez-vous une fille qu'on a laissée seule en des déserts effroyables, et pendant la nuit. Il n'y a point de conte d'apparitions et d'esprits qui ne lui revienne dans la mémoire : à peine ose-t-elle ouvrir la bouche afin de se plaindre. En cet état, et mourant presque d'appréhension, elle se sentit enlever dans l'air. D'abord elle se tint pour perdue, et crut qu'un démon l'allait emporter en des lieux d'où jamais on ne la verrait revenir : cependant c'était le Zéphyre qui incontinent la tira de peine, et lui dit l'ordre qu'il avait de l'enlever de la sorte, et de la mener à cet époux dont parlait l'oracle, et au service duquel il était, Psyché se laissa flatter à ce que lui dit le Zéphyre ; car c'est un dieu des plus agréables. Ce ministre, aussi fidèle que diligent, des volontés de son maître, la porta au haut du rocher. Après qu'il lui eut fait traverser les airs avec un plaisir qu'elle aurait mieux goûté dans un autre temps, elle se trouva dans la cour d'un palais superbe. Notre héroïne, qui commençait à s'accoutumer aux aventures extraordinaires, eut bien l'assurance de contempler ce palais à la clarté des flambeaux qui l'environnaient ; toutes les fenêtres en étaient bordées. Le firmament, qui est la demeure des dieux, ne parut jamais si bien éclairé.

Tandis que Psyché considérait ces merveilles, une troupe de nymphes la vint recevoir jusque par delà le perron ; et, après une inclination très profonde, la plus apparente lui fit une espèce de compliment, à quoi la belle ne s'était nullement attendue. Elle s'en tira pourtant assez bien. La première chose fut de s'enquérir du nom de celui à qui appartenaient des lieux si charmants ; et il est à croire qu'elle demanda de le voir. On ne lui répondit là-dessus que confusément ; puis ces nymphes la conduisirent en un vestibule d'où l'on pouvait découvrir, d'un côté les cours, et de l'autre côté les jardins. Psyché le trouva proportionné à la richesse de l'édifice. De ce vestibule on la fit passer en des salles que la Magnificence elle-même avait pris la peine d'orner, et dont la dernière enchérissait toujours sur la précédente. Enfin cette belle entra dans un cabinet, où on lui avait préparé un bain. Aussitôt ces nymphes se mirent en devoir de la déshabiller et de la servir. Elle fit d'abord quelque résistance, et puis leur abandonna toute sa personne. Au sortir du bain, on la revêtit d'habits nuptiaux : je laisse à penser quels ils pouvaient être, et si l'on y avait épargné les diamants et les pierreries ; il est vrai que c'était ouvrage de fée, lequel d'ordinaire ne coûte rien. Ce ne fut pas une petite joie pour Psyché de se voir si brave [67], et de se regarder dans les miroirs dont le cabinet était plein.

Cependant on avait mis le couvert dans la salle la plus prochaine. Il y fut servi de l'ambrosie en toutes les sortes. Quant au nectar, les Amours en furent les échansons. Psyché mangea peu. Après le repas, une musique de luths et de voix se fit entendre à l'un des coins du plafond, sans qu'on vît ni chantres ni instruments : musique aussi douce et aussi charmante que si Orphée et Amphion [68] en eussent été les conducteurs. Parmi les airs qui furent chantés, il y en eut un qui plut particulièrement à Psyché. Je vais vous en dire les paroles, que j'ai mises en notre langue au mieux que j'ai pu :

Tout l'univers obéit à l'Amour ;
Belle Psyché, soumettez-lui votre âme.
Les autres dieux à ce dieu font la cour,
Et leur pouvoir est moins doux que sa flamme.
Des jeunes cœurs c'est le suprême bien :
Aimez, aimez ; tout le reste n'est rien.

Sans cet Amour, tant d'objets ravissants,
Lambris dorés, bois, jardins, et fontaines,
N'ont point d'appas qui ne soient languissants,
Et leurs plaisirs sont moins doux que ses peines.
Des jeunes cœurs c'est le suprême bien :
Aimez, aimez ; tout le reste n'est rien.

Dès que la musique eut cessé, on dit à Psyché qu'il était temps de se reposer. Il lui prit alors une petite inquiétude, accompagnée de crainte, et telle que les filles l'ont d'ordinaire le jour de leurs noces, sans savoir pourquoi. La belle fit toutefois ce que l'on voulut. On la met au lit, et on se retire. Un moment après, celui qui en devait être le possesseur arriva, et s'approcha d'elle. On n'a jamais su ce qu'ils se dirent, ni même d'autres circonstances bien plus importantes que celle-là : seulement a-t-on remarqué que le lendemain les nymphes riaient entre elles, et que Psyché rougissait en les voyant rire. La belle ne s'en mit pas fort en peine, et n'en parut pas plus triste qu'à l'ordinaire.

Pour revenir à la première nuit de ses noces, la seule chose qui l'embarrassait était que son mari l'avait quittée devant qu'il fût jour, et lui avait dit que pour beaucoup de raisons il ne voulait pas être connu d'elle, et qu'il la priait de renoncer à la curiosité de le voir. Ce fut ce qui lui en donna davantage. « Quelles peuvent être ces raisons ? disait en soi-même la jeune épouse ; et pourquoi se cache-t-il avec tant de soin ? Assurément l'oracle nous a dit vrai, quand il nous l'a peint comme quelque chose de fort terrible : si est-ce[69] qu'au toucher et au son de voix il ne m'a semblé nullement que ce fût un monstre. Toutefois les dieux ne sont pas menteurs ; il faut que mon mari ait quelque défaut remarquable : si cela était, je serais bien malheureuse. » Ces réflexions tempérèrent pour quelques moments la joie de Psyché. Enfin elle trouva à propos de n'y plus penser, et de ne point corrompre elle-même les douceurs de son mariage. Dès que son époux l'eut quittée, elle tira les rideaux : à peine le jour commençait à poindre. En l'attendant, notre héroïne se mit à rêver à ses aventures, particulièrement à celles de cette nuit. Ce n'étaient pas véritablement les plus étranges qu'elle eût courues, mais elle en revenait toujours à ce mari qui ne voulait point être vu. Psyché s'enfonça si avant en ces rêveries, qu'elle en oublia ses ennuis passés, les frayeurs du jour précédent, les adieux de ses parents, et ses parents mêmes ; et là-dessus elle s'endormit. Aussitôt le songe lui représente son mari sous la forme d'un jouvenceau de quinze à seize ans, beau comme l'Amour, et qui avait toute l'apparence d'un dieu. Transportée de joie, la belle l'embrasse : il veut s'échapper, elle crie ; mais personne n'accourt au bruit. « Qui que vous soyez, dit-elle, et vous ne sauriez être qu'un dieu, je vous tiens, ô charmant époux ! et je vous verrai tant qu'il me plaira. » L'émotion l'ayant éveillée, il ne lui demeura que le souvenir d'une illusion agréable ; et, au lieu d'un jeune mari, la pauvre Psyché ne voyant en cette chambre que des dorures, ce qui n'était pas ce qu'elle cherchait, ses inquiétudes recommencèrent. Le Sommeil eut encore une fois pitié d'elle ; il la replongea dans les charmes de ses pavots : et la belle acheva ainsi la première nuit de ses noces. Comme il était déjà tard, les nymphes entrèrent, et la trouvèrent encore tout endormie. Pas une ne lui en demanda la raison, ni comment elle avait passé la nuit, mais bien si elle se voulait lever, et de quelle façon il lui plaisait que l'on l'habillât. En disant cela, on lui montre cent sortes d'habits, la plupart très riches. Elle choisit le plus simple, se lève, se fait habiller avec précipitation, et témoigne aux nymphes une impatience de voir les

LIVRE PREMIER

raretés de ce beau séjour. On la mène donc en toutes les chambres : il n'y a point de cabinet ni d'arrière-cabinet qu'elle ne visite, et où elle ne trouve un nouveau sujet d'admiration. De là elle passe sur des balcons, et de ces balcons les nymphes lui font remarquer l'architecture de l'édifice, autant qu'une fille est capable de la concevoir. Elle se souvient qu'elle n'a pas assez regardé de certaines tapisseries. Elle rentre donc, comme une jeune personne qui voudrait tout voir à la fois, et qui ne sait à quoi s'attacher. Les nymphes avaient assez de peine à la suivre, l'avidité de ses yeux la faisant courir sans cesse de chambre en chambre, et considérer à la hâte les merveilles de ce palais, où, par un enchantement prophétique, ce qui n'était pas encore et ce qui ne devait jamais être se rencontrait.

On fit ses murs d'un marbre aussi blanc que l'albâtre ;
Les dedans sont ornés d'un porphyre luisant.
Ces ordres dont les Grecs nous ont fait un présent,
Le dorique sans fard, l'élégant ionique,
Et le corinthien superbe et magnifique,
L'un sur l'autre placés, élèvent jusqu'aux cieux
Ce pompeux édifice où tout charme les yeux.
Pour servir d'ornement à ses divers étages,
L'architecte y posa les vivantes images
De ces objets divins, Cléopâtres, Phrynés[70],
Par qui sont les héros en triomphe menés.
Ces fameuses beautés dont la Grèce se vante,
Celles que le Parnasse en ses fables nous chante,
Ou de qui nos romans font de si beaux portraits,
A l'envi sur le marbre étalaient leurs attraits.
L'enchanteresse Armide, héroïne du Tasse,
A côté d'Angélique[71] avait trouvé sa place.
On y voyait surtout Hélène au cœur léger,
Qui causa tant de maux pour un prince berger[72].
Psyché dans le milieu voit aussi sa statue,
De ces reines des cœurs pour reine reconnue :
La belle à cet aspect s'applaudit en secret,
Et n'en peut détacher ses beaux yeux qu'à regret.
Mais on lui montre encor d'autres marques de gloire :

Là ses traits sont de marbre, ailleurs ils sont d'ivoire ;
Les disciples d'Arachne[73], à l'envi[74] des pinceaux,
En ont aussi formé de différents tableaux.
Dans l'un on voit les Ris divertir cette belle ;
Dans l'autre, les Amours dansent à l'entour d'elle ;
Et, sur cette autre toile, Euphrosyne et ses sœurs[75]
Ornent ses blonds cheveux de guirlandes de fleurs.
Enfin, soit aux couleurs, ou bien dans la sculpture,
Psyché dans mille endroits rencontre sa figure ;
Sans parler des miroirs et du cristal des eaux,
Que ses traits imprimés[76] font paraître plus beaux.

 Les endroits où la belle s'arrêta le plus, ce furent les galeries. Là les raretés, les tableaux, les bustes, non de la main des Apelles[77] et des Phidias, mais de la main même des fées, qui ont été les maîtresses de ces grands hommes, composaient un amas d'objets qui éblouissait la vue, et qui ne laissait pas de lui plaire, de la charmer, de lui causer des ravissements, des extases ; en sorte que Psyché, passant d'une extrémité en une autre, demeura longtemps immobile, et parut la plus belle statue de ces lieux. Des galeries elle repasse encore dans les chambres, afin d'en considérer les richesses, les précieux meubles, les tapisseries de toutes les sortes, et d'autres ouvrages conduits par la fille de Jupiter[78]. Surtout on voyait une grande variété dans ces choses, et dans l'ordonnance de chaque chambre : colonnes de porphyre aux alcôves (ne vous étonnez pas de ce mot d'alcôve : c'est une invention moderne, je vous l'avoue[79] ; mais ne pouvait-elle pas être dès lors en l'esprit des fées ? et ne serait-ce point de quelque description de ce palais que les Espagnols, les Arabes, si vous voulez, l'auraient prise ?) ; les chapiteaux de ces colonnes étaient d'airain de Corinthe pour la plupart. Ajoutez à cela les balustres d'or. Quant aux lits, ou c'était broderie de perles, ou c'était un travail si beau, que l'étoffe n'en devait pas être considérée[80]. Je n'oublierai pas, comme on peut penser, les cabinets[81], et les tables de pierreries ; vases singuliers et par leur matière, et par l'artifice de leur gravure ; enfin de quoi surpasser en prix l'univers entier. Si j'entreprenais de décrire seulement la quatrième partie de ces merveilles, je me rendrais sans doute importun ; car à la fin on s'ennuie de tout, et des belles choses comme du reste. Je me contenterai donc de parler d'une tapisserie relevée d'or, laquelle on fit remarquer principalement à Psyché, non tant pour l'ouvrage, quoiqu'il fût rare, que pour le sujet. La tenture était composée de six pièces.

> Dans la première on voyait un chaos [82],
> Masse confuse, et de qui l'assemblage
> Faisait lutter contre l'orgueil des flots
> Des tourbillons d'une flamme volage.
>
> Non loin de là, dans un même monceau,
> L'air gémissait sous le poids de la terre :
> Ainsi le feu, l'air, la terre, avec l'eau,
> Entretenaient une cruelle guerre [83].
>
> Que fait l'Amour ? volant de bout en bout,
> Ce jeune enfant, sans beaucoup de mystère,
> En badinant vous débrouille le tout,
> Mille fois mieux qu'un sage n'eût su faire.
>
> Dans la seconde, un Cyclope amoureux,
> Pour plaire aux yeux d'une nymphe jolie,
> Se démêlait la barbe et les cheveux ;
> Ce qu'il n'avait encor fait de sa vie.
>
> En se moquant la nymphe s'enfuyait :
> Amour l'atteint ; et l'on voyait la belle
> Qui, dans un bois, le Cyclope priait
> Qu'il l'excusât d'avoir été rebelle.

Dans la troisième, Cupidon paraissait assis sur un char tiré par des tigres. Derrière ce char un petit Amour menait en laisse quatre grands dieux, Jupiter, Hercule, Mars et Pluton ; tandis que d'autres enfants les chassaient, et les faisaient marcher à leur fantaisie. La quatrième et la cinquième représentaient en d'autres manières la puissance de Cupidon. Et dans la sixième ce dieu, quoiqu'il eût sujet d'être fier des dépouilles de l'univers, s'inclinait devant une personne de taille parfaitement belle, et qui témoignait à son air une très grande jeunesse. C'est tout ce qu'on en pouvait juger, car on ne lui voyait point le visage ; et elle avait alors la tête tournée, comme si elle eût voulu se débarrasser d'un nombre infini d'Amours qui l'environnaient. L'ouvrier[84] avait peint le dieu dans un grand respect, tandis que les Jeux et les Ris, qu'il avait amenés à sa suite, se moquaient de lui en cachette, et se faisaient signe du doigt que leur maître était attrapé. Les bordures de cette tapisserie étaient toutes pleines d'enfants qui se jouaient avec des massues, des foudres et des tridents ; et l'on voyait en beaucoup d'endroits pendre pour trophées force bracelets et autres ornements de femmes.

Parmi cette diversité d'objets, rien ne plut tant à la belle que de rencontrer partout son portrait, ou bien sa statue, ou quelque autre ouvrage de cette nature. Il semblait que ce palais fût un temple, et Psyché la déesse à qui il était consacré. Mais de peur que le même objet se présentant si souvent à elle ne lui devînt ennuyeux, les fées l'avaient diversifié, comme vous savez que leur imagination est féconde. Dans une chambre elle était représentée en amazone ; dans une autre, en nymphe, en bergère, en chasseresse, en grecque, en persane, en mille façons différentes et si agréables, que cette belle eut la curiosité de les éprouver, un jour l'une, un autre jour l'autre, plus par divertissement et par jeu que pour en tirer aucun avantage, sa beauté se soutenant assez d'elle-même. Cela se passait toujours avec beaucoup de satisfaction de sa part, force louanges de la part des nymphes, un plaisir extrême de la part du monstre, c'est-à-dire de son époux, qui avait mille moyens de la contempler sans qu'il se montrât. Psyché se fit donc impératrice, simple bergère, ce qu'il lui plut. Ce ne fut pas sans que les nymphes lui dissent qu'elle était belle en toutes sortes d'habits, et sans qu'elle-même se le dît aussi. « Ah ! si mon mari me voyait parée de la sorte ! » s'écriait-elle souvent étant seule. En ce moment-là son mari la voyait peut-être de quelque endroit d'où il ne pouvait être vu ; et, outre le plaisir de la voir, il avait celui d'apprendre ses plus secrètes pensées, et de lui entendre faire un souhait où l'amour avait pour le moins autant de part que la bonne opinion de soi-même. Enfin, il ne se passa presque point de jour que Psyché ne changeât d'ajustement.

« Changer d'ajustement tous les jours ! s'écria Acante ; je ne voudrais point d'autre paradis pour nos dames. » On avoua qu'il avait raison, et il n'y en eut pas un dans la compagnie qui ne souhaitât un pareil bonheur à quelque femme de sa connaissance. Cette réflexion étant faite, Poliphile reprit ainsi :

Notre héroïne passa presque tout ce premier jour à voir le logis ; sur le soir elle s'alla promener dans les cours et dans les jardins, d'où elle considéra quelque temps les diverses faces de l'édifice, sa majesté, ses enrichissements, et ses grâces, la proportion, le bel ordre, et la correspondance de ses parties. Je vous en ferais la description si j'étais plus savant dans l'architecture que je ne suis. A ce défaut, vous aurez recours au palais d'Apollidon[85] ou bien à celui d'Armide[86] ; ce m'est tout un. Quant aux jardins, voyez ceux de Falerine[87] : ils vous pourront donner quelque idée des lieux que j'ai à décrire.

Assemblez, sans aller si loin,
Vaux[88], Liancourt[88], et leurs naïades,
Y joignant, en cas de besoin,
Ruel[88], avecque ses cascades.
Cela fait, de tous les côtés,
Placez en ces lieux enchantés
Force jets affrontant la nue,
Des canaux à perte de vue,
Bordez-les d'orangers, de myrtes, de jasmins,

Qui soient aussi géants que les nôtres sont nains :
    Entassez-en des pépinières ;
    Plantez-en des forêts entières,
    Des forêts, où chante en tout temps
    Philomèle[89], honneur des bocages,
    De qui le règne, en nos ombrages,
    Naît et meurt avec le printemps.
    Mêlez-y les sons éclatants
De tout ce que les bois ont d'agréables chantres.
Chassez de ces forêts les sinistres oiseaux ;
    Que les fleurs bordent leurs ruisseaux ;
    Que l'Amour habite leurs antres.
    N'y laissez entrer toutefois
    Aucune hôtesse de ces bois
    Qu'avec un paisible Zéphyre,
    Et jamais avec un Satyre :
    Point de tels amants dans ces lieux ;
    Psyché s'en tiendrait offensée.
    Ne les offrez point à ses yeux,
    Et moins encore à sa pensée.
    Qu'en ce canton délicieux
    Flore et Pomone[90], à qui mieux mieux,
    Fassent montre de leurs richesses ;
    Et que ce couple de déesses
    Y renouvelle ses présents
    Quatre fois au moins tous les ans.
    Que tout y naisse sans culture ;
    Toujours fraîcheur, toujours verdure,
    Toujours l'haleine et les soupirs
    D'une brigade de zéphyrs.

Psyché ne se promenait au commencement que dans les jardins, n'osant se fier aux bois, bien qu'on l'assurât qu'elle n'y rencontrerait que des Dryades, et pas un seul Faune. Avec le temps elle devint plus hardie. Un jour que la beauté d'un ruisseau l'avait attirée, elle se laissa conduire insensiblement aux replis de l'onde. Après bien des tours, elle parvint à sa source. C'était une grotte assez spacieuse, où, dans un bassin taillé par les seules mains de la Nature, coulait le long d'un rocher une eau argentée, et qui, par son bruit, invitait à un doux sommeil. Psyché ne se put tenir d'entrer dans la grotte. Comme elle en visitait les recoins, la clarté, qui allait toujours en diminuant, lui faillit enfin tout à coup. Il y avait certainement de quoi avoir peur ; mais elle n'en eut pas le loisir. Une voix qui lui était familière l'assura d'abord[91] : c'était celle de son époux. Il s'approcha d'elle, la fit asseoir sur un siège couvert de mousse, se mit à ses pieds ; et, après lui avoir baisé la main, il lui dit, en soupirant : « Faut-il que je doive à la beauté d'un ruisseau une si agréable rencontre ? Pourquoi n'est-ce pas à l'amour ? Ah ! Psyché ! Psyché ! je vois bien que cette passion et vos jeunes ans n'ont encore guère de commerce ensemble. Si vous aimiez, vous chercheriez le silence et la solitude avec plus de soin que vous ne les évitez maintenant. Vous chercheriez les antres sauvages, et auriez bientôt appris que de tous les lieux où on sacrifie au dieu des amants, ceux qui lui plaisent le plus ce sont ceux où on peut lui sacrifier en secret : mais vous n'aimez point.

— Que voulez-vous que j'aime ? répondit Psyché.

— Un mari, dit-il, que vous vous figurerez à votre mode, et à qui vous donnerez telle sorte de beauté qu'il vous plaira.

— Oui : mais, repartit la belle, je ne me rencontrerai peut-être pas avec la Nature ; car il y a bien de la fantaisie en cela. J'ai ouï dire que non seulement chaque nation avait son goût, mais chaque personne aussi. Une amazone se proposerait un mari dont les grâces feraient trembler, un mari ressemblant à Mars ; moi je m'en proposerai un semblable à l'Amour. Une personne mélancolique ne manquerait pas de donner à ce mari un air sérieux ; moi, qui suis gaie, je lui en donnerai un enjoué. Enfin, je croirai vous faire plaisir en vous attribuant une beauté délicate, et peut-être vous ferais-je tort.

— Quoi que c'en soit, dit le mari, vous n'avez pas attendu jusqu'à présent à vous forger une image de votre époux : je vous prie de me dire quelle elle est.

— Vous avez dans mon esprit, poursuivit la belle,

une mine aussi douce que trompeuse ; tous les traits fins ; l'œil riant et fort éveillé ; de l'embonpoint[92] et de la jeunesse, on ne saurait se tromper à ces deux points-là : mais je ne sais si vous êtes Éthiopien ou Grec ; et quand je me suis fait une idée de vous, la plus belle qu'il m'est possible, votre qualité de monstre vient tout gâter. C'est pourquoi le plus court et le meilleur, selon mon avis, c'est de permettre que je vous voie. »

Son mari lui serra la main, et lui dit avec beaucoup de douceur : « C'est une chose qui ne se peut pour des raisons que je ne saurais même vous dire. — Je ne saurais donc vous aimer », reprit-elle assez brusquement. Elle en eut regret, d'autant plus qu'elle avait dit cela contre sa pensée : mais quoi ! la faute était faite. En vain elle voulut la réparer par quelques caresses : son mari avait le cœur si serré qu'il fut un temps assez long sans pouvoir parler. Il rompit à la fin son silence par un soupir, que Psyché n'eut pas plus tôt entendu qu'elle y répondit, bien qu'avec quelque sorte de défiance. Les paroles de l'oracle lui revenaient en l'esprit. Le moyen de les accorder avec cette douceur passionnée que son époux lui faisait paraître ? Celui qui empoisonnait, qui brûlait, qui faisait ses jeux des tortures, soupirer pour un simple mot ! Cela semblait tout à fait étrange à notre héroïne ; et, à dire vrai, tant de tendresse en un monstre était une chose assez nouvelle. Des soupirs il en vint aux pleurs, et des pleurs aux plaintes. Tout cela plut extrêmement à la belle : mais, comme il disait des choses trop pitoyables, elle ne put souffrir qu'il continuât, et lui mit premièrement la main sur la bouche, puis la bouche même ; et par un baiser, bien mieux qu'elle n'aurait fait avec toutes les paroles du monde, elle l'assura que, tout invisible et tout monstre qu'il voulait être, elle ne laissait pas de l'aimer. Ainsi se passa l'histoire de la grotte. Il leur en arriva beaucoup de pareilles.

Notre héroïne ne perdit pas la mémoire de ce que lui avait dit son époux. Ses rêveries la menaient souvent jusqu'aux lieux les plus écartés de ce beau séjour, et faisaient si bien que la nuit la surprenait devant qu'elle pût gagner le logis. Aussitôt son mari la venait trouver sur un char environné de ténèbres ; et, plaçant à côté de lui notre jeune épouse, ils se promenaient au bruit des fontaines. Je laisse à penser si les protestations, les serments, les entretiens pleins de passion, se renouvelaient, et de fois à autres aussi les baisers ; non point de mari à femme, il n'y a rien de plus insipide, mais de maîtresse à amant, et, pour ainsi dire, de gens qui n'en seraient encore qu'à l'espérance. Quelque chose manquait pourtant à la satisfaction de Psyché. Vous voyez bien que j'entends parler de la fantaisie de son mari, c'est-à-dire de cette opiniâtreté à demeurer invisible. Toute la postérité s'en est étonnée. Pourquoi une résolution si extravagante ? il se peut trouver des personnes laides qui affectent de se montrer : la rencontre n'en est pas rare ; mais que ceux qui sont beaux se cachent, c'est un prodige dans la nature ; et peut-être n'y avait-il que cela de monstrueux en la personne de notre époux. Après en avoir cherché la raison, voici ce que j'ai trouvé dans un manuscrit qui est venu depuis peu à ma connaissance.

Nos amants s'entretenaient à leur ordinaire, et la jeune épouse, qui ne songeait qu'aux moyens de voir son mari, ne perdait pas une seule occasion de lui en parler. De discours en autre ils vinrent aux merveilles de ce séjour. Après que la belle eut fait une longue énumération des plaisirs qu'elle y rencontrait, disait-elle, de tous côtés, il se trouva qu'à son compte le principal point y manquait. Son mari ne voyait que trop où elle avait dessein d'en venir ; mais, comme entre amants les contestations sont quelquefois bonnes à plus d'une chose, il voulut qu'elle s'expliquât, et lui demanda ce que ce pouvait être que ce point d'une si grande importance, vu qu'il avait donné ordre aux fées que rien ne manquât.

« Je n'ai que faire des fées pour cela, repartit la belle : voulez-vous me rendre tout à fait heureuse ? je vous en enseignerai un moyen bien court : il ne faut...

Mais je vous l'ai dit tant de fois inutilement, que je n'oserais plus vous le dire.

— Non, non, reprit le mari, n'appréhendez pas de m'être importuné : je veux bien que vous me traitiez comme on fait les dieux ; ils prennent plaisir à se faire demander cent fois une même chose : qui vous a dit que je ne suis pas de leur naturel ? »

Notre héroïne, encouragée par ces paroles, lui repartit : « Puisque vous me le permettez, je vous dirai franchement que tous vos palais, tous vos meubles, tous vos jardins, ne sauraient me récompenser [93] d'un moment de votre présence, et vous voulez que j'en sois tout à fait privée : car je ne puis appeler présence un bien où les yeux n'ont aucune part.

— Quoi ! je ne suis pas maintenant de corps auprès de vous, reprit le mari, et vous ne me touchez pas ?

— Je vous touche, repartit-elle, et sens bien que vous avez une bouche, un nez, des yeux, un visage, tout cela proportionné comme il faut, et, selon que je m'imagine, assorti de traits qui n'ont pas leurs pareils au monde ; mais jusqu'à ce que j'en sois assurée, cette présence de corps dont vous me parlez est présence d'esprit pour moi. — Présence d'esprit ! » repartit l'époux. Psyché l'empêcha de continuer, et lui dit en l'interrompant : « Apprenez-moi du moins les raisons qui vous rendent si opiniâtre.

— Je ne vous les dirai pas toutes, reprit l'époux ; mais, afin de vous contenter en quelque façon, examinez la chose en vous-même ; vous serez contrainte de m'avouer qu'il est à propos pour l'un et pour l'autre de demeurer en l'état où nous nous trouvons. Premièrement, tenez-vous certaine que du moment que vous n'aurez plus rien à souhaiter, vous vous ennuierez. Et comment ne vous ennuieriez-vous pas ? les dieux s'ennuient bien ; ils sont contraints de se faire de temps en temps des sujets de désir et d'inquiétude : tant il est vrai que l'entière satisfaction et le dégoût se tiennent la main ! Pour ce qui me touche, je prends un plaisir extrême à vous voir en peine ; d'autant plus que votre imagination ne se forge guère de monstres, j'entends d'images de ma personne, qui ne soient très agréables. Et, pour vous dire une raison plus particulière, vous ne doutez pas qu'il n'y ait quelque chose en moi de surnaturel. Nécessairement je suis dieu, ou je suis démon, ou bien enchanteur. Si vous trouvez que je sois démon, vous me haïrez : et si je suis dieu, vous cesserez de m'aimer, ou du moins vous ne m'aimerez plus avec tant d'ardeur ; car il s'en faut bien qu'on aime les dieux aussi violemment que les hommes. Quant au troisième, il y a des enchanteurs agréables : je puis être de ceux-là ; et possible suis-je tous les trois ensemble. Ainsi le meilleur pour vous est l'incertitude, et qu'après la possession vous ayez toujours de quoi désirer : c'est un secret dont on ne s'était pas encore avisé. Demeurons-en là, si vous m'en croyez : je sais ce que c'est d'amour, et le dois savoir. »

Psyché se paya de ces raisons, ou, si elle ne s'en paya, elle fit semblant de s'en payer. Cependant elle inventait mille jeux pour se divertir. Les parterres étaient dépouillés, l'herbe des prairies foulée : ce n'étaient que danses et combats de nymphes, qui se séparaient souvent en deux troupes ; et, distinguées par des écharpes de fleurs, comme par des ordres de chevalerie, se jetaient ensuite tout ce que Flore leur présentait ; puis le parti victorieux dressait un trophée, et dansait autour, couronné d'œillets et de roses. D'autres fois Psyché se divertissait à entendre un défi de rossignols, ou à voir un combat naval de cygnes, des tournois et des joutes de poissons. Son plus grand plaisir était de présenter un appât à ces animaux, et, après les avoir pris, de les rendre à leur élément. Les nymphes suivaient en cela son exemple. Il y avait tous les soirs gageure à qui en prendrait davantage. La plus heureuse en sa pêche obtenait quelque faveur de notre héroïne ; la plus malheureuse était condamnée à quelque peine, comme de faire un bouquet ou une guirlande à chacune de ses compagnes. Ces spectacles se terminaient par le coucher du soleil.

> Il était témoin de la fête,
> Paré d'un magnifique atour ;
> Et, caché le reste du jour,
> Sur le soir il montrait sa tête.

Mais comment la montrait-il ? environnée d'un diadème d'or et de pourpre, et avec toute la magnificence et la pompe qu'un roi des astres peut étaler[94].

Le logis fournissait pareillement ses plaisirs, qui n'étaient tantôt que de simples jeux, et tantôt des divertissements plus solides. Psyché commençait à ne plus agir en enfant. On lui racontait les amours des dieux, et les changements de forme qu'a causés cette passion[95], source de bien et de mal. Le savoir des fées avait mis en tapisseries les malheurs de Troie, bien qu'ils ne fussent pas encore arrivés. Psyché se les faisait expliquer. Mais voici un merveilleux effet de l'enchantement. Les hommes, comme vous savez, ignoraient alors ce bel art que nous appelons comédie ; il n'était pas même encore dans son enfance ; cependant on le fit voir à la belle dans sa plus grande perfection, et tel que Ménandre et Sophocle nous l'ont laissé. Jugez si on y épargnait les machines, les musiques, les beaux habits, les ballets des anciens, et les nôtres. Psyché ne se contenta pas de la fable, il fallut y joindre l'histoire, et l'entretenir des diverses façons d'aimer qui sont en usage chez chaque peuple ; quelles sont les beautés des Scythes, quelles celles des Indiens, et tout ce qui est contenu sur ce point dans les archives de l'univers, soit pour le passé, soit pour l'avenir, à l'exception de son aventure, qu'on lui cacha, quelque prière qu'elle fît aux nymphes de la lui apprendre. Enfin, sans qu'elle bougeât de son palais, toutes les affaires qu'Amour a dans les quatre parties du monde lui passèrent devant les yeux. Que vous dirai-je davantage ? on lui enseigna jusqu'aux secrets de la poésie. Cette corruptrice des cœurs acheva de gâter celui de notre héroïne, et la fit tomber dans un mal que les médecins appellent glucomorie[96], qui lui pervertit tous les sens, et la ravit comme à elle-même. Elle parlait, étant seule,

> Ainsi qu'en usent les amants
> Dans les vers et dans les romans.

allait rêver au bord des fontaines, se plaindre aux rochers, consulter les antres sauvages : c'était où son mari l'attendait. Il n'y eut chose dans la nature qu'elle n'entretint de sa passion. « Hélas ! disait-elle aux arbres, je ne saurais graver sur votre écorce que mon nom seul, car je ne sais pas celui de la personne que j'aime. » Après les arbres, elle s'adressait aux ruisseaux : ceux-ci étaient ses principaux confidents, à cause de l'aventure que je vous ai dite. S'imaginant que leur rencontre lui était heureuse, il n'y en eut pas un auquel elle ne s'arrêtât, jusqu'à espérer qu'elle attraperait sur leurs bords son mari dormant, et qu'après il serait inutile au monstre de se cacher.

Dans cette pensée, elle leur disait à peu près les choses que je vais vous dire, et les leur disait en vers aussi bien que moi.

« Ruisseaux, enseignez-moi l'objet de mon amour,
Guidez vers lui mes pas, vous dont l'onde est si pure ;
Ne dormirait-il point en ce sombre séjour,
Payant un doux tribut à votre doux murmure ?

En vain, pour le savoir, Psyché vous fait la cour,
En vain elle vous vient conter son aventure.
Vous n'osez déceler cet ennemi du jour,
Qui rit en quelque coin du tourment que j'endure.

Il s'envole avec l'ombre, et me laisse appeler.
Hélas ! j'use au hasard de ce mot d'envoler :
Car je ne sais pas même encor s'il a des ailes.

J'ai beau suivre vos bords, et chercher en tous lieux :
Les antres seulement m'en disent des nouvelles,
Et ce que je chéris n'est pas fait pour mes yeux. »

Ne doutez point que ces peines dont parlait Psyché n'eussent leurs plaisirs : elle les passait souvent sans s'apercevoir de la durée, je ne dirai pas des heures, mais des soleils, de sorte que l'on peut dire que ce qui manquait à sa joie faisait une partie des douceurs qu'elle goûtait en aimant ; mille fois heureuse si elle eût suivi les conseils de son époux, et qu'elle eût compris l'avantage et le bien que c'est de ne pas atteindre à la suprême félicité ! car, sitôt que l'on en est là, il est force que l'on descende, la Fortune n'étant pas d'humeur à laisser reposer sa roue. Elle est femme, et Psyché l'était aussi, c'est-à-dire incapable de demeurer en un même état. Notre héroïne le fit bien voir par la suite. Son mari, qui sentait approcher ce moment fatal, ne la venait plus visiter avec sa gaieté ordinaire. Cela fit craindre à la jeune épouse quelque refroidissement. Pour s'en éclaircir, comme nous voulons tout savoir, jusqu'aux choses qui nous déplaisent, elle dit à son époux : « D'où vient la tristesse que je remarque depuis quelque temps dans tous vos discours ? Rien ne vous manque, et vous soupirez ! que feriez-vous donc si vous étiez en ma place ? N'est-ce point que vous commencez à vous dégoûter ? En vérité, je le crains, non pas que je sois devenue moins belle ; mais, comme vous dites vous-même, je suis plus vôtre que je n'étais. Serait-il possible, après tant de cajoleries et de serments, que j'eusse perdu votre amour ? Si ce malheur-là m'est arrivé, je ne veux plus vivre. » A peine eut-elle achevé ces paroles, que le monstre fit un soupir, soit qu'il fût touché des choses qu'elle avait dites, soit qu'il eût un pressentiment de ce qui devait arriver. Il se mit ensuite à pleurer, mais fort tendrement ; puis, cédant à la douleur, il se laissa mollement aller sur le sein de la jeune épouse, qui, de son côté, pour mêler ses larmes avec celles de son mari, pencha doucement la tête; de sorte que leurs bouches se rencontrèrent, et nos amants, n'ayant pas le courage de les séparer, demeurèrent longtemps sans rien dire. Toutes ces circonstances sont déduites au long dans le manuscrit dont je vous ai parlé tantôt. Il faut que je vous l'avoue, je ne lis jamais cet endroit que je ne me sente ému.

« En effet, dit alors Gélaste, qui n'aurait pitié de ces pauvres gens ? Perdre la parole ! il faut croire que leurs bouches s'étaient bien malheureusement rencontrées : cela me semble tout à fait digne de compassion. — Vous en rirez tant qu'il vous plaira, reprit Poliphile; mais, pour moi, je plains deux amants de qui les caresses sont mêlées de crainte et d'inquiétude. Si, dans une ville assiégée ou dans un vaisseau menacé de la tempête, deux personnes s'embrassaient ainsi, les tiendriez-vous heureuses? — Oui vraiment, repartit Gélaste; car en tout ce que vous dites-là le péril est encore bien éloigné. Mais, vu l'intérêt que vous prenez à la satisfaction de ces deux époux, et la pitié que vous avez d'eux, vous ne vous hâtez guère de les tirer de ce misérable état où vous les avez laissés : ils mourront si vous ne leur rendez la parole. — Rendons-la-leur donc », continua Poliphile.

Au sortir de cette extase, la première chose que fit Psyché, ce fut de passer sa main sur les yeux de son époux, afin de sentir s'ils étaient humides; car elle craignait que ce ne fût feinte. Les ayant trouvés en bon état, et comme elle les demandait, c'est-à-dire mouillés de larmes, elle condamna ses soupçons, et fit scrupule de démentir un témoignage de passion beaucoup plus certain que toutes les assurances de bouche, serments et autres. Cela lui fit attribuer le chagrin de son mari à quelque défaut de tempérament, ou bien à des choses qui ne la regardaient point. Quant à elle, après tant de preuves, la puissance de ses appas lui sembla trop bien établie, et le monstre, trop amoureux, pour faire qu'elle craignît aucun changement. Lui, au contraire, aurait souhaité qu'elle appréhendât ; car c'était l'unique moyen de la rendre sage, et de mettre un frein à sa curiosité. Il lui dit beaucoup de choses sur ce sujet, moitié sérieusement, et moitié avec raillerie ; à quoi Psyché repartait fort bien, et le mari déclamait toujours contre les femmes trop curieuses.

« Que vous êtes étrange avec votre curiosité ! lui dit son épouse. Est-ce vous désobliger que de souhaiter de vous voir, puisque vous dites vous-même que vous êtes si agréable ? Hé bien ! quand j'aurais tâché de me satisfaire, qu'en sera-t-il ? — Je vous quitterai, dit le mari. — Et moi je vous retiendrai, repartit la belle. — Mais si j'ai juré par le Styx[97] ? continua son époux. — Qui est-il, ce Styx ? dit notre héroïne. Je vous demanderais volontiers s'il est plus puissant que ce qu'on appelle beauté. Quand il le serait, pourriez-vous souffrir que j'errasse par l'univers, et que Psyché se plaignît d'être abandonnée de son mari sur un prétexte de curiosité, et pour ne pas manquer de parole au Styx ? Je ne vous puis croire si déraisonnable. Et le scandale, et la honte ?

— Il paraît bien que vous ne me connaissez pas, repartit l'époux, de m'alléguer le scandale et la honte : ce sont choses dont je ne me mets guère en peine. Quant à vos plaintes, qui vous écoutera ? et que direz-vous ? Je voudrais bien que quelqu'un des dieux fût si téméraire que de vous accorder sa protection ! Voyez-vous, Psyché, ceci n'est point une raillerie : je vous aime autant que l'on peut aimer ; mais ne me comptez plus pour ami dès le moment que vous m'aurez vu. Je sais bien que vous n'en parlez que par raillerie, et non pas avec un véritable dessein de me causer un tel déplaisir ; cependant j'ai sujet de craindre qu'on ne vous conseille de l'entreprendre. Ce ne seront pas les nymphes : elles n'ont garde de me trahir, ni de vous rendre ce mauvais office. Leur qualité de demi-déesses les empêche d'être envieuses ; puis, je les tiens toutes par des engagements trop particuliers. Défiez-vous du dehors. Il y a déjà deux personnes au pied de ce mont qui vous viennent rendre visite. Vous et moi nous nous passerions fort bien de ce témoignage de bienveillance. Je les chasserais, car elles me choquent, si le Destin, qui est maître de toutes choses, me le permettait. Je ne vous nommerai point ces personnes. Elles vous appellent de tous côtés. S'il arrive que le Destin porte leur voix jusqu'à vous, ce que je ne saurais empêcher, ne descendez pas, laissez-les crier, et qu'elles viennent comme elles pourront. » Là-dessus il la quitta, sans vouloir lui dire quelles personnes c'étaient, quoique la belle promît avec grands serments de ne pas les aller trouver, et encore moins de les croire.

Voilà Psyché fort embarrassée, comme vous voyez. Deux curiosités à la fois ! Y a-t-il femme qui y résistât ? Elle épuisa sur ce dernier point tout ce qu'elle avait de lumières et de conjectures. « Cette visite m'étonne, disoit-elle en se promenant un peu loin des nymphes. Ne serait-ce point mes parents ? Hélas ! mon mari est bien cruel d'envier à deux personnes qui n'en peuvent plus la satisfaction de me voir ! Si les bonnes gens[98] vivent encore, ils ne sauraient être fort éloignés du dernier moment de leur course. Quelle consolation pour eux, que d'apprendre combien je suis pourvue richement, et si, avant que d'entrer dans la tombe, ils voyaient au moins un échantillon des douceurs et des avantages dont je jouis, afin d'en emporter quelque souvenir chez les morts ! Mais si ce sont eux, pourquoi mon mari se met-il en peine ? Ils ne m'ont jamais inspiré que l'obéissance. Vous verrez que ce sont mes sœurs. Il ne doit pas les appréhender. Les pauvres femmes n'ont autre soin que de contenter leurs maris. O dieux ! je serais ravie de les mener en tous les endroits de ce beau séjour, et surtout de leur faire voir la comédie et ma garde-robe. Elles doivent avoir des enfants, si la mort ne les a privées, depuis mon départ, de ces doux fruits de leur mariage : qu'elles seraient aises de leur reporter mille menus affiquets[99] et joyaux de prix dont je ne tiens compte, et que les nymphes et moi nous foulons aux pieds, tant ce logis en est plein ! »

Ainsi raisonnait Psyché, sans qu'il lui fût possible d'asseoir aucun jugement certain sur ces deux personnes : il y avait même des intervalles où elle croyait que ce pouvaient être quelques-uns de ses amants. Dans cette pensée, elle disait quelque peu plus bas : « Ne va point en prendre l'alarme, charmant époux ! laisse-les venir : je te les sacrifierai de la plus cruelle manière dont jamais femme se soit avisée ; et tu en auras le plaisir, fussent-ils enfants de roi. »

Ces réflexions furent interrompues par le Zéphyre, qu'elle fit venir à grands pas et fort échauffé. Il s'approcha d'elle avec le respect ordinaire, lui dit que ses sœurs étaient au pied de cette montagne ; qu'elles avaient plusieurs fois traversé le petit bois sans qu'il leur eût été possible de passer outre, les dragons les arrêtant avec grand'frayeur ; qu'au reste c'était pitié que de les ouïr appeler ; qu'elles n'avaient tantôt plus de voix, et que les échos n'étaient occupés qu'à répéter le nom de Psyché. Le pauvre Zéphyre pensait bien faire : son maître, qui avait défendu aux nymphes de donner ce funeste avis, ne s'était pas souvenu de lui en parler. Psyché le remercia agréablement, comme toutes choses, et lui dit qu'on aurait peut-être besoin de son ministère. Il ne fut pas sitôt retiré que la belle, mettant à part les menaces de son époux, ne songea plus qu'aux moyens d'obtenir de lui que ses sœurs seraient enlevées comme elle à la cime de ce rocher. Elle médita une harangue pour ce sujet, ne manqua pas de s'en servir, de bien prendre son temps, et d'entremêler le tout de caresses : faites votre compte qu'elle n'omit rien de ce qui pouvait contribuer à sa perte. Je voudrais m'être souvenu des termes de cette harangue ; vous y trouveriez une éloquence, non pas véritablement d'orateur, ni aussi d'une personne qui n'aurait fait toute sa vie qu'écouter. La belle représenta, entre autres choses, que son bonheur serait imparfait tant qu'il demeurerait inconnu. A quoi bon tant d'habits superbes ? Il savait très bien qu'elle avait de quoi s'en passer ; s'il avait cru à propos de lui en faire un présent, ce devait être plutôt pour la montre que pour le besoin. Pourquoi les raretés de ce séjour, si on ne lui permettait de s'en faire honneur ? car à son égard ce n'était plus raretés : l'émail des parterres, celui des prés, et celui des pierreries, commençaient à lui être égaux ; leur différence ne dépendait plus que des yeux d'autrui. Il ne fallait pas blâmer une ambition dont elle avait pour exemple tout ce qu'il y a de plus grand au monde. Les rois se plaisent à étaler leurs richesses, et à se montrer quelquefois avec l'éclat et la gloire dont ils jouissent. Il n'est pas jusqu'à Jupiter qui n'en fasse autant. Quant à elle, cela lui était interdit, bien qu'elle en eût plus de besoin qu'aucun autre : car, après les paroles de l'oracle, quelle croyance pouvait-on avoir de l'état de sa fortune ? point d'autre, sinon qu'elle vivait enfermée dans quelque repaire, où elle se nourrissait de la proie que lui apportait son mari, devenue compagne des ours : pourvu qu'encore ce même mari eût attendu jusque-là à la dévorer. Qu'il avait intérêt, pour son propre honneur, de détruire cette croyance, et qu'elle lui en parlait beaucoup plus pour lui que pour elle ; quoique, à dire la vérité, il lui fût fâcheux de passer pour un objet de pitié, après avoir été un objet d'envie. Et que savait-elle si ses parents n'en étaient point morts, ou n'en mourraient point de douleur ? Si ses sœurs l'aimaient, pourquoi leur laisser ce déplaisir ? Et si elles avaient d'autres sentiments, y avait-il un meilleur moyen de les punir que de les rendre témoins de sa gloire ? C'est en substance ce que dit Psyché.

Son époux lui repartit : « Voilà les meilleures raisons du monde ; mais elles ne me persuaderaient pas, s'il m'était libre d'y résister. Vous êtes tombée justement dans les trois défauts qui ont le plus accoutumé de nuire aux personnes de votre sexe, la curiosité, la vanité, et le trop d'esprit. Je ne réponds pas à vos arguments, ils sont trop subtils ; et puisque vous voulez votre perte, et que le Destin la veut aussi, je vas y mettre ordre, et commander au Zéphyre de vous apporter vos sœurs. Plût au Sort qu'il les laissât tomber en chemin !

— Non, non, reprit Psyché quelque peu piquée, puisque leur visite vous déplaît tant, ne vous en mettez plus en peine : je vous aime trop pour vous vouloir obliger à ces complaisances. — Vous m'aimez trop ? repartit l'époux ; vous, Psyché, vous m'aimez trop ? et comment voulez-vous que je le croie ? Sachez que les vrais amants ne se soucient que de leur amour. Que le monde parle, raisonne, croie ce qu'il voudra ; qu'on les plaigne, qu'on les envie, tout leur est égal, c'est-à-dire indifférent. »

Psyché l'assura qu'elle était dans ces sentiments, mais il fallait pardonner quelque chose à sa jeunesse, outre l'amitié qu'elle avait toujours eue pour ses sœurs ; non qu'elle insistât davantage sur la liberté de les voir. En disant qu'elle ne la demandait pas, ses caresses la demandaient, et l'obtinrent enfin. Son époux lui dit qu'elle possédât à son aise ces sœurs si chéries ; qu'afin de lui en donner le loisir, il demeurerait quelques jours sans la venir voir. Et sur ce que notre héroïne lui demanda s'il trouverait bon qu'elle les régalât de quelques présents : « Non seulement elles, lui dit l'époux, mais leur famille, leur parenté. Divertissez-les comme il vous plaira ; donnez-leur diamants et perles ; donnez-leur tout, puisque tout vous appartient. C'est assez pour moi que vous vous gardiez de les croire. » Psyché le promit, et ne le tint pas.

Le monstre partit et quitta sa femme plus matin que de coutume : si bien qu'y ayant encore beaucoup de chemin à faire jusqu'à l'aurore, notre héroïne en acheva une partie en rêvant à la visite qu'elle était prête de recevoir, une autre partie en dormant. Et à son lever elle fut toute étonnée que les nymphes lui amenèrent ses sœurs. La joie de Psyché ne fut pas moindre que sa surprise : elle en donna mille marques, mille baisers, que ses sœurs reçurent au moins mal qui leur fut possible, et avec toute la dissimulation dont elles se trouvèrent capables. Déjà l'envie s'était emparée du cœur de ces deux personnes. « Comment ! on les avait fait attendre que leur sœur fût éveillée ! Était-elle d'un autre sang ? avait-elle plus de mérite que ses aînées ? Leur cadette être une déesse, et elles de chétives reines ! La moindre chambre de ce palais valait dix royaumes comme ceux de leurs maris ! Passe encore pour des richesses, mais de la divinité, c'était trop. Hé quoi ! les mortelles n'étaient pas dignes de la servir ! on voyait une douzaine de nymphes à l'entour d'une toilette, à l'entour d'un brodequin : mais quel brodequin ! qui valait autant que tout ce qu'elles avaient coûté en habits depuis qu'elles étaient au monde. » C'est ce qui roulait au cœur de ces femmes, ou pour mieux dire de ces furies : je ne devrais plus les appeler autrement.

Cette première entrevue se passa pourtant comme il faut, grâces à la franchise de Psyché et à la dissimulation de ses sœurs. Leur cadette ne s'habilla qu'à demi, tant il tardait à la belle de leur montrer sa béatitude ! Elle commença par le point le plus important, c'est-à-dire par les habits, et par l'attirail que le sexe traîne après lui. Il était rangé dans des magasins dont à peine on voyait le bout : vous savez que cet attirail est une chose infinie. Là se rencontrait avec abondance ce qui contribue non seulement à la propreté, mais à la délicatesse : équipage de jour et de nuit, vases et baignoires d'or ciselé, instruments du luxe ; laboratoires, non pour les fards [100] : de quoi eussent-ils servi à Psyché ? Puis l'usage en était alors inconnu. L'artifice et le mensonge ne régnaient pas comme ils font en ce siècle-ci. On n'avait point encore vu de ces femmes qui ont trouvé le secret de devenir vieilles à vingt ans et de paraître jeunes à soixante, et qui, moyennant trois ou quatre boîtes, l'une d'embonpoint[101], l'autre de fraîcheur, et la troisième de vermillon, font subsister leurs charmes comme elles peuvent. Certainement l'Amour leur est obligé de la peine qu'elles se donnent. Les laboratoires dont il s'agit n'étaient donc que pour les parfums : il y en avait en eaux, en essences, en poudres, en pastilles, et en mille espèces dont je ne sais pas les noms, et qui n'en eurent possible jamais. Quand tout l'empire de Flore, avec les deux Arabies[102], et les lieux où naît le baume, seraient distillés, on n'en ferait pas un assortiment de senteurs comme celui-là. Dans un autre endroit étaient des piles de joyaux, ornements et chaînes de pierreries, bracelets, colliers, et autres machines qui se fabriquent à Cythère. On étala les filets de perles ; on déploya les habits chamarrés de diamants : il y avait de quoi armer un million de belles de toutes pièces. Non que Psyché ne se pût passer de ces choses, comme je l'ai déjà dit ; elle n'était pas de ces conquérantes à qui il faut un peu d'aide : mais, pour la grandeur et pour la forme, son mari le voulait ainsi.

Ses sœurs soupiraient à la vue de ces objets : c'étaient autant de serpents qui leur rongeaient l'âme. Au sortir de cet arsenal, elles furent menées dans les chambres, puis dans les jardins ; et partout elles avalaient un nouveau poison. Une des choses qui leur causa le plus de dépit fut qu'en leur présence notre héroïne ordonna aux zéphyrs de redoubler la fraîcheur ordinaire de ce séjour, de pénétrer jusqu'au fond des bois, d'avertir les rossignols qu'ils se tinssent prêts, et que ses sœurs se promèneraient sur le soir en un tel endroit. « Il ne lui reste, se dirent les sœurs à l'oreille, que de commander aux saisons et aux éléments. »

Cependant les nymphes n'étaient pas inutiles ; elles préparaient les autres plaisirs, chacune selon son office : celles-là les collations, celles-ci la symphonie ; d'autres les divertissements de théâtre. Psyché trouva bon que ces dernières missent son aventure en comédie. On y joua les plus considérables de ses amants, à l'exception du mari, qui ne parut point sur la scène : les nymphes étoient trop bien averties pour le donner à connaître. Mais, comme il fallait une conclusion à la pièce, et que cette conclusion ne pouvait être autre qu'un mariage, on fit épouser la belle par ambassadeurs ; et ces ambassadeurs furent les Jeux et les Ris : mais on ne nomma point le mari.

Ce fut le premier sujet qu'eurent les deux sœurs de douter des charmes de cet époux. Elles s'étaient malicieusement informées de ses qualités, s'imaginant que ce serait un vieux roi, qui, ne pouvant mieux, amusait sa femme avec des bijoux. Mais Psyché leur en avoit dit des merveilles ; qu'il n'était guère plus âgé que la plus jeune d'entre elles deux ; qu'il avait la mine d'un Mars, et pourtant beaucoup de douceur en son procédé ; les traits de visage agréables ; galant, surtout. Elles en seraient juges elles-mêmes, non de ce voyage : il était absent ; les affaires de son État le retenaient en une province dont elle avoit oublié le nom ; au reste, qu'elles se gardassent bien d'interpréter l'oracle à la lettre : ces qualités d'incendiaire et d'empoisonneur n'étaient autre chose qu'une énigme qu'elle leur expliquerait quelque jour, quand les affaires de son époux le lui permettraient.

Les deux sœurs écoutaient ces choses avec un chagrin qui allait jusqu'au désespoir. Il fallut pourtant se contraindre pour leur honneur, et aussi pour se conserver quelque créance en l'esprit de leur cadette : cela leur était nécessaire dans le dessein qu'elles avaient. Les maudites femmes s'étaient proposé de tenter toutes sortes de moyens pour engager leur sœur à se perdre, soit en lui donnant de mauvaises impressions de son mari, soit en renouvelant dans son âme le souvenir d'un de ses amants.

Huit jours se passèrent en divertissements continuels, à toujours changer : nos envieuses se gardaient bien de demander deux fois une même chose ; c'eût été faire plaisir à leur sœur, qui, de son côté, les accablait de caresses. Moins elles avaient lieu de s'ennuyer, et plus elles s'ennuyaient. Elles auraient pris congé dès le second jour, sans la curiosité de voir ce mari, qu'elles ne croyaient ni si beau ni si aimable que disait Psyché. Beaucoup de raisons le leur faisaient juger de la sorte : premièrement les paroles de l'oracle ; cette prétendue absence, qui se rencontrait justement dans le temps de leur visite ; cette province dont Psyché avait oublié le nom ; l'embarras où elle était en parlant de son mari : elle n'en parlait qu'en hésitant, étant trop bien née et trop jeune pour pouvoir mentir avec assurance. Ses sœurs faisaient leur profit de tout. L'envie leur ouvrait les yeux : c'est un démon qui ne laisse rien échapper, et qui tire conséquence de toutes choses, aussi bien que la jalousie.

Au bout des huit jours, Psyché congédia ses aînées avec force dons et prières de revenir : qu'on ne les ferait plus attendre comme on avait fait ; qu'elle tâcherait d'obtenir de son mari que les dragons fussent enchaînés ; qu'aussitôt qu'elles seraient arrivées au pied du rocher, on les enlèverait au sommet, soit le Zéphyre en personne, soit son haleine : elles n'auraient qu'à s'abandonner dans les airs. Les présents que leur fit Psyché furent des essences et des pierreries, force raretés à leurs maris, toutes sortes de jouets à leurs enfants ; quant aux personnes dont la belle tenait le jour, deux fioles d'un élixir capable de rajeunir la vieillesse même.

Les deux sœurs parties, et le mari revenu, Psyché lui conta tout ce qui s'était passé, et le reçut avec les caresses que l'absence a coutume de produire entre nouveaux mariés, si bien que le monstre, ne trouvant point l'amour de sa femme diminué ni sa curiosité accrue, se mit en l'esprit qu'en vain il craignait ces sœurs, et se laissa tellement persuader qu'il agréa leurs visites, et donna les mains [103] à tout ce que voulut sa femme sur ce sujet.

Les sœurs ne trouvèrent pas à propos de révéler ces merveilles ; c'eût été contribuer elles-mêmes à la gloire de leur cadette. Elles dirent que leur voyage avait été inutile, qu'elles n'avaient point vu Psyché, mais qu'elles espéraient la voir par le moyen d'un jeune homme appelé Zéphyre, qui tournait sans cesse à l'entour du roc, et qu'elles gagneraient infailliblement, pourvu qu'elles s'en voulussent donner la peine.

Quand elles étaient seules, et qu'on ne pouvait les entendre, elles se plaignaient l'une à l'autre de la félicité de leur sœur[104].

« Si son mari, disait l'une, est aussi bien fait qu'il est riche, notre cadette se peut vanter que l'épouse de Jupiter n'est pas si heureuse qu'elle. Pourquoi le Sort lui a-t-il donné tant d'avantage sur nous ? Méritions-nous moins que cette jeune étourdie ? et n'avions-nous pas autant de beauté et plus d'esprit qu'elle ? — Je voudrais que vous sussiez, disait l'autre, quelle sorte de mari j'ai épousé : il a toujours une douzaine de médecins à l'entour de sa personne. Je ne sais comme il ne les fait point coucher avec lui : car, pour me faire cet honneur, cela ne lui arrive que rarement, et par des considérations d'État ; encore faut-il qu'Esculape le lui conseille. — Ma condition, continuait la première, est pire que tout cela ; car non seulement mon mari me prive des caresses qui me sont dues, mais il en fait part à d'autres personnes. Si votre époux a une douzaine de médecins à l'entour de lui, je puis dire que le mien a deux fois autant de maîtresses, qui toutes, grâces à Lucine[105], ont le don de fécondité. La famille royale est tantôt si ample qu'il y aurait de quoi faire une colonie très considérable. » C'est ainsi que nos envieuses se confirmaient dans leur mécontentement et dans leur dessein.

Un mois était à peine écoulé qu'elles proposèrent un second voyage. Les parents l'approuvèrent fort ; les maris ne le désapprouvèrent pas : c'était autant de temps passé sans leurs femmes. Elles partent donc, laissent leur train[106] à l'entrée du bois, arrivent au pied du rocher sans obstacle et sans dragons. Le

Zéphyre ne parut point, et ne laissa pas [107] de les enlever.

> Ce méchant couple amenait avec lui
> La curieuse et misérable Envie,
> Pâle démon, que le bonheur d'autrui
> Nourrit de fiel et de mélancolie.

Cela ne les rendit pas plus pesantes ; au contraire, la maigreur étant inséparable de l'envie, la charge n'en fut que moindre, et elles se trouvèrent en peu d'heures dans le palais de leur sœur. On les y reçut si bien que leur déplaisir en augmenta de moitié. Psyché, s'entretenant avec elles, ne se souvint pas de la manière dont elle leur avait peint son mari la première fois ; et, par un défaut de mémoire où tombent ordinairement ceux qui ne disent pas la vérité, elle le fit de moitié plus jeune, d'une beauté délicate, et non plus un Mars, mais un Adonis qui ne ferait que sortir de page. Les sœurs, étonnées de ces contradictions, ne surent d'abord qu'en juger. Tantôt elles soupçonnaient leur sœur de se railler d'elles, tantôt de leur déguiser les défauts de son mari. A la fin elles la tournèrent de tant de côtés que la pauvre épouse avoua la chose comme elle était. Ce fut aussitôt de lui glisser leur venin ; mais d'une manière que Psyché ne s'en pût apercevoir. « Toute honnête femme, lui dirent-elles, se doit contenter du mari que les dieux lui ont donné, quel qu'il puisse être, et ne pas pénétrer plus avant qu'il ne plaît à ce mari. Si c'était toutefois un monstre que vous eussiez épousé, nous vous plaindrions ; d'autant plus que vous pouvez en devenir grosse ; et quel déplaisir de mettre au jour des enfants que le jour n'éclaire qu'avec horreur, et qui vous font rougir vous et la nature ! — Hélas ! dit la belle avec un soupir, je n'avais pas encore fait de réflexion là-dessus. » Ses sœurs, lui ayant allégué de méchantes raisons pour ne s'en pas soucier, se séparèrent un peu d'elle, afin de laisser agir leur venin.

Quand elle fut seule, toutes ses craintes, tous ses soupçons, lui revinrent dans la pensée. « Ah ! mes sœurs, s'écria-t-elle, en quelle peine vous m'avez mise ! les personnes riches souhaitent d'avoir des enfants : moi qui ne suis entourée que de pierreries, il faut que je fasse des vœux au contraire. C'est être bien malheureuse que de posséder tant de trésors et appréhender la fécondité ! »

Elle demeura quelque temps comme ensevelie dans cette pensée, puis recommença avec plus de véhémence qu'auparavant. « Quoi ! Psyché peuplera de monstres tout l'univers ! Psyché, à qui l'on dit tant de fois qu'elle le peuplerait d'Amours et de Grâces ! Non, non ; je mourrai plutôt que de m'exposer davantage à un tel hasard. En arrive ce qui pourra, je veux m'éclaircir ; et si je trouve que mon mari soit tel que je l'appréhende, il peut bien se pourvoir de femme ; je ne voudrais pas l'être un seul moment du plus riche monstre de la nature. »

Nos deux furies, qui ne s'étaient pas tant éloignées qu'elles ne pussent voir l'effet du poison, entendirent plus qu'à demi ces paroles, et se rapprochèrent. Psyché leur déclara naïvement la résolution qu'elle avait prise. Pour fortifier ce sentiment, les deux sœurs le combattirent ; et, non contentes de le combattre, elles firent encore mille façons propres à augmenter la curiosité et l'inquiétude : elles se parlaient à l'oreille, haussaient les épaules, jetaient des regards de pitié sur leur sœur. La pauvre épouse ne put résister à tout cela. Elle les pressa à la fin d'une telle sorte, qu'après un nombre infini de précautions, elles lui dirent tout bas : « Nous voulons bien vous avertir que nous avons vu sur le point du jour un dragon dans l'air. Il volait avec assez de peine, appuyé sur le Zéphyre, qui volait aussi à côté de lui. Le Zéphyre l'a soutenu jusqu'à l'entrée d'une caverne effroyable ; là le dragon l'a congédié, et s'est étendu sur le sable. Comme nous n'étions pas loin, nous l'avons vu se repaître de toutes sortes d'insectes : vous savez que les avenues de ce palais en fourmillent. Après ce repas et un sifflement, il s'est traîné sur le ventre dans la caverne. Nous, qui étions étonnées et toutes tremblantes, nous nous sommes éloignées de cet endroit avec le moins de bruit que nous avons pu, et avons fait le tour du rocher, de peur que le dragon ne nous entendît lorsque nous vous appellerions. Nous vous avons même appelée moins haut que nous n'avions fait à la précédente visite. Aux premiers accents de notre voix, une douce haleine est venue nous enlever, sans que le Zéphyre ait paru. »

C'était mensonge que tout cela ; cependant Psyché y ajouta foi : les personnes qui sont en peine croient volontiers ce qu'elles appréhendent. De ce moment-là notre héroïne cessa de goûter sa béatitude, et n'eut en l'esprit qu'un dragon imaginaire dont la pensée ne la quitta point. C'était, à son compte, ce digne époux que les dieux lui avaient donné, avec qui elle avait eu des conversations si touchantes, passé des heures si agréables, goûté de si doux plaisirs. Elle ne trouvait plus étrange qu'il appréhendât d'être vu : c'était judicieusement fait à lui. Il y avait pourtant des moments où notre héroïne doutait. Les paroles de l'oracle ne lui semblaient nullement convenir à la peinture de ce dragon. Mais voici comme elle accordait l'un et l'autre : « Mon mari est un démon ou bien un magicien qui se fait tantôt dragon, tantôt loup, tantôt empoisonneur et incendiaire, mais toujours monstre. Il me fascine les yeux, et me fait accroire que je suis dans un palais, servie par des nymphes, environnée de magnificence, que j'entends des musiques, que je vois des comédies ; et tout cela, songe : il n'y a rien de réel, sinon que je couche aux côtés d'un monstre ou de quelque magicien ; l'un ne vaut pas mieux que l'autre. »

Le désespoir de Psyché passa si avant que ses sœurs eurent tout sujet d'en être contentes ; ce que ces misérables femmes se gardèrent bien de témoigner. Au contraire, elles firent les affligées : elles prirent même à tâche de consoler leur cadette, c'est-à-dire de l'attrister encore davantage, et lui faire voir que, puisqu'elle avait besoin qu'on la consolât, elle était véritablement malheureuse. Notre héroïne, ingénieuse à se tourmenter, fit ce qu'elle put pour les satisfaire. Mille pensées lui vinrent en l'esprit, et autant de résolutions différentes, dont la moins funeste était d'avancer ses jours, sans essayer de voir son mari. « Je m'en irai, disait-elle, parmi les morts, avec cette satisfaction que de m'être fait violence pour lui complaire. » La curiosité fut toutefois la plus forte, outre le dépit d'avoir servi aux plaisirs d'un monstre. Comment se montrer après cela ? Il fallait sortir du monde, mais il en fallait sortir par une voie honorable : c'était de tuer celui qui se trouverait avoir abusé de sa beauté, et se tuer elle-même après. Psyché ne se put rien imaginer de plus à propos ni de plus expédient ; elle en demeura donc là. Il ne restait plus que de trouver les moyens de l'exécuter ; c'est où la difficulté consistait : car, premièrement, de voir son mari, il ne se pouvait ; on emportait les flambeaux dès qu'elle était dans le lit ; de le tuer, encore moins ; il n'y avait en ce séjour bienheureux ni poison, ni poignard, ni autre instrument de vengeance et de désespoir. Nos envieuses y pourvurent, et promirent à la pauvre épouse de lui apporter au plus tôt une lampe et un poignard : elle cacherait l'un et l'autre jusqu'à l'heure que le Sommeil se rendait maître de ce palais, et tenait charmés le monstre et les nymphes ; car c'était un des plaisirs de ce beau séjour que de bien dormir. Dans ce dessein les deux sœurs partirent.

Pendant leur absence, Psyché eut grand soin de s'affliger, et encore plus grand soin de dissimuler son affliction. Tous les artifices dont les femmes ont coutume de se servir quand elles veulent tromper leurs maris furent employés par la belle : ce n'étaient qu'embrassements et caresses, complaisances perpétuelles, protestations et serments de ne point aller contre le vouloir de son cher époux ; on n'y omit rien, non seulement envers le mari, mais envers les nymphes : les plus clairvoyantes y furent trompées. Que si elle se trouvait seule, l'inquiétude la reprenait. Tantôt elle avait peine à s'imaginer qu'un mari qu'à toutes sortes de marques elle avait sujet de croire jeune et bien fait, qui avait la peau et l'humeur si douces, le ton de voix si agréable, la conversation si charmante ; qu'un mari qui aimait sa femme et qui la traitait comme une maîtresse ; qu'un mari, dis-je, qui était servi par des nymphes, et qui traînait à sa suite tous les plaisirs, fût quelque magicien ou quelque dragon. Ce que la belle avait trouvé si délicieux au toucher, et si digne de ses baisers, était donc la peau d'un serpent ! Jamais femme s'était-elle trompée de la sorte ? D'autres fois elle se remettait en mémoire la pompe funèbre qui avoit servi de cérémonie à son mariage, les horribles hôtes de ce rocher, surtout le dragon qu'avaient vu ses sœurs, et qui, étant soutenu par le Zéphyre, ne pouvait être autre que son mari. Cette dernière pensée l'emportait toujours sur les autres, soit par une fatalité particulière, soit à cause que c'était la pire, et que notre esprit va naturellement là.

Au bout de cinq ou six jours les deux sœurs revinrent. Elles s'étaient abandonnées dans les airs comme si elles eussent voulu se laisser tomber. Un souffle agréable les avait incontinent enlevées et portées au sommet du roc. Psyché leur demanda dès l'abord où étaient la lampe et le poignard.

> « Les voici, dit ce couple : et nous vous assurons
> De la clarté que fait la lampe ;
> Pour le poignard, il est des bons,
> Bien affilé, de bonne trempe ;
> Comme nous vous aimons, et ne négligeons rien
> Quand il s'agit de votre bien,
> Nous avons eu le soin d'empoisonner la lame :
> Tenez-vous sûre de ses coups ;
> C'est fait du monstre votre époux
> Pour peu que ce poignard l'entame. »
> A ces mots un trait de pitié
> Toucha le cœur de notre belle.

« Je vous rends grâce, leur dit-elle,
De tant de marques d'amitié. »

Psyché leur dit ces paroles assez froidement, ce qui leur fit craindre qu'elle n'eût changé d'avis ; mais elles reconnurent bientôt que l'esprit de leur cadette était toujours dans la même assiette, et que ce sentiment de pitié, dont elle n'avait pas été la maîtresse, était ordinaire à ceux qui sont sur le point de faire du mal à quelqu'un. Quand nos deux furies eurent mis leur sœur en train de se perdre, elles la quittèrent, et ne firent pas long séjour aux environs de cette montagne. Le mari vint sur le soir, avec une mélancolie extraordinaire, et qui lui devait être un pressentiment de ce qui se préparait contre lui : mais les caresses de sa femme le rassurèrent. Il se coucha donc, et s'abandonna au sommeil aussitôt qu'il fut couché.

Voilà Psyché bien embarrassée. Comme on ne connaît l'importance d'une action que quand on est près de l'exécuter, elle envisagea la sienne dans ce moment-là avec ses suites les plus fâcheuses, et se trouva combattue de je ne sais combien de passions aussi contraires que violentes. L'appréhension, le dépit, la pitié, la colère, et le désespoir, la curiosité principalement, tout ce qui porte à commettre quelque forfait, et tout ce qui en détourne, s'empara du cœur de notre héroïne, et en fit la scène de cent agitations différentes. Chaque passion la tirait à soi. Il fallut pourtant se déterminer. Ce fut en faveur de la curiosité que la belle se déclara : car, pour la colère, il lui fut impossible de l'écouter, quand elle songea qu'elle allait tuer son mari. On n'en vient jamais à une telle extrémité sans de grands scrupules, et sans avoir beaucoup à combattre. Qu'on fasse telle mine que l'on voudra, qu'on se querelle, qu'on se sépare, qu'on proteste de se haïr, il reste toujours un levain d'amour entre deux personnes qui ont été unies si étroitement. Ces difficultés arrêtèrent la pauvre épouse quelque peu de temps. Elle les franchit à la fin, se leva sans bruit, prit le poignard et la lampe qu'elle avait cachés, s'en alla le plus doucement qu'il lui fut possible vers l'endroit du lit où le monstre s'était couché, avançant un pied, puis un autre, et prenant bien garde à les poser par mesure, comme si elle eût marché sur des pointes de diamants. Elle retenait jusqu'à son haleine, et craignait presque que ses pensées ne la décelassent. Il s'en fallut peu qu'elle ne priât son ombre de ne point faire de bruit en l'accompagnant.

> A pas tremblants et suspendus,
> Elle arrive enfin où repose
> Son époux aux bras étendus,
> Époux plus beau qu'aucune chose.
> C'était aussi [108] l'Amour : son teint, par sa fraîcheur,
> Par son éclat, par sa blancheur,
> Rendait le lis jaloux, faisait honte à la rose.
> Avant que de parler du teint,
> Je devais vous avoir dépeint,
> Pour aller par ordre en l'affaire,
> La posture du dieu. Son col était penché :
> C'est ainsi que le Somme en sa grotte est couché ;
> Ce qu'il ne fallait pas vous taire.
> Ses bras à demi nus étalaient des appas,
> Non d'un Hercule, ou d'un Atlas,
> D'un Pan, d'un Sylvain, ou d'un Faune,
> Ni même ceux d'une Amazone ;
> Mais ceux d'une Vénus à l'âge de vingt ans [109].
> Ses cheveux épars et flottants,
> Et que les mains de la Nature
> Avaient frisés à l'aventure,
> Celles de Flore parfumés,
> Cachaient quelques attraits dignes d'être estimés ;
> Mais Psyché n'en était qu'à prendre plus facile :
> Car, pour un qu'ils cachaient, elle en soupçonnait mille ;
> Leurs anneaux, leurs boucles, leurs nœuds,
> Tour à tour de Psyché reçurent tous des vœux ;
> Chacun eut part à son hommage.
> Une chose nuisit pourtant à ces cheveux :
> Ce fut la beauté du visage.
> Que vous en dirai-je ? et comment
> En parler assez dignement ?

LIVRE PREMIER 95

> Suppléez à mon impuissance :
> Je ne vous aurais d'aujourd'hui
> Dépeint les beautés de celui
> Qui des beautés a l'intendance.
> Que dirais-je des traits où les Ris sont logés ?
> De ceux que les Amours ont entre eux partagés ?
> Des yeux aux brillantes merveilles,
> Qui sont les portes du désir ;
> Et surtout des lèvres vermeilles,
> Qui sont les sources du plaisir ?

Psyché demeura comme transportée à l'aspect de son époux. Dès l'abord elle jugea bien que c'était l'Amour ; car quel autre dieu lui aurait paru si agréable ? Ce que la beauté, la jeunesse, le divin charme qui communique à ces choses le don de plaire, ce qu'une personne faite à plaisir peut causer aux yeux de volupté, et de ravissement à l'esprit, Cupidon en ce moment-là le fit sentir à notre héroïne. Il dormait à la manière d'un dieu, c'est-à-dire profondément, penché nonchalamment sur un oreiller, un bras sur sa tête, l'autre bras tombant sur les bords du lit, couvert à demi d'un voile de gaze, ainsi que sa mère en use, et les nymphes aussi, et quelquefois les bergères.

La joie de Psyché fut grande, si l'on doit appeler joie ce qui est proprement extase : encore ce mot est-il faible, et n'exprime pas la moindre partie du plaisir que reçut la belle. Elle bénit mille fois le défaut du sexe, se sut très bon gré d'être curieuse, bien fâchée de n'avoir pas contrevenu dès le premier jour aux défenses qu'on lui avait faites, et à ses serments. Il n'y avait pas d'apparence, selon son sens, qu'il en dût arriver de mal ; au contraire, cela était bien, et justifiait les caresses que jusque-là elle avait cru faire à un monstre. La pauvre femme se repentait de ne lui en avoir pas fait davantage : elle était honteuse de son peu d'amour, toute prête de réparer cette faute si son mari le souhaitait, quand même il ne le souhaiterait pas.

Ce ne fut pas à elle peu de retenue de ne point jeter

et lampe et poignard pour s'abandonner à son transport. Véritablement le poignard lui tomba des mains, mais la lampe non : elle en avait trop affaire, et n'avait pas encore vu tout ce qu'il y avait à voir. Une telle commodité ne se rencontrait pas tous les jours ; il s'en fallait donc servir : c'est ce qu'il fit, sollicitée de faire cesser son plaisir par son plaisir même. Tantôt la bouche de son mari lui demandait un baiser, et tantôt ses yeux, mais la crainte de l'éveiller l'arrêtait tout court. Elle avait de la peine à croire ce qu'elle voyait, se passait la main sur les yeux, craignant que ce ne fût songe et illusion ; puis recommençait à considérer son mari. « Dieux immortels ! dit-elle en soi-même, est-ce ainsi que sont faits les monstres ? Comment donc est fait ce que l'on appelle Amour ? Que tu es heureuse, Psyché ! Ah ! divin époux ! pourquoi m'as-tu refusé si longtemps la connaissance de ce bonheur ? Craignais-tu que je n'en mourusse de joie ? Était-ce pour plaire à ta mère ou à quelqu'une de tes maîtresses ? car tu es trop beau pour ne faire le personnage que de mari. Quoi ! je t'ai voulu tuer ! quoi ! cette pensée m'est venue ! O dieux ! je frémis d'horreur à ce souvenir. Suffisait-il pas, cruelle Psyché, d'exercer ta rage contre toi seule ? L'univers n'y eût rien perdu ; et sans ton époux que deviendrait-il ? Folle que je suis ! mon mari est immortel : il n'a pas tenu à moi qu'il ne le fût point. »

Après ces réflexions, il lui prit envie de regarder de plus près celui qu'elle n'avait déjà que trop vu. Elle pencha quelque peu l'instrument fatal qui l'avait jusque-là servie si utilement. Il en tomba sur la cuisse de son époux une goutte d'huile enflammée. La douleur éveilla le dieu. Il vit la pauvre Psyché qui, toute confuse, tenait sa lampe ; et, ce qui fut de plus malheureux, il vit aussi le poignard tombé près de lui. Dispensez-moi de vous raconter le reste : vous seriez touchés de trop de pitié au récit que je vous ferais.

> Là finit de Psyché le bonheur et la gloire,
> Et là votre plaisir pourrait cesser aussi.
> Ce n'est pas mon talent d'achever une histoire
> Qui se termine ainsi.

« Ne laissez pas de continuer, dit Acante, puisque vous nous l'avez promis : peut-être aurez-vous mieux réussi que vous ne croyez. — Quand cela serait, reprit Poliphile, quelle satisfaction aurez-vous ? Vous verrez souffrir une belle ; et en pleurerez, pour peu que j'y contribue. — Eh bien ! repartit Acante, nous pleurerons. Voilà un grand mal pour nous ! les héros de l'antiquité pleuraient bien. Que cela ne vous empêche pas de continuer. La compassion a aussi ses charmes, qui ne sont pas moindres que ceux du rire ; je tiens même qu'ils sont plus grands, et crois qu'Ariste est de mon avis. Soyez si tendre et si émouvant que vous voudrez, nous ne vous en écouterons tous deux que plus volontiers.

— Et moi, dit Gélaste, que deviendrai-je ? Dieu m'a fait la grâce de me donner des oreilles aussi bien qu'à vous. Quand Poliphile les consulterait, et qu'il ne ferait pas tant le pathétique, la chose n'en irait que mieux, vu la manière d'écrire qu'il a choisie. »

Le sentiment de Gélaste fut approuvé. Et Ariste, qui s'était tu jusque-là, dit en se tournant vers Poliphile : « Je voudrais que vous me pussiez attendrir le cœur par le récit des aventures de votre belle ; je lui donnerais des larmes avec le plus grand plaisir du monde. La pitié est celui des mouvements du discours qui me plaît le plus : je le préfère de bien loin aux autres. Mais ne vous contraignez point pour cela : il est bon de s'accommoder à son sujet : mais il est encore meilleur de s'accommoder à son génie. C'est pourquoi suivez le conseil que vous a donné Gélaste.

— Il faut bien que je le suive, continua Poliphile : comment ferais-je autrement ? J'ai déjà mêlé malgré moi de la gaîté parmi les endroits les plus sérieux de cette histoire ; je ne vous assure pas que tantôt je n'en mêle aussi parmi les plus tristes. C'est un défaut dont je ne me saurais corriger, quelque peine que j'y apporte.

— Défaut pour défaut, dit Gélaste, j'aime beaucoup mieux qu'on me fasse rire quand je dois pleurer, que si l'on me faisait pleurer lorsque je dois rire. C'est pourquoi, encore une fois, continuez comme vous avez commencé.

— Laissons-lui reprendre haleine auparavant, dit Acante; le grand chaud étant passé, rien ne nous empêche de sortir d'ici; et de voir en nous promenant les endroits les plus agréables de ce jardin. Bien que nous les ayons vus plusieurs fois, je ne laisse pas d'en être touché, et crois qu'Ariste et Poliphile le sont aussi. Quant à Gélaste, il aimerait mieux employer son temps autour de quelque Psyché que de converser avec des arbres et des fontaines. On pourra tantôt le satisfaire : nous nous assoirons sur l'herbe menue pour écouter Poliphile, et plaindrons les peines et les infortunes de son héroïne avec une tendresse d'autant plus grande que la présence de ces objets nous remplira l'âme d'une douce mélancolie. Quand le Soleil nous verra pleurer, ce ne sera pas un grand mal : il en voit bien d'autres par l'univers qui en font autant, non pour le malheur d'autrui, mais pour le leur propre. » Acante fut cru, et on se leva.

Au sortir de cet endroit, ils firent cinq ou six pas sans rien dire. Gélaste, ennuyé de ce long silence, l'interrompit; et fronçant un peu son sourcil : « Je vous ai, dit-il, tantôt laissés mettre le plaisir du rire après celui de pleurer; trouverez-vous bon que je vous guérisse de cette erreur ? Vous savez que le rire est ami de l'homme[110], et le mien particulier; m'avez-vous cru capable d'abandonner sa défense sans vous contredire le moins du monde ? — Hélas ! non, repartit Acante; car, quand il n'y aurait que le plaisir de contredire, vous le trouvez assez grand pour nous engager en une très longue et très opiniâtre dispute. »

Ces paroles, à quoi Gélaste ne s'attendait point, et

qui firent faire un petit éclat de risée, l'interdirent un peu. Il en revint aussitôt. « Vous croyez, dit-il, vous sauver par là ; c'est l'ordinaire de ceux qui ont tort, et qui connaissent leur foible, de chercher des fuites : mais évitez tant que vous voudrez le combat, si faut-il que vous m'avouiez que votre proposition est absurde, et qu'il vaut mieux rire que pleurer.

— A le prendre en général comme vous faites, poursuivit Ariste, cela est vrai ; mais vous falsifiez notre texte. Nous vous disons seulement que la pitié est celui des mouvements du discours que nous tenons le plus noble, le plus excellent si vous voulez : je passe encore outre, et le maintiens le plus agréable : voyez la hardiesse de ce paradoxe !

— O dieux immortels ! s'écria Gélaste, y a-t-il des gens assez fous au monde pour soutenir une opinion si extravagante ? Je ne dis pas que Sophocle et Euripide ne me divertissent pas davantage que quantité de faiseurs de comédies ; mais mettez les choses en pareil degré d'excellence, quitterez-vous le plaisir de voir attraper deux vieillards par un drôle comme Phormion[111], pour aller pleurer avec la famille du roi Priam[112] ? — Oui, encore un coup, je le quitterai, dit Ariste. — Et vous aimerez mieux, ajouta Gélaste, écouter Sylvandre faisant des plaintes, que d'entendre Hylas entretenant agréablement ses maîtresses[113] ? — C'est un autre point, poursuivit Ariste ; mettez les choses, comme vous dites, en pareil degré d'excellence, je vous répondrai là-dessus : Sylvandre, après tout, pourrait faire de telles plaintes, que vous les préféreriez vous-même aux bons mots d'Hylas[114].

— Aux bons mots d'Hylas ! repartit Gélaste : pensez-vous bien à ce que vous dites ? Savez-vous quel homme c'est que l'Hylas de qui nous parlons ? C'est-le véritable héros d'Astrée : c'est un homme plus nécessaire dans le roman qu'une douzaine de Céladons[115].

— Avec cela, dit Ariste, s'il y en avait deux, ils vous ennuieraient ; et les autres, en quelque nombre qu'ils soient, ne vous ennuient point. Mais nous ne faisons qu'insister l'un et l'autre pour notre avis, sans en apporter d'autre fondement que notre avis même. Ce n'est pas là le moyen de terminer la dispute, ni de découvrir qui a tort ou qui a raison.

— Cela me fait souvenir, dit Acante, de certaines gens dont les disputes se passent entières à nier et à soutenir, et point d'autre preuve. Vous en allez avoir une pareille si vous ne vous y prenez d'autre sorte.

— C'est à quoi il faut remédier, dit Ariste ; cette matière en vaut bien la peine, et nous peut fournir beaucoup de choses dignes d'être examinées. Mais, comme elles mériteraient plus de temps que nous n'en avons, je suis d'avis de ne toucher que le principal, et qu'après nous réduisions la dispute au jugement qu'on doit faire de l'ouvrage de Poliphile, afin de ne pas sortir entièrement du sujet pour lequel nous nous rencontrons ici. Voyons seulement qui établira le premier son opinion. Comme Gélaste est l'agresseur, il serait juste que ce fût lui. Néanmoins je commencerai s'il le veut.

— Non, non, dit Gélaste, je ne veux point qu'on m'accorde de privilège : vous n'êtes pas assez fort pour donner de l'avantage à votre ennemi. Je vous soutiens donc que, les choses étant égales, la plus saine partie du monde préférera toujours la comédie à la tragédie. Que dis-je, la plus saine partie du monde ? mais tout le monde. Je vous demande où le goût universel d'aujourd'hui se porte : la cour, les dames, les cavaliers, les savants, le peuple, tout demande la comédie, point de plaisir que la comédie. Aussi voyons-nous qu'on se sert indifféremment de ce mot de comédie pour qualifier tous les divertissements du théâtre : on n'a jamais dit : « Les tragédiens », ni : « Allons à la tragédie ».

— Vous en savez mieux que moi la véritable raison, dit Ariste, et que cela vient du mot de bourgade, en grec. Comme cette érudition seroit longue, et qu'aucun de nous ne l'ignore, je la laisse à part, et m'arrêterai seulement à ce que vous dites. Parce que le mot de comédie est pris abusivement pour toutes les espèces du dramatique, la comédie est préférable à la tragédie : n'est-ce pas là bien conclure ? Cela fait voir seulement que la comédie est plus commune ; et parce qu'elle est plus commune, je pourrais dire qu'elle touche moins les esprits.

— Voilà bien conclure à votre tour, répliqua Gélaste : le diamant est plus commun que certaines pierres ; donc le diamant touche moins les yeux. Hé ! mon ami ! ne voyez-vous pas qu'on ne se lasse jamais de rire ? On peut se lasser du jeu, de la bonne chère, des dames ; mais de rire, point. Avez-vous entendu dire à qui que ce soit : « Il y a huit jours entiers que nous rions ; je vous prie, pleurons aujourd'hui » ?

— Vous sortez toujours, dit Ariste, de notre thèse, et apportez des raisons si triviales, que j'en ai honte pour vous.

— Voyez un peu l'homme difficile ! reprit Gélaste. Et vraiment, puisque vous voulez que je discoure de la comédie et du rire en philosophe platonicien, j'y consens ; faites-moi seulement la grâce de m'écouter. Le plaisir dont nous devons faire le plus de cas est toujours celui qui convient le mieux à notre nature ; car c'est s'unir à soi-même que de le goûter. Or y a-t-il rien qui nous convienne mieux que le rire ? Il n'est pas moins naturel à l'homme que la raison ; il lui est même particulier : vous ne trouverez aucun animal qui rie, et en rencontrerez quelques-uns qui pleurent. Je vous défie, tout sensible que vous êtes, de jeter des larmes aussi grosses que celles d'un cerf qui est aux abois, ou du cheval de ce pauvre prince dont on voit la pompe funèbre dans l'onzième de l'*Énéide*. Tombez d'accord de ces vérités ; je vous laisserai après pleurer tant qu'il vous plaira : vous tiendrez compagnie au cheval du pauvre Pallas, et moi je rirai avec tous les hommes. »

La conclusion de Gélaste fit rire ses trois amis, Ariste comme les autres ; après quoi celui-ci dit : « Je vous nie vos deux propositions, aussi bien la seconde que la première. Quelque opinion qu'ait eue l'école jusqu'à présent, je ne conviens pas avec elle que le rire appartienne à l'homme privativement au reste des animaux. Il faudrait entendre la langue de ces derniers pour connaître qu'ils ne rient point. Je les tiens sujets à toutes nos passions : il n'y a, pour ce point-là, de différence entre nous et eux que du plus au moins, et en la manière de s'exprimer. Quant à votre première proposition, tant s'en faut que nous devions toujours courir après les plaisirs qui nous sont les plus naturels, et que nous avons le plus à commandement, que ce n'est pas même un plaisir de posséder une chose très commune. De là vient que dans Platon l'Amour est fils de la Pauvreté, voulant dire que nous n'avons de passion que pour les choses qui nous manquent, et dont nous sommes nécessiteux. Ainsi le rire, qui nous est, à ce que vous dites, si familier, sera, dans la scène, le plaisir des laquais et du menu peuple ; le pleurer, celui des honnêtes gens.

— Vous poussez la chose un peu trop loin, dit Acante ; je ne tiens pas que le rire soit interdit aux honnêtes gens. — Je ne le tiens pas non plus, reprit Ariste. Ce que je dis n'est que pour payer Gélaste de sa monnaie. Vous savez combien nous avons ri en lisant Térence, et combien je ris en voyant les Italiens : je laisse à la porte ma raison et mon argent, et je ris après tout mon soûl. Mais que les belles tragédies ne nous donnent une volupté plus grande que celle qui vient du comique, Gélaste ne le niera pas lui-même, s'il y veut faire réflexion.

— Il faudrait, repartit froidement Gélaste, condamner à une très grosse amende ceux qui font ces tragédies dont vous nous parlez. Vous allez là pour vous réjouir, et vous y trouvez un homme qui pleure auprès d'un autre homme, et cet autre auprès d'un autre, et tous ensemble avec la comédienne qui représente Andromaque, et la comédienne avec le poète : c'est une chaîne de gens qui pleurent, comme dit votre Platon [116]. Est-ce ainsi que l'on doit contenter ceux qui vont là pour se réjouir ?

— Ne dites point qu'ils y vont pour se réjouir, reprit Ariste ; dites qu'ils y vont pour se divertir. Or je vous soutiens, avec le même Platon, qu'il n'y a divertissement égal à la tragédie, ni qui mène plus les esprits où il plaît au poète. Le mot dont se sert Platon fait que je me figure le même poète se rendant maître de tout un peuple, et faisant aller les âmes comme des troupeaux, et comme s'il avait en ses mains la baguette du dieu Mercure. Je vous soutiens, dis-je, que les maux d'autrui nous divertissent, c'est-à-dire qu'ils nous attachent l'esprit.

— Ils peuvent attacher le vôtre agréablement, poursuivit Gélaste, mais non pas le mien. En vérité, je vous trouve de mauvais goût. Il vous suffit que l'on vous attache l'esprit ; que ce soit avec des charmes agréables ou non, avec les serpents de Tisiphone, il ne vous importe. Quand vous me feriez passer l'effet de la tragédie pour une espèce d'enchantement, cela ferait-il que l'effet de la comédie n'en fût un aussi ? Ces deux choses étant égales, serez-vous si fou que de préférer la première à l'autre ?

— Mais vous-même, reprit Ariste, osez-vous mettre en comparaison le plaisir du rire avec la pitié ? la pitié, qui est un ravissement, une extase ? Et comment ne le serait-elle pas, si les larmes que nous versons pour nos propres maux sont, au sentiment d'Homère, non pas tout à fait au mien, si les larmes, dis-je, sont, au sentiment de ce divin poète, une espèce de volupté ? Car en cet endroit où il fait pleurer Achille et Priam, l'un du souvenir de Patrocle, l'autre de la mort du dernier de ses enfants, il dit qu'ils se soûlent de ce plaisir ; il les fait jouir du pleurer, comme si c'était quelque chose de délicieux [117].

— Le Ciel vous veuille envoyer beaucoup de jouissances pareilles, reprit Gélaste : je n'en serai nullement jaloux. Ces extases de la pitié n'accommodent pas un homme de mon humeur. Le rire a pour moi quelque chose de plus vif et de plus sensible : enfin le rire me rit davantage. Toute la nature est en cela de mon avis. Allez-vous-en à la cour de Cythérée [118], vous y trouverez des Ris, et jamais de pleurs.

— Nous voici déjà retombés, dit Ariste, dans ces raisons qui n'ont aucune solidité : vous êtes le plus frivole défenseur de la comédie que j'aie vu depuis bien longtemps.

— Et nous voici retombés dans le platonisme, répliqua Gélaste : demeurons-y donc, puisque cela vous plaît tant. Je m'en vais vous dire quelque chose d'essentiel contre le pleurer, et veux vous convaincre par ce même endroit d'Homère dont vous avez fait votre capital [119]. Quand Achille a pleuré son soûl (par parenthèse, je crois qu'Achille ne riait pas de moins bon courage [120] ; tout ce que font les héros, ils le font dans le suprême degré de perfection) ; lorsque Achille, dis-je, s'est rassasié de ce beau plaisir de verser des larmes, il dit à Priam : « Vieillard, tu es misérable : telle est la condition des mortels, ils passent leur vie dans les pleurs. Les dieux seuls sont exempts de mal, et vivent là-haut à leur aise, sans rien souffrir. » Que répondrez-vous à cela ?

— Je répondrai, dit Ariste, que les mortels sont mortels quand ils pleurent de leurs douleurs ; mais, quand ils pleurent des douleurs d'autrui, ce sont proprement des dieux.

— Les dieux ne pleurent ni d'une façon ni d'une autre, reprit Gélaste ; pour le rire, c'est leur partage. Qu'il ne soit ainsi [121] : Homère dit en un autre endroit que, quand les bienheureux Immortels virent Vulcain qui boitait dans leur maison, il leur prit un rire inextinguible [122]. Par ce mot d'inextinguible, vous voyez qu'on ne peut trop rire ni trop longtemps ; par celui de bienheureux, que la béatitude consiste au rire.

— Par ces deux mots que vous dites, reprit Ariste, je vois qu'Homère a failli, et ne vois rien autre chose. Platon l'en reprend dans son troisième de la *République*. Il le blâme de donner aux dieux un rire démesuré, et qui serait même indigne de personnes tant soit peu considérables.

— Pourquoi voulez-vous qu'Homère ait plutôt failli que Platon ? répliqua Gélaste. Mais laissons les autorités, et n'écoutons que la raison seule. Nous n'avons qu'à examiner sans prévention la comédie et la tragédie. Il arrive assez souvent que cette dernière ne nous touche point : car le bien ou le mal d'autrui ne nous touche que par rapport à nous-mêmes, et en tant que nous croyons que pareille chose nous peut arriver, l'amour-propre faisant sans cesse que l'on tourne les yeux sur soi. Or, comme la tragédie ne nous représente que des aventures extraordinaires, et qui vraisemblablement ne nous arriveront jamais, nous n'y prenons point de part, et nous sommes froids, à moins que l'ouvrage ne soit excellent, que le poète ne nous transforme, que nous ne devenions d'autres hommes par son adresse, et ne nous mettions en la place de quelque roi. Alors j'avoue que la tragédie nous touche, mais de crainte, mais de colère, mais de mouvements funestes qui nous renvoient au logis pleins des choses que nous avons vues, et incapables de tout plaisir. La comédie, n'employant que des aventures ordinaires et qui peuvent nous arriver, nous touche toujours : plus ou moins, selon son degré de perfection. Quand elle est fort bonne, elle nous fait rire. La tragédie nous attache, si vous voulez ; mais la comédie nous amuse agréablement, et mène les âmes aux Champs-Élysées, au lieu que vous les menez dans la demeure des malheureux. Pour preuve infaillible de ce que j'avance, prenez garde que, pour effacer les impressions que la tragédie avait faites en nous, on lui fait souvent succéder un divertissement comique ; mais de celui-ci à l'autre il n'y a point de retour[123] : ce qui vous fait voir que le suprême degré du plaisir, après quoi il n'y a plus rien, c'est la comédie. Quand on vous la donne, vous vous en retournez content et de belle humeur ; quand on ne vous la donne pas, vous vous en retournez chagrin et rempli de noires idées. C'est ce qu'il y a à gagner avec les Orestes et les Œdipes, tristes fantômes qu'a évoqués le poète magicien dont vous nous avez parlé tantôt[124]. Encore serions-nous heureux s'ils excitaient le terrible[125] toutes les fois que l'on nous les fait paraître : cela vaut mieux que de s'ennuyer ; mais où sont les habiles poètes qui nous dépeignent ces choses au vif ? Je ne veux pas dire que le dernier soit mort avec Euripide ou avec Sophocle ; je dis seulement qu'il n'y en a guère. La difficulté n'est pas si grande dans le comique[126] ; il est plus assuré de nous toucher, en ce que ses incidents sont d'une telle nature, que nous nous les appliquons à nous-mêmes plus aisément.

— Cette fois-là, dit Ariste, voilà des raisons solides, et qui méritent qu'on y réponde ; il faut y tâcher. Le même ennui qui nous fait languir pendant une tragédie où nous ne trouvons que de médiocres beautés, est commun à la comédie et à tous les ouvrages de l'esprit, particulièrement aux vers : je vous le prouverais aisément si c'était la question ; mais ne s'agissant que de comparer deux choses également bonnes, chacune selon son genre, et la tragédie, à ce que vous dites vous-même, devant l'être souverainement, nous ne devons considérer la comédie que dans un pareil degré. En ce degré donc vous dites qu'on peut passer de la tragédie à la comédie ; et de celle-ci à l'autre, jamais. Je vous le confesse, mais je ne tombe pas d'accord de vos conséquences, ni de la raison que vous apportez. Celle qui me semble la meilleure est que dans la tragédie nous faisons une grande contention d'âme ; ainsi on nous représente ensuite quelque chose qui délasse notre cœur, et nous remet en l'état où nous étions avant le spectacle, afin que nous en puissions sortir ainsi que d'un songe. Par votre propre raisonnement, vous voyez déjà que la comédie touche beaucoup moins que la tragédie. Il reste à prouver que cette dernière est beaucoup plus agréable que l'autre. Mais auparavant, de crainte que la mémoire ne m'en échappe, je vous dirai qu'il s'en faut bien que la tragédie nous renvoie chagrins et mal satisfaits, la comédie tout à fait contents et de belle humeur ; car, si nous apportons à la tragédie quelque sujet de tristesse qui nous soit propre, la compassion en détourne l'effet ailleurs, et nous sommes heureux de répandre pour les maux d'autrui les larmes que nous gardions pour les nôtres[127]. La comédie, au contraire, nous faisant laisser notre mélancolie à la porte, nous la rend lorsque nous sortons. Il ne s'agit donc que du temps que nous employons au spectacle et que nous ne saurions mieux employer qu'à la pitié. Premièrement, niez-vous qu'elle soit plus noble que le rire ?

— Il y a si longtemps que nous disputons, repartit Gélaste, que je ne vous veux plus rien nier.

— Et moi je vous veux prouver quelque chose, reprit Ariste ; je vous veux prouver que la pitié est le mouvement le plus agréable de tous. Votre erreur provient de ce que vous confondez ce mouvement avec la douleur. Je crains celle-ci encore plus que vous ne faites : quant à l'autre, c'est un plaisir, et très grand plaisir. En voici quelques raisons nécessaires, et qui vous prouveront par conséquent que la chose est telle que je vous dis. La pitié est un mouvement charitable et généreux, une tendresse de cœur dont tout le monde se sait bon gré. Y a-t-il quelqu'un qui veuille passer pour un homme dur et impénétrable à ses traits ? Or, qu'on ne fasse les choses louables avec un très grand plaisir, je m'en rapporte à la satisfaction intérieure des gens de bien ; je m'en rapporte à vous-même, et vous demande si c'est une chose louable que de rire. Assurément ce n'en est pas une, non plus que de boire et de manger, ou de prendre quelque plaisir qui ne regarde que notre intérêt. Voilà donc déjà un plaisir qui se rencontre en la tragédie, et qui ne se rencontre pas en la comédie. Je vous en puis alléguer beaucoup d'autres. Le principal, à mon sens, c'est que nous nous mettons au-dessus des rois par la pitié que nous avons d'eux, et devenons dieux à leur égard, contemplant d'un lieu tranquille leurs embarras, leurs afflictions, leurs malheurs ; ni plus ni moins que les dieux considèrent de l'Olympe les misérables mortels.

La tragédie a encore cela au-dessus de la comédie, que le style dont elle se sert est sublime ; et les beautés du sublime, si nous en croyons Longin [128] et la vérité, sont bien plus grandes et ont tout un autre effet que celles du médiocre. Elles enlèvent l'âme, et se font sentir à tout le monde avec la soudaineté des éclairs [129]. Les traits comiques, tout beaux qu'ils sont, n'ont ni la douceur de ce charme ni sa puissance. Il est de ceci comme d'une beauté excellente, et d'une autre qui a des grâces : celle-ci plaît, mais l'autre ravit [129]. Voilà proprement la différence que l'on doit mettre entre la pitié et le rire. Je vous apporterais plus de raisons que vous n'en souhaiteriez, s'il n'était temps de terminer la dispute. Nous sommes venus pour écouter Poliphile ; c'est lui cependant qui nous écoute avec beaucoup de silence et d'attention, comme vous voyez.

— Je veux bien ne pas répliquer, dit Gélaste, et avoir cette complaisance pour lui : mais ce sera à condition que vous ne prétendrez pas m'avoir convaincu ; sinon, continuons la dispute [130].

— Vous ne me ferez point en cela de tort, reprit Poliphile ; mais vous en ferez peut-être à Acante, qui meurt d'envie de vous faire remarquer les merveilles de ce jardin. »

Acante ne s'en défendit pas trop. Il répondit toutefois à l'honnêteté de Poliphile : mais en même temps il ne laissa pas de s'écarter. Ses trois amis le suivirent. Ils s'arrêtèrent longtemps à l'endroit qu'on appelle le Fer-à-cheval, ne se pouvant lasser d'admirer cette longue suite de beautés toutes différentes qu'on découvre du haut des rampes [131].

Là, dans des chars dorés, le Prince avec sa cour
Va goûter la fraîcheur sur le déclin du jour.
L'un et l'autre Soleil [132], unique en son espèce,
Étale aux regardants sa pompe et sa richesse.
Phébus brille à l'envi du monarque françois ;
On ne sait bien souvent à qui donner sa voix :
Tous deux sont pleins d'éclat et rayonnants de gloire.
Ah ! si j'étais aidé des filles de Mémoire [113],

De quels traits j'ornerais cette comparaison !
Versailles, ce serait le palais d'Apollon ;
Les belles de la cour passeraient pour les Heures [134] :
Mais peignons seulement ces charmantes demeures.
En face d'un parterre au palais opposé
Est un amphithéâtre en rampes divisé.
La descente en est douce, et presque imperceptible ;
Elles vont vers leur fin d'une pente insensible.
D'arbrisseaux toujours verts les bords en sont ornés ;
Le myrte, par qui sont les amants couronnés,
Y range son feuillage en globe, en pyramide ;
Tel jadis le taillaient les ministres d'Armide [135].
Au haut de chaque rampe, un sphynx aux larges flancs
Se laisse entortiller de fleurs par des enfants :
Il se joue avec eux, leur rit à sa manière,
Et ne se souvient plus de son humeur si fière.
Au bas de ce degré, Latone [136] et ses gémeaux
De gens durs et grossiers font de vils animaux,
Les changent avec l'eau que sur eux ils répandent :
Déjà les doigts de l'un en nageoires s'étendent ;
L'autre en le regardant est métamorphosé ;
De l'insecte et de l'homme un autre est composé ;
Son épouse le plaint d'une voix de grenouille ;
Le corps est femme encor. Tel lui-même se mouille,
Se lave, et plus il croit effacer tous ces traits,
Plus l'onde contribue à les rendre parfaits.
La scène est un bassin d'une vaste étendue ;
Sur les bords, cette engeance, insecte [137] devenue,
Tâche de lancer l'eau contre les déités.
A l'entour de ce lieu, pour comble de beautés,
Une troupe immobile et sans pieds se repose,
Nymphes, héros, et dieux de la métamorphose,
Termes de qui le sort semblerait ennuyeux
S'ils n'étaient enchantés par l'aspect de ces lieux.
Deux parterres ensuite entretiennent la vue :
Tous deux ont leurs fleurons d'herbe tendre et menue,
Tous deux ont un bassin qui lance ses trésors,
Dans le centre en aigrette, en arcs le long des bords :
L'onde sort du gosier de différents reptiles ;
Là sifflent les lézards, germains des crocodiles ;
Et là mainte tortue, apportant sa maison,
Allonge en vain le col pour sortir de prison.
Enfin, par une allée aussi large que belle,

On descend vers deux mers d'une forme nouvelle :
L'une est un rond à pans, l'autre est un long canal,
Miroirs où l'on n'a point épargné le cristal.
Au milieu du premier, Phébus sortant de l'onde,
A quitté de Téthys la demeure profonde :
En rayons infinis l'eau sort de son flambeau ;
On voit presque en vapeur se résoudre cette eau ;
Telle la chaux exhale une blanche fumée.
D'atomes de cristal une nue est formée :
Et lorsque le Soleil se trouve vis-à-vis,
Son éclat l'enrichit des couleurs de l'Iris [138].
Les coursiers de ce dieu, commençant leur carrière,
A peine ont hors de l'eau la croupe toute entière :
Cependant on les voit impatients du frein ;
Ils forment la rosée en secouant leur crin.
Phébus quitte à regret ces humides demeures [139] :
Il se plaint à Téthys de la hâte des Heures.
Elles poussent son char par leurs mains préparé,
Et disent que le Somme en sa grotte est rentré ;

Cette figure à pans d'une place est suivie :
Mainte allée en étoile, à son centre aboutie,
Mène aux extrémités de ce vaste pourpris [140].
De tant d'objets divers les regards sont surpris ;
Par sentiers alignés l'œil va de part et d'autre :
Tout chemin est allée au royaume du NOSTRE [141].
Muses, n'oublions pas à parler du canal :
Cherchons des mots choisis pour peindre son cristal.
Qu'il soit pur, transparent ; que cette onde argentée
Loge en son moite [142] sein la blanche Galatée.
Jamais on n'a trouvé ses rives sans zéphyrs :
Flore s'y rafraîchit au vent de leurs soupirs ;
Les nymphes d'alentour souvent dans les nuits sombres
S'y vont baigner en troupe à la faveur des ombres.
Les lieux que j'ai dépeints, le canal, le rond d'eau,
Parterres d'un dessin agréable et nouveau,
Amphithéâtres, jets, tous au palais répondent,
Sans que de tant d'objets les beautés se confondent.
Heureux ceux de qui l'art a ces traits inventés !
On ne connaissait point autrefois ces beautés.
Tous parcs étaient vergers du temps de nos ancêtres,
Tous vergers sont faits parcs : le savoir de ces maîtres
Change en jardins royaux ceux des simples bourgeois,

Comme en jardins de dieux il change ceux des rois.
Que ce qu'ils ont planté dure mille ans encore !
Tant qu'on aura des yeux, tant qu'on chérira Flore,
Les nymphes des jardins loueront incessamment
Cet art qui les savait loger si richement.

Poliphile et ensuite ses trois amis prirent là-dessus occasion de parler de l'intelligence qui est l'âme de ces merveilles [143], et qui fait agir tant de mains savantes pour la satisfaction du monarque. Je ne rapporterai point les louanges qu'on lui donna ; elles furent grandes, et par conséquent ne lui plairaient pas. Les qualités sur lesquelles nos quatre amis s'étendirent furent sa fidélité et son zèle. On remarqua que c'est un génie qui s'applique à tout, et ne se relâche jamais. Ses principaux soins sont de travailler pour la grandeur de son maître ; mais il ne croit pas que le reste soit indigne de l'occuper. Rien de ce qui regarde Jupiter n'est au-dessous des ministres de sa puissance.

Nos quatre amis, étant convenus de toutes ces choses, allèrent ensuite voir le salon et la galerie qui sont demeurés debout après la fête qui a été tant vantée [144]. On a jugé à propos de les conserver, afin d'en bâtir de plus durables sur le modèle. Tout le monde a ouï parler des merveilles de cette fête, des palais devenus jardins, et des jardins devenus palais ; de la soudaineté avec laquelle on a créé, s'il faut ainsi dire, ces choses, et qui rendra les enchantements croyables à l'avenir. Il n'y a point de peuple en l'Europe que la renommée n'ait entretenu de la magnificence de ce spectacle. Quelques personnes en ont fait la description avec beaucoup d'élégance et d'exactitude ; c'est pourquoi je ne m'arrêterai point en cet endroit : je dirai seulement que nos quatre amis s'assirent sur le gazon qui borde un ruisseau, ou plutôt une goulette, dont cette galerie est ornée. Les feuillages qui la couvraient, étant déjà secs et rompus en beaucoup d'endroits, laissaient entrer assez de lumières pour faire que Poliphile lût aisément : il commença donc de cette sorte le récit des malheurs de son héroïne.

LIVRE II

La criminelle Psyché n'eut pas l'assurance de dire un mot. Elle se pouvait jeter à genoux devant son mari ; elle lui pouvait [1] conter comme la chose s'était passée ; et, si elle n'eût justifié entièrement son dessein, elle en aurait du moins rejeté la faute sur ses deux sœurs : en tout cas elle pouvait demander pardon, prosternée aux pieds de l'Amour, les lui embrassant avec des marques de repentir, et les lui mouillant de ses larmes. Il y avait outre cela un parti à prendre ; c'était de relever le poignard par la pointe, et le présenter à son mari, en lui découvrant son sein, et en l'invitant de percer un cœur qui s'était révolté contre lui. L'étonnement et sa conscience lui ôtèrent l'usage de la parole et celui des sens : elle demeura immobile ; et, baissant les yeux, elle attendit avec des transes mortelles sa destinée. Cupidon, outré de colère, ne sentit pas la moitié du mal que la goutte d'huile lui aurait fait dans un autre temps. Il jeta quelques regards foudroyants sur la malheureuse Psyché ; puis, sans lui faire seulement la grâce de lui reprocher son crime, ce dieu s'envola et le palais disparut. Plus de nymphes, plus de Zéphyre : la pauvre épouse se trouva seule sur le rocher, demi-morte, pâle, tremblante, et tellement possédée de son excessive douleur, qu'elle demeura longtemps les yeux attachés à terre sans se connaître[2], et sans prendre garde qu'elle était nue. Ses habits de fille étaient à ses pieds : elle avait les yeux dessus, et ne les apercevait pas. Cependant l'Amour était demeuré dans l'air, afin de voir à quelles extrémités son épouse serait réduite, ne voulant pas qu'elle se portât à aucune violence contre sa vie ; soit que le courroux du dieu n'eût pas éteint tout à fait en lui la compassion, soit qu'il réservât Psyché à de longues peines, et à quelque chose de plus cruel que de se tuer soi-même. Il la vit tomber évanouie sur la roche dure : cela le toucha, mais non jusqu'au point de l'obliger à ne se plus souvenir de la faute de son épouse.

Psyché ne revint à soi de longtemps après. La première pensée qu'elle eut, ce fut de courir à un précipice. Là, considérant les abîmes, leur profondeur, les pointes des rocs toutes prêtes à la mettre en pièces, et levant quelquefois les yeux vers la Lune, qui l'éclairait : « Sœur du Soleil, lui dit-elle, que l'horreur du crime ne t'empêche pas de me regarder : sois témoin du désespoir d'une malheureuse ; et fais-moi la grâce de raconter à celui que j'ai offensé les circonstances de mon trépas, mais ne les raconte point aux personnes dont je tiens le jour. Tu vois dans ta course des misérables : dis-moi, y en a-t-il un de qui l'infortune ne soit légère au prix de la mienne ? Rochers élevés, qui serviez naguère de fondements à un palais dont j'étais maîtresse, qui aurait dit que la nature vous eût formés pour me servir maintenant à un usage si différent ? »

A ces mots elle regarda encore le précipice ; et en même temps la mort se montra à elle sous sa forme la plus affreuse. Plusieurs fois elle voulut s'élancer, plusieurs fois aussi un sentiment naturel l'en empêcha. « Quelles sont, dit-elle, mes destinées ! J'ai quelque beauté, je suis jeune ; il n'y a qu'un moment que je possédais le plus agréable de tous les dieux, et je vas mourir ! Je me vas moi-même donner la mort ! Faut-il que l'aurore ne se lève plus pour Psyché ? Quoi ! voilà les derniers instants qui me sont donnés par les Parques ! Encore si ma nourrice me fermait les yeux ! si je n'étais point privée de la sépulture ! »

Ces irrésolutions et ces retours vers la vie, qui font la peine de ceux qui meurent, et dont les plus désespérés ne sont pas exempts, entretinrent un cruel combat dans le cœur de notre héroïne. « Douce lumière, s'écria-t-elle, qu'il est difficile de te quitter ! Hélas ! en quels lieux irai-je quand je me serai bannie moi-même de ta présence ? Charitables filles d'enfer[3], aidez-moi à rompre les nœuds qui m'attachent ; venez, venez me représenter ce que j'ai perdu. »

Alors elle se recueillit en elle-même ; et l'image de son malheur, étouffant enfin ce reste d'amour pour la vie, l'obligea de s'élancer avec tant de promptitude et de violence, que le Zéphyre, qui l'observait, et qui avait ordre de l'enlever quand le comble du désespoir l'aurait amenée à ce point, n'eut presque pas le loisir d'y apporter le remède. Psyché n'était plus, s'il eût attendu encore un moment. Il la retira du gouffre, et lui faisant prendre un autre chemin dans les airs que celui qu'elle avait choisit, il l'éloigna de ces lieux funestes, et l'alla poser avec ses habits sur le bord d'un fleuve dont la rive, extraordinairement haute et fort escarpée, pouvait passer pour un précipice encore plus horrible que le premier.

C'est l'ordinaire des malheureux d'interpréter toutes choses sinistrement. Psyché se mit en l'esprit que son époux, outré de ressentiment, ne l'avait fait transporter sur le bord d'un fleuve qu'afin qu'elle se noyât : ce genre de mort étant plus capable de le satisfaire que l'autre, parce qu'il était plus lent, et par conséquent plus cruel ; peut-être même ne fallait-il pas qu'elle souillât de sang ces rochers. Savait-elle si son mari ne les avait point destinés à un usage tout opposé ? Ce pouvait être une retraite amoureuse, où l'infant de Cypre, craignant sa mère, logeait secrètement ses maîtresses, comme il y avait logé son épouse ; car le lieu était écarté et inaccessible : ainsi elle aurait commis un sacrilège, si elle avait fait servir à son désespoir ce qui ne servait qu'aux plaisirs. Voilà comme raisonnait la pauvre Psyché, ingénieuse à se procurer du mal, mais bien éloignée de l'intention qu'avait eue l'Amour, à qui cet endroit où la belle se trouvait alors était venu fortuitement dans l'esprit, ou qui peut-être l'avait laissé à la discrétion du Zéphyre. Il voulait la faire souffrir ; tant s'en faut qu'il exigeât d'elle une mort si prompte. Dans cette pensée, il défendit au Zéphyre de la quitter, pour quelque occasion que ce fût, quand même Flore lui aurait donné un rendez-vous, tant que cette première violence eût jeté son feu. Je me suis étonné cent fois comme le Zéphyre n'en devint pas amoureux. Il est vrai que Flore a bien du mérite ; puis de courir sur les pas d'un maître, et d'un maître comme l'Amour, c'eût été à lui une perfidie trop grande, et même inutile.

Ayant donc l'œil incessamment sur Psyché, et lui voyant regarder le fleuve d'une manière toute pitoyable[4], il se douta de quelque nouvelle pensée de désespoir ; et, pour n'être pas surpris encore une fois, il en avertit aussitôt le dieu de ce fleuve, qui, de bonne fortune[5], tenait sa cour à deux pas de là, et qui avait alors auprès de lui la meilleure partie de ses nymphes. Ce dieu était d'un tempérament froid, et ne se souciait pas beaucoup d'obliger la belle ni son mari. Néanmoins, la crainte qu'il eut que les poètes ne le diffamassent si la première beauté du monde, fille de roi, et femme d'un dieu, se noyait chez lui, et ne l'appelassent frère du Styx ; cette crainte, dis-je, l'obligea de commander à ses nymphes qu'elles recueillissent Psyché, et qu'elles la portassent vers l'autre rive, qui était moins haute et plus agréable que celle-là, près de quelque habitation. Les nymphes lui obéirent avec beaucoup de plaisir : elles se rendirent toutes à l'endroit où était la belle, et se cachèrent sous le rivage. Psyché faisait alors des réflexions sur son aventure, ne sachant que conjecturer du dessein de son mari, ni à quelle mort se résoudre. A la fin, tirant de son cœur un profond soupir : « Eh bien ! dit-elle, je finirai ma vie dans les eaux : veuillent seulement les Destins que ce supplice te soit agréable ! » Aussitôt elle se précipita dans le fleuve, bien étonnée de se voir incontinent entre les bras de Cymodocé et de la gentille Naïs. Ce fut la plus heureuse rencontre du monde. Ces deux nymphes ne faisaient presque que de la quitter : car l'Amour en avait choisi de toutes les sortes et dans tous les chœurs pour servir de filles d'honneur à notre héroïne pendant le temps bienheureux où elle avait part aux affections et à la fortune d'un dieu. Cette rencontre, qui devait du moins lui apporter quelque consolation, ne lui apporta au contraire que du déplaisir. Comment se résoudre sans mourir à paraître ainsi malheureuse et abandonnée devant celles qui la servaient il n'y avait pas plus d'une heure ? Telle est la folie de l'esprit humain : les personnes nouvellement déchues de quelque état florissant fuient les gens qui les connaissent avec plus de soin qu'elles n'évitent les étrangers, et préfèrent souvent la mort au service qu'on leur peut rendre. Nous supportons le malheur, et ne saurions supporter la honte. Je ne vous assurerai pas si ce fleuve avait des Tritons, et ne sais pas bien si c'est la coutume des fleuves que d'en avoir. Ce que je vous puis assurer, c'est qu'aucun Triton n'approcha de notre héroïne : les seules naïades eurent cet honneur. Elles se pressaient si fort autour de la belle, que malaisément un Triton y eût trouvé place. Naïs et Cymodocé la tenaient entre leurs bras, tandis que d'abattement et de lassitude elle se laissait aller la tête languissamment, tantôt sur l'une, tantôt sur l'autre, arrosant leur sein tour à tour avec ses larmes.

Aussitôt qu'elle fut à bord, ces deux nymphes, qui avaient été du nombre de ses favorites, comme prudentes et discrètes entre toutes les nymphes du monde, firent signe à leurs compagnes de se retirer ; et, ne diminuant rien du respect avec lequel elles la servaient pendant sa fortune, elles prirent ses habits des mains du Zéphyre, qui se retira aussi, et demandèrent à Psyché si elle ne voulait pas bien qu'elles eussent l'honneur de l'habiller encore une fois. Psyché se jeta à leurs pieds pour toute réponse, et les leur baisa. Cet abaissement excessif leur causa beaucoup de confusion et de pitié. L'Amour même en fut touché plus que de pas une chose qui fût arrivée à notre héroïne depuis sa disgrâce. Il ne l'avait point quittée de vue, recevant quelque satisfaction à l'aspect du mal qu'elle se faisait ; car cela ne pouvait partir que d'un bon principe. Cupidon goûtait dans les airs ce cruel plaisir. Le battement de ses ailes obligea Naïs et Cymodocé de tourner la tête : elles aperçurent le dieu ; et, par considération tout au moins autant que par respect, mais principalement pour faire plaisir à la belle, elles se retirèrent à leur tour.

« Eh bien ! Psyché, dit l'Amour, que te semble de ta fortune ? Est-ce impunément que l'on veut tuer le maître des dieux ? Il te tardait que tu te fusses détruite : te voilà contente. Tu sais comme je suis fait ; tu m'as vu : mais de quoi cela te peut-il servir ? Je t'avertis que tu n'es plus mon épouse. »

Jusque-là la pauvre Psyché l'avait écouté sans lever les yeux : à ce mot d'épouse elle dit : « Hélas ! je suis bien éloignée de prendre cette qualité ; je n'ose seulement espérer que vous me recevrez pour esclave. — Ni mon esclave non plus, reprit l'Amour ; c'est de ma mère que tu l'es ; je te donne à elle. Et garde-toi bien d'attenter contre ta vie ; je veux que tu souffres, mais je ne veux pas que tu meures ; tu en serais trop tôt quitte. Que si tu as dessein de m'obliger, venge-moi de tes deux démons de sœurs ; n'écoute ni considération du sang ni pitié ; sacrifie-les-moi. Adieu, Psyché : la brûlure que cette lampe m'a faite ne me permet pas de t'entretenir plus longtemps. »

Ce fut bien là que l'affliction de notre héroïne reprit des forces. « Exécrable lampe ! maudite lampe ! avoir brûlé un dieu si sensible et si délicat, qui ne saurait rien endurer ! l'Amour ! Pleure, pleure, Psyché ; ne te repose ni jour ni nuit : cherche sur les monts et dans les vallées quelque herbe pour le guérir, et porte-la-lui. S'il ne s'était point tant pressé de me dire adieu, il verrait l'extrême douleur que son mal me fait, et ce lui serait un soulagement; mais il est parti! il est parti sans me laisser aucune espérance de le revoir! »

Cependant l'aurore vint éclairer l'infortune de notre belle, et amena ce jour-là force nouveautés. Vénus, entre autres, fut avertie de ce qui était arrivé à Psyché. Et voyez comme les choses se rencontrent! Les médecins avaient ordonné à cette déesse de se baigner pour des chaleurs qui l'incommodaient. Elle prenait son bain dès le point du jour; puis se recouchait. C'était dans ce fleuve qu'elle se baignait d'ordinaire, à cause de la qualité de ses eaux refroidissantes. Je pense même vous avoir dit que le dieu du fleuve en tenait un peu[6]. Une oie babillarde qui savait ces choses, et qui, se trouvant cachée entre des glaïeuls, avait vu Psyché arriver à bord, et avait entendu ensuite les reproches de son mari, ne manqua pas d'aller redire à Vénus toute l'aventure de point en point. Vénus ne perd point de temps; elle envoie gens de tous les côtés avec ordre de lui amener morte ou vive Psyché son esclave. Il s'en fallut peu que ces gens ne la rencontrassent. Dès que son époux l'eut quittée, elle s'habilla, ou, pour mieux parler, elle jeta sur soi ses habits : c'étaient ceux qu'elle avoit quittés en se mariant, habits lugubres et commandés par l'oracle, comme vous pouvez vous en souvenir. En cet état elle résolut d'aller par le monde, cherchant quelque herbe pour la brûlure de son mari, puis de le chercher lui-même. Elle n'eut pas marché une demi-heure qu'elle crut apercevoir un peu de fumée qui sortait d'entre des arbres et des rochers. C'était l'habitation d'un pêcheur, située au penchant d'un mont où les chèvres même avaient de la peine à monter. Ce mont, revêtu de chênes aussi vieux que lui, et tout plein de rocs, présentait aux yeux quelque chose d'effroyable, mais de charmant. Le caprice de la nature ayant creusé deux ou trois de ces rochers qui étaient voisins l'un de l'autre, et leur ayant fait des passages de communication et d'issue, l'industrie humaine avait achevé cet ouvrage, et en avait fait la demeure d'un bon vieillard et de deux jeunes bergères. Encore que Psyché, dans ces commencements, fût timide et appréhendât la moindre rencontre, si est-ce qu'elle avait besoin de s'enquérir en quelle contrée elle était, et si on ne savait point une composition, une racine ou une herbe, pour la brûlure de son mari. Elle dressa donc ses pas vers le lieu où elle avait vu cette fumée, ne découvrant aucune habitation que celle-là, de quelque côté que sa vue se pût étendre. Il n'y avait point d'autre chemin pour y aller qu'un petit sentier tout bordé de ronces. De moyen de les détourner, elle n'en avait aucun ; de façon qu'à chaque pas les épines lui déchiraient son habit, quelquefois la peau, sans que d'abord elle le sentît : l'affliction suspendait en elle les autres douleurs. A la fin, son linge, qui était mouillé, le froid du matin, les épines, et la rosée, commencèrent à l'incommoder. Elle se tira d'entre ces halliers le mieux qu'elle put ; puis un petit pré, dont l'herbe était encore aussi vierge que le jour qu'elle naquit, la mena jusque sur le bord d'un torrent. C'était un torrent et un abîme. Un nombre infini de sources s'y précipitaient par cascades du haut du mont, puis, roulant leurs eaux entre des rochers, formaient un gazouillement à peu près semblable à celui des catadupes[7] du Nil. Psyché, arrêtée tout court par cette barrière, et d'ailleurs extrêmement abattue tant de la douleur que du travail[8] et pour avoir passé sans dormir une nuit entière, se coucha sous des arbrisseaux que l'humidité du lieu rendait fort touffus. Ce fut ce qui la sauva. Deux satellites de son ennemie arrivèrent un moment après en ce même endroit. La ravine les empêcha de passer outre : ils s'arrêtèrent quelque temps à la regarder avec un si grand péril pour Psyché, que l'un d'eux marcha sur sa robe ; et, croyant la belle aussi loin de lui qu'elle en était près, il dit à son camarade : « Nous cherchons ici inutilement ; ce ne sauraient être que des oiseaux qui se réfugient dans ces lieux : nos compagnons seront plus heureux que nous, et je plains cette personne s'ils la rencontrent ; car notre maîtresse n'est pas telle qu'on s'imagine : il semble à la voir que ce soit la même douceur [9] ; mais je vous la donne pour une femme vindicative, et aussi cruelle qu'il y en ait. On dit que Psyché lui dispute la prééminence des charmes : c'est justement le moyen de la rendre furieuse, et d'en faire une lionne à qui on a enlevé ses petits : sa concurrente fera fort bien de ne pas tomber entre ses mains. »

Psyché entendit ces mots fort distinctement, et rendit grâces au hasard, qui, en lui donnant des frayeurs mortelles, lui donnait aussi un avis qui n'était nullement à négliger. De bonheur pour elle ces gens partirent presque aussitôt. A peine elle en était revenue que, sur l'autre bord de la ravine, un nouveau spectacle lui causa de l'étonnement. La vieillesse en propre personne lui apparut chargée de filets, et en habit de pêcheur : les cheveux lui pendaient sur les épaules, et la barbe sur la ceinture. Un très beau vieillard, et blanc comme un lis, mais non pas si frais, se disposait à passer. Son front était plein de rides, dont la plus jeune était presque aussi ancienne que le déluge. Aussi Psyché le prit pour Deucalion ; et, se mettant à genoux : « Père des humains, lui cria-t-elle, protégez-moi contre des ennemis qui me cherchent ! »

Le vieillard ne répondit rien : la force de l'enchantement le rendit muet. Il laissa tomber ses filets, s'oubliant soi-même aussi bien que s'il eût été dans son plus bel âge, oubliant aussi le danger où il se mettrait d'être rencontré par les ennemis de la belle, s'il allait la prendre sur l'autre bord. Il me semble que je vois les vieillards de Troie qui se préparent à la guerre en voyant Hélène [10]. Celui-ci ne se souciait [11] pas de périr, pourvu qu'il contribuât à la sûreté d'une malheureuse comme la nôtre. Le besoin pressant qu'on avait de son assistance lui fit remettre au premier loisir les exclamations ordinaires dans ces rencontres. Il passa du côté où était Psyché, et l'abordant de fort bonne grâce et avec respect, comme un homme qui savait faire autre chose que de tromper les poissons :

« Belle princesse, dit-il, car à vos habits c'est le moins que vous puissiez être, réservez vos adorations pour les dieux. Je suis un mortel qui ne possède que ces filets, et quelques petites commodités dont j'ai meublé deux ou trois rochers sur le penchant de ce mont. Cette retraite est à vous aussi bien qu'à moi : je ne l'ai point achetée ; c'est la nature qui l'a bâtie. Et ne craignez pas que vos ennemis vous y cherchent : s'il y a sur terre un lieu d'assurance contre les poursuites des hommes, c'est celui-là : je l'éprouve depuis longtemps. »

Psyché accepta l'asile. Le vieillard la fit descendre dans la ravine, marchant devant elle, et lui enseignant à poser le pied, tantôt sur cet endroit-là, tantôt sur cet autre ; non sans péril : mais la crainte donne du courage. Si Psyché n'eût point fui Vénus, elle n'aurait jamais osé faire ce qu'elle fit. La difficulté fut de traverser le torrent qui coulait au fond. Il était large, creux, et rapide. « Où es-tu, Zéphyre ? » s'écria Psyché. Mais plus de Zéphyre : l'Amour lui avait donné congé, sur l'assurance que notre héroïne n'oserait attenter contre elle, puisqu'il le lui avait défendu, ni faire chose qui lui déplût. En effet, elle n'avait garde. Un pont portatif que le vieillard tirait après soi sitôt qu'il était passé, suppléa à ce défaut. C'était un tronc à demi pourri avec deux bâtons de saule pour garde-fous. Ce tronc se posait sur deux gros cailloux qui servaient de bordages à l'eau en cet endroit-là. Psyché passa donc et n'eut pas plus de peine à remonter qu'elle en avait eu à descendre. De nouveaux obstacles se présentèrent. Il fallait encore grimper, et grimper par dedans un bois si touffu, que l'ombre éternelle n'est pas plus noire. Psyché suivait le vieillard, et le tenait par l'habit. Après bien des peines, ils arrivèrent à une petite esplanade assez découverte et employée à divers offices; c'était les jardins, la cour principale, les avant-cours, et les avenues de cette demeure. Elle fournissait des fleurs à son maître, et un peu de fruit, et d'autres richesses du jardinage. De là ils montèrent à l'habitation du vieillard par des degrés et par des perrons qui n'avaient point eu d'autre architecte que la nature : aussi tenaient-ils un peu du toscan [12], pour en dire la vérité. Ce palais n'avait pour toit que cinq ou six arbres d'une prodigieuse hauteur, dont les racines cherchaient passage entre les voûtes de ces rochers. Là deux jeunes bergères assises voyaient paître à dix pas d'elles cinq ou six chèvres, et filaient de si bonne grâce, que Psyché ne se put tenir de les admirer. Elles avaient assez de beauté pour ne se pas voir méprisées par la concurrente de Vénus. La plus jeune approchait de quatorze ans, l'autre en avait seize. Elles saluèrent notre héroïne d'un air naïf, et pourtant fort spirituel, quoiqu'un peu de honte l'accompagnât. Mais ce qui fit principalement que Psyché crut trouver de l'esprit en elles, ce fut l'admiration qu'elles témoignèrent en la regardant. Psyché les baisa, et leur fit un petit compliment champêtre dans lequel elle les louait de beauté et de gentillesse : à quoi elles répondirent par l'incarnat qui leur monta aussitôt aux joues.

« Vous voyez mes petites filles, dit le vieillard à Psyché : leur mère est morte depuis six mois. Je les élève avec un aussi grand soin que si ce n'étaient pas des bergères. Le regret que j'ai, c'est que, n'ayant jamais bougé de cette montagne, elles sont incapables de vous servir. Souffrez toutefois qu'elles vous conduisent dans leur demeure : vous devez avoir besoin de repos. »

Psyché ne se fit pas presser davantage : elle s'alla mettre au lit. Les deux pucelles la déshabillèrent avec cent signes d'admiration à leur mode quand elle avait la tête tournée, se faisant l'une à l'autre remarquer de l'œil fort innocemment les beautés qu'elles découvraient; beautés capables de leur donner de l'amour, et d'en donner, s'il faut ainsi dire, à toutes les choses du monde. Psyché avait pris leur lit, couchée proprement sous du linge jonché de roses. L'odeur de ces fleurs, ou la lassitude, ou d'autres secrets dont Morphée[13] se sert, l'assoupirent incontinent. J'ai toujours cru, et le crois encore, que le sommeil est une chose invincible. Il n'y a ni procès, ni affliction, ni amour qui tienne. Pendant que Psyché dormait, les bergères coururent aux fruits. On lui en fit prendre à son réveil, et un peu de lait ; il n'entrait guère d'autre nourriture en ce lieu. On y vivait à peu près comme chez les premiers humains ; plus proprement, à la vérité, mais de viandes[14] que la seule nature assaisonnait. Le vieillard couchait en une enfonçure du rocher, sans autre tapis de pied qu'un peu de mousse étendue, et sur cette mousse l'équipage du dieu Morphée. Un autre rocher plus spacieux et plus richement meublé était l'appartement des deux jeunes filles. Mille petits ouvrages de jonc et d'écorce tendre y tenaient lieu de tapisserie, des plumes d'oiseaux, des festons, des corbeilles remplies de fleurs. La porte du roc servait aussi de fenêtre, comme celles de nos balcons ; et, par le moyen de l'esplanade, elle découvrait un pays fort grand, diversifié, agréable : le vieillard avait abattu les arbres qui pouvaient nuire à la vue. Une chose m'embarrasse, c'est de vous dépeindre cette porte servant aussi de fenêtre, et semblable à celles de nos balcons, en sorte que le champêtre soit conservé. Je n'ai jamais pu savoir comment cela s'était fait. Il suffit de dire qu'il n'y avait rien de sauvage en cette habitation, et que tout l'était à l'entour. Psyché, ayant regardé ces choses, témoigna à notre vieillard qu'elle souhaitait de l'entretenir, et le pria de s'asseoir près d'elle. Il s'en excusa sur sa qualité de simple mortel, puis il obéit. Les deux filles se retirèrent.

« C'est en vain, dit notre héroïne, que vous me cachez votre véritable condition. Vous n'avez pas employé toute votre vie à pêcher, et parlez trop bien pour n'avoir jamais conversé qu'avec des poissons. Il est impossible que vous n'ayez vu le beau monde, et hanté les grands, si vous n'êtes vous-même d'une naissance au-dessus de ce qui paraît à mes yeux : votre procédé[15], vos discours, l'éducation de vos filles, même la propreté de cette demeure, me le font juger. Je vous prie, donnez-moi conseil. Il n'y a qu'un jour que j'étais la plus heureuse femme du monde. Mon mari était amoureux de moi, il me trouvait belle : et ce mari, c'est l'Amour. Il ne veut plus que je sois sa femme : je n'ai pu seulement obtenir de lui d'être son esclave. Vous me voyez vagabonde ; tout me fait peur ; je tremble à la moindre haleine du vent : hier je commandais au Zéphyre. J'eus à mon coucher une centaine de nymphes des plus jolies et des plus qualifiées, qui se tinrent heureuses d'une parole que je leur dis, et qui baisèrent en me quittant le bas de ma robe. Les adorations, les délices, la comédie, rien ne me manquait. Si j'eusse voulu qu'un plaisir fût venu des extrémités de la terre pour me trouver, j'eusse été incontinent satisfaite. Ma félicité était telle que le changement des habits et celui des ameublements ne me touchait plus. J'ai perdu tous ces avantages, et les ai perdus par ma faute, et sans espérance de les recouvrer jamais : l'Amour me hait trop. Je ne vous demande pas si je cesserai de l'aimer, il m'est impossible ; je vous demande aussi peu si je cesserai de vivre, ce remède m'est interdit : « Garde-toi, m'a dit mon mari, d'attenter contre ta vie ! » Voilà les termes où je suis réduite : il m'est défendu de me soustraire à la peine. C'est bien le comble du désespoir que de n'oser se désespérer. Quand je le ferai néanmoins, quelle punition y a-t-il par delà la mort[16] ? Me conseillez-vous de traîner ma vie dans des alarmes continuelles, craignant Vénus, m'imaginant voir à tous les moments les ministres[17] de sa fureur ? Si je tombe entre ses mains, et je ne puis m'empêcher d'y tomber, elle me fera mille maux. Ne vaut-il pas mieux que j'aille en un monde où elle n'a point de pouvoir ? Mon dessein n'est pas de m'enfoncer un fer dans le sein ; les dieux me gardent de désobéir à l'Amour jusqu'à ce point-là ! mais si je refuse la nourriture, si je permets à un aspic de décharger sur moi sa colère, si par hasard je rencontre de l'aconit, et que j'en mette un peu sur ma langue, est-ce un si grand crime ? Tout au moins me doit-il être permis de me laisser mourir de tristesse. »

Au nom de l'Amour le vieillard s'était levé. Quand la belle eut achevé de parler, il se prosterna ; et, la traitant de déesse, il s'allait jeter en des excuses qui n'eussent fini de longtemps, si Psyché ne les eût d'abord prévenues, et ne lui eût commandé par tous les titres qu'il voudrait lui donner, soit de belle, soit de princesse, soit de déesse, de se remettre en sa place, et de dire son sentiment avec liberté ; mais que pour le mieux il laissât ces qualités qui ne faisaient rien pour la consoler, et dont il était libéral jusques à l'excès.

Le vieillard savait trop bien vivre pour contester de cérémonies avec l'épouse de Cupidon. S'étant donc assis : « Madame, dit-il, ou votre mari vous a communiqué l'immortalité ; et, cela étant, que vous servira de vouloir mourir ? ou vous êtes encore sujette à la loi commune. Or cette loi veut deux choses : l'une, véritablement que nous mourions ; l'autre, que nous tâchions de conserver notre vie le plus longtemps qu'il nous est possible. Nous naissons également pour l'un et pour l'autre ; et l'on peut dire que l'homme a en même temps deux mouvements opposés : il court incessamment vers la mort ; il la fuit aussi incessamment. De violer cet instinct, c'est ce qui n'est pas permis. Les animaux ne le font pas. Y a-t-il rien de plus malheureux qu'un oiseau qui, ayant eu pour demeure une forêt agréable et toute la campagne des airs, se voit renfermé dans une cage d'un pied d'espace ? cependant il ne se donne pas la mort ; il chante, au contraire, et tâche à se divertir. Les hommes ne sont pas si sages : ils se désespèrent. Regardez combien de crimes un seul crime leur fait commettre. Premièrement, vous détruisez l'ouvrage du Ciel ; et plus cet ouvrage est beau, plus le crime doit être grand : jugez donc quelle serait votre faute. En second lieu, vous vous défiez de la Providence, ce qui est un autre crime. Pouvez-vous répondre de ce qui vous arrivera ? Peut-être le Ciel vous réserve-t-il un bonheur plus grand que celui que vous regrettez ; peut-être vous réjouirez-vous bientôt du retour de votre mari, ou pour mieux dire de votre amant ; car à son dépit je le juge tel. J'ai tant vu de ces amants échappés revenir incontinent, et faire satisfaction aux personnes qui leur avaient donné sujet de se plaindre ; j'ai tant vu de malheureux, d'un autre côté, changer de condition et de sentiment, que ce serait imprudence à vous de ne pas donner à la Fortune le loisir de tourner sa roue. Outre ces raisons générales, votre mari vous a défendu d'attenter contre votre vie. Ne me proposez point pour expédient de vous laisser mourir de tristesse : c'est un détour que votre propre conscience doit condamner. J'approuverais bien plutôt que vous vous perçassiez le sein d'un poignard. Celui-ci est un crime d'un moment, qui a le premier transport pour excuse ; l'autre est une continuation de crimes que rien ne peut excuser. Qu'il n'y ait point de punition par delà la mort, je ne pense pas qu'on vous ait enseigné cette doctrine. Croyez, Madame, qu'il y en a [18], et de particulièrement ordonnées contre ceux qui jettent leur âme au vent, et qui ne la laissent pas envoler.

— Mon père, reprit Psyché, cette dernière considération fait que je me rends ; car d'espérer le retour de mon mari, il n'y a pas d'apparence : je serai réduite à ne faire de ma vie autre chose que le chercher.

— Je ne le crois pas, dit le vieillard. J'ose vous répondre, au contraire, qu'il vous cherchera. Quelle joie alors aurez-vous ! Attendez du moins quelques jours en cette demeure. Vous pourrez vous y appliquer à la connaissance de vous-même et à l'étude de la sagesse ; vous y mènerez la vie que j'y mène depuis longtemps, et que j'y mène avec tant de tranquillité, que si Jupiter voulait changer de condition contre moi, je le renverrais sans délibérer.

— Mais comment vous êtes-vous avisé de cette retraite ? repartit Psyché : ne vous serai-je point importune, si je vous prie de m'apprendre votre aventure ?

— Je vous la dirai en peu de mots, reprit le vieillard. J'étais à la cour d'un roi qui se plaisait à m'entendre, et qui m'avait donné la charge de premier philosophe de sa maison. Outre la faveur, je ne manquais pas de biens. Ma famille ne consistait qu'en une personne qui m'était fort chère : j'avais perdu mon épouse depuis longtemps ; il me restait une fille de beauté exquise, quoique infiniment au-dessous des charmes que vous possédez. Je l'élevai dans des sentiments de vertu convenables à l'état de notre fortune et à la profession que je faisais. Point de coquetterie ni d'ambition ; point d'humeur austère non plus. Je voulais en faire une compagne commode pour un mari, plutôt qu'une maîtresse agréable pour des amants. Ses qualités la firent bientôt rechercher par tout ce qu'il y avait d'illustre à la cour. Celui qui commandait les armées du roi l'emporta. Le lendemain qu'il l'eut épousée, il en fut jaloux ; il lui donna des espions et des gardes : pauvres esprits qui ne voyait pas que, si la vertu ne garde une femme, en vain l'on pose des sentinelles à l'entour ! Ma fille aurait été longtemps malheureuse sans les hasards de la guerre. Son mari fut tué dans un combat. Il la laissa mère d'une des filles que vous voyez, et grosse de l'autre. L'affliction fut plus forte que le souvenir des mauvais traitements du défunt, et le temps fut plus fort que l'affliction. Ma fille reprit à la fin sa gaieté, sa douce conversation et ses charmes ; résolue pourtant de demeurer veuve, voire de mourir plutôt que de tenter un second hasard. Les amants reprirent aussi leur train ordinaire : mon logis ne désemplissait point d'importuns ; le plus incommode de tous fut le fils du roi. Ma fille, à qui ces choses ne plaisaient pas, me pria de demander pour récompense de mes services qu'il me fût permis de me retirer. Cela me fut accordé. Nous nous en allâmes à une maison des champs que j'avais. A peine étions-nous partis que les amants nous suivirent : ils y arrivèrent aussitôt que nous. Le peu d'espérance de s'en sauver nous obligea d'abandonner des provinces où il n'y avait point d'asile contre l'amour, et d'en chercher un chez des peuples du voisinage. Cela fit des guerres et ne nous délivra point des amants : ceux de la contrée étaient plus persécutants que les autres. Enfin nous nous retirâmes au désert, avec peu de suite, sans équipage, n'emportant que quelques livres, afin que notre fuite fût plus secrète. La retraite que nous choisîmes était fort cachée ; mais ce n'était rien en comparaison de celle-ci. Nous y passâmes deux jours avec beaucoup de repos. Le troisième jour on sut où nous nous étions réfugiés : un amant vint nous demander le chemin ; un autre amant se mit à couvert de la pluie dans notre cabane. Nous voilà désespérés, et n'attendant de tranquillité qu'aux Champs-Élysées. Je proposai à ma fille de se marier. Elle me pria d'attendre que l'on l'y eût condamnée sous peine du dernier supplice : encore préférerait-elle la mort à l'hymen. Elle avouait bien que l'importunité des amants était quelque chose de très fâcheux ; mais la tyrannie des méchants maris allait au-delà de tous les maux qu'on était capable de se figurer : que je ne me misse en peine que de moi seul ; elle saurait résister aux cajoleries que l'on lui ferait ; et, si l'on venait à la violence, ou à la nécessité du mariage, elle saurait encore mieux mourir. Je ne la pressai pas davantage. Une nuit que je m'étais endormi sur cette pensée, la Philosophie m'apparut en songe. « Je veux, dit-elle, te tirer de peine : suis-moi. » Je lui obéis. Nous traversâmes les lieux par où je vous ai conduite. Elle m'amena jusque sur le seuil de cette habitation. « Voilà, dit-elle, le seul endroit où tu trouveras du repos. » L'image du lieu, celle du chemin, demeurèrent dans ma mémoire. Je me réveillai fort content. Le lendemain je contai ce songe à ma fille ; et, comme nous nous promenions, je remarquai que le chemin où la Philosophie m'avait fait entrer aboutissait à notre cabane. Qu'est-il besoin d'un plus long récit ? Nous fîmes résolution d'éprouver le reste du songe. Nous congédiâmes nos domestiques, et nous nous sauvâmes avec ces deux filles, dont la plus âgée n'avait pas six ans ; il nous fallut porter l'autre. Après les mêmes peines que vous avez eues, nous arrivâmes sous ces rochers. Ma famille s'y étant établie, je retournai prendre le peu de meubles que vous voyez, les apportant à diverses fois, et mes livres aussi. Pour ce qui nous était resté de bagues [19] et d'argent, il était déjà en lieu d'assurance : nous n'en avons pas encore eu besoin. Le voisinage du fleuve nous fait subsister, sinon avec luxe et délicatesse, avec beaucoup de santé tout au moins. J'y prends du poisson que je vas vendre en une ville que ce mont vous cache, et où je ne suis connu de personne. Mon poisson n'est pas sitôt sur la place qu'il est vendu. Tous les habitants sont gens riches, de bonne chère, fort paresseux. Ils ont peine à sortir de leurs murailles ; comment viendraient-ils ici m'interrompre, si ce n'est que votre mari s'en mêle à la fin, et qu'il nous envoie des amants, soit de ce lieu-là, soit d'un autre ? les amants se font passage partout ; ce n'est pas pour rien que leur protecteur a des ailes. Ces filles, comme vous voyez, sont en âge de l'appréhender. Je ne suis pourtant pas certain qu'elles prennent la chose du même biais que l'a toujours prise leur mère. Voilà, Madame, comme je suis arrivé ici. » Le vieillard finit par l'exagération de son bonheur, et par les louanges de la solitude.

« Mais, mon père, reprit Psyché, est-ce un si grand bien que cette solitude dont vous parlez ? est-il possible que vous ne vous y soyez point ennuyé, vous ni votre fille ? A quoi vous êtes-vous occupés pendant dix années ?

— A nous préparer pour une autre vie, lui répondit

le vieillard : nous avons fait des réflexions sur les fautes et sur les erreurs à quoi sont sujets les hommes ; nous avons employé le temps à l'étude.

— Vous ne me persuaderez point, repartit Psyché, qu'une grandeur légitime et des plaisirs innocents ne soient préférables au train de vie que vous menez.

— La véritable grandeur, à l'égard des philosophes, lui répliqua le vieillard, est de régner sur soi-même ; et le véritable plaisir, de jouir de soi. Cela se trouve en la solitude, et ne se trouve guère autre part. Je ne vous dis pas que toutes personnes s'en accommodent ; c'est un bien pour moi, ce serait un mal pour vous. Une personne que le Ciel a composée avec tant de soin et avec tant d'art, doit faire honneur à son ouvrier, et régner ailleurs que dans le désert.

— Hélas ! mon père, dit notre héroïne en soupirant, vous me parlez de régner, et je suis esclave de mon ennemie ! Sur qui voulez-vous que je règne ? Ce ne peut être ni sur mon cœur, ni sur celui de l'Amour ; de régner sur d'autres, c'est une gloire que je refuse. » Là-dessus elle lui conta son histoire succinctement. Après avoir achevé : « Vous voyez, dit-elle, combien j'ai sujet de craindre Vénus. J'ai toutefois résolu de me mettre en quête de mon mari devant que le jour se passe. Sa brûlure m'inquiète trop : ne savez-vous point un secret pour le guérir sans douleur et en un moment ? »

Le vieillard sourit. « J'ai, dit-il, cherché toute ma vie dans les simples, dans les compositions, dans les minéraux, et n'ai pu encore trouver de remède pour aucun mal : mais croyez-vous que les dieux en manquent ? Il faut bien qu'ils en aient de bons, et de bons médecins aussi, puisque la mort ne peut rien sur eux. Ne vous mettez donc en peine que de regagner votre époux : pour cela il vous faut attendre ; laissez-le dormir sur sa colère ; si vous vous présentez à lui devant que le temps l'ait adoucie, vous vous mettrez au hasard d'être rebutée : ce qui vous serait d'une très périlleuse conséquence pour l'avenir. Quand les maris se sont fâchés une fois, et qu'ils ont fait une fois les difficiles, la mutinerie [20] ne leur coûte plus rien après. »

Psyché se rendit à cet avis, et passa huit jours en ce lieu-là sans y trouver le repos que son hôte lui promettait. Ce n'est pas que l'entretien du vieillard et celui même des jeunes filles ne charmassent quelquefois son mal; mais incontinent elle retournait aux soupirs : et le vieillard lui disait que l'affliction diminuerait sa beauté, qui était le seul bien qui lui restait, et qui ferait infailliblement revenir les autres. On n'avait point encore allégué de raison à notre héroïne qui lui plût tant. Ce n'était pas seulement au vieillard qu'elle parlait de sa passion : elle demandait quelquefois conseil aux choses inanimées; elle importunait les arbres et les rochers. Le vieillard avait fait une longue route dans le fond du bois. Un peu de jour y venait d'en haut. Des deux côtés de la route étaient des réduits où une belle pouvait s'endormir sans beaucoup de témérité : les Sylvains ne fréquentaient pas cette forêt; ils la trouvaient trop sauvage. La commodité du lieu obligea Psyché d'y faire des vers, et d'en rendre les hêtres participants [21]. Elle rappela les idées de la poésie que les nymphes lui avaient données [22]. Voici à peu près le sens de ses vers :

« Que nos plaisirs passés augmentent nos supplices !
Qu'il est dur d'éprouver, après tant de délices,
    Les cruautés du Sort !
Fallait-il être heureuse avant qu'être coupable ?
Et si de me haïr, Amour, tu fus capable,
    Pourquoi m'aimer d'abord ?

Que ne punissais-tu mon crime par avance ?
Il est bien temps d'ôter à mes yeux ta présence
    Quand tu luis dans mon cœur !
Encor si j'ignorais la moitié de tes charmes !
Mais je les ai tous vus : j'ai vu toutes les armes
    Qui te rendent vainqueur.

J'ai vu la beauté même et les grâces dormantes :
Un doux ressouvenir de cent choses charmantes
    Me suit dans les déserts.
L'image de ces biens rend mes maux cent fois pires ;
Ma mémoire me dit : « Quoi ! Psyché, tu respires,
    « Après ce que tu perds ? »

Cependant il faut vivre : Amour m'a fait défense
D'attenter sur des jours qu'il tient en sa puissance,
    Tout malheureux qu'ils sont.
Le cruel veut, hélas ! que mes mains soient captives ;
Je n'ose me soustraire aux peines excessives
    Que mes remords me font. »

C'est ainsi qu'en un bois Psyché contait aux arbres
Sa douleur, dont l'excès faisait fendre les marbres
    Habitants de ces lieux.
Rochers, qui l'écoutiez avec quelque tendresse,
Souvenez-vous des pleurs qu'au fort de sa tristesse
    Ont versés ses beaux yeux.

    Elle n'avait guère d'autre plaisir. Une fois pourtant la curiosité de son sexe, et la sienne propre, lui fit écouter une conversation secrète des deux bergères. Le vieillard avait permis à l'aînée de lire certaines fables amoureuses que l'on composait alors, à peu près comme nos romans, et l'avait défendu à la cadette, lui trouvant l'esprit trop ouvert et trop éveillé. C'est une conduite que nos mères de maintenant suivent aussi : elles défendent à leurs filles cette lecture pour les empêcher de savoir ce que c'est qu'amour ; en quoi je tiens qu'elles ont tort ; et cela est même inutile, la Nature servant d'Astrée[23]. Ce qu'elles gagnent par là n'est qu'un peu de temps : encore n'en gagnent-elles point, une fille qui n'a rien lu croit qu'on n'a garde de la tromper, et est plus tôt prise. Il est de l'amour comme du jeu ; c'est prudemment fait que d'en apprendre toutes les ruses, non pas pour les pratiquer, mais afin de s'en garantir. Si jamais vous avez des filles, laissez-les lire.
    Celles-ci s'entretenaient à l'écart. Psyché était assise

à quatre pas d'elles sans qu'on la vît. La cadette dit à l'aînée : « Je vous prie, ma sœur, consolez-moi : je ne me trouve plus belle comme je faisais. Vous semble-t-il pas que la présence de Psyché nous ait changées l'une et l'autre ? J'avais du plaisir à me regarder devant qu'elle vînt ; je n'y en ai plus. — Et ne vous regardez pas, dit l'aînée. — Il se faut bien regarder, reprit la cadette : comment ferait-on autrement pour s'ajuster comme il faut ? Pensez-vous qu'une fille soit comme une fleur, qui sait arranger ses feuilles sans se servir de miroir ? Si j'étais rencontrée de quelqu'un qui ne me trouvât pas à son gré ?

— Rencontrée dans ce désert ! dit l'aînée : vous me faites rire. — Je sais bien, reprit la cadette, qu'il est difficile d'y aborder ; mais cela n'est pas absolument impossible. Psyché n'a point d'ailes, ni nous non plus ; nous nous y rencontrons cependant. Mais, à propos de Psyché, que signifient les paroles qu'elle a gravées sur nos hêtres ? pourquoi mon père l'a-t-il priée de ne me les point expliquer ? d'où vient qu'elle soupire incessamment ? qui est cet Amour qu'elle dit qu'elle aime ?

— Il faut que ce soit son frère, repartit l'aînée. — Je gagerais bien que non, dit la jeune fille. Vous qui parlez, feriez-vous tant de façons pour un frère ? — C'est donc son mari, répliqua la sœur. — Je vous entends bien, reprit la cadette ; mais les maris viennent-ils au monde tout faits ? ne sont-ils point quelque autre chose auparavant ? Qu'étoit l'Amour à sa femme devant que de l'épouser ? c'est ce que je vous demande. — Et ce que je ne vous dirai pas, répondit la sœur, car on me l'a défendu.

— Vous seriez bien étonnée, dit la jeune fille, si je le savais déjà. C'est un mot qui m'est venu dans l'esprit sans que personne me l'ait appris : devant que l'Amour fût le mari de Psyché, c'était son amant. — Qu'est-ce à dire amant ? s'écria l'aînée ; y a-t-il des amants au monde ? — S'il y en a ! reprit la cadette : votre cœur ne vous l'a-t-il point encore dit ? il y a

tantôt six mois que le mien ne me parle d'autre chose.
— Petite fille, reprit sa sœur, si l'on vous entend, vous serez criée[24]. — Quel mal y a-t-il à ce que je dis ? lui repartit la jeune bergère. Hé ! ma chère sœur, continua-t-elle en lui jetant les deux bras au cou, apprenez-moi, je vous prie, ce qu'il y a dans vos livres. — On ne le veut pas, dit l'aînée. — C'est à cause de cela, reprit la cadette, que j'ai une extrême envie de le savoir. Je me lasse d'être un enfant et une ignorante. J'ai résolu de prier mon père qu'il me mène un de ces jours à la ville ; et la première fois que Psyché se parlera à elle-même, ce qui lui arrive souvent étant seule, je me cacherai pour l'entendre.

— Cela n'est pas nécessaire », dit tout haut Psyché de l'endroit où elle était. Elle se leva aussitôt, et courut à nos deux bergères, qui se jetèrent à ses genoux si confuses qu'à peine purent-elles ouvrir la bouche pour lui demander pardon. Psyché les baisa, les prit par la main, et les fit asseoir à côté d'elle, puis leur parla de cette manière : « Vous n'avez rien dit qui m'offense, les belles filles. Et vous, continua-t-elle en s'adressant à la jeune sœur et en la baisant encore une fois, je vous satisferai tout à l'heure sur vos soupçons. Votre père m'avait priée de ne le pas faire ; mais, puisque ses précautions sont inutiles, et que la Nature vous en a déjà tant appris, je vous dirai qu'en effet il y a au monde un certain peuple agréable, insinuant, dont les manières sont tout à fait douces, qui ne songe qu'à nous plaire, et nous plaît aussi ; il n'a rien d'extraordinaire ni en son visage ni en sa mine ; cependant nous le trouvons beau par-dessus tous les autres peuples de l'univers. Quand on en vient là, les sœurs et les frères ne sont plus rien. Ce peuple est répandu par toute la terre sous le nom d'amants. De vous dire précisément comme il est fait, c'est une chose impossible : en certains pays il est blanc, en d'autres pays il est noir. L'Amour ne dédaignait pas d'en faire partie. Ce dieu était mon amant devant que de m'épouser ; et ce qui vous étonnerait si vous saviez comme se gouverne le monde, c'est qu'il l'était même étant mon mari ; mais il ne l'est plus. »

En suite de cette déclaration, Psyché leur conta son aventure bien plus au long qu'elle ne l'avait contée au vieillard. Son récit étant achevé : « Je vous ai, dit-elle, conté ces choses afin que vous fassiez dessus des réflexions, et qu'elles vous servent pour la conduite de votre vie. Non que mes malheurs, provenant d'une cause extraordinaire, doivent être tirés à conséquence par des bergères, ni qu'ils doivent vous dégoûter d'une passion dont les peines même sont des plaisirs : comment résisteriez-vous à la puissance de mon mari ? tout ce qui respire lui sacrifie. Il y a des cœurs qui s'en voudraient dispenser ; ces cœurs y viennent à leur tour. J'ai vu le temps que le mien était du nombre : je dormais tranquillement, on ne m'entendait point soupirer, je ne pleurais point ; je n'étais pas plus heureuse que je le suis. Cette félicité languissante n'est pas une chose si souhaitable que votre père se l'imagine : les philosophes la cherchent avec un grand soin, les morts la trouvent sans nulle peine. Et ne vous arrêtez pas à ce que les poètes disent de ceux qui aiment ; ils leur font passer leur plus bel âge dans les ennuis : les ennuis d'amour ont cela de bon qu'ils n'ennuient jamais. Ce que vous avez à faire est de bien choisir, et de choisir une fois pour toutes : une fille qui n'aime qu'en un endroit ne saurait être blâmée, pourvu que l'honnêteté, la discrétion, la prudence soient conductrices de cette affaire, et pourvu qu'on garde des bornes, c'est-à-dire qu'on fasse semblant d'en garder. Quand vos amours iront mal, pleurez, soupirez, désespérez-vous ; je n'ai que faire de vous le dire : faites seulement que cela ne paraisse pas ; quand elles iront bien, que cela paraisse encore moins, si vous ne voulez que l'envie s'en mêle, et qu'elle corrompe de son venin toute votre béatitude, comme vous voyez qu'il est arrivé à mon égard. J'ai cru vous rendre un fort bon office en vous donnant ces avis, et ne comprends pas la pensée de votre père. Il sait bien que vous ne demeurerez pas toujours dans cette ignorance : qu'attend-il donc ? que votre propre expérience vous rende sages ? Il me semble qu'il vaudrait mieux que ce fût l'expérience d'autrui, et qu'il vous permît la lecture à l'une aussi bien qu'à l'autre : je vous promets de lui en parler. »

Psyché plaidait la cause de son époux, et peut-être sans cela n'aurait-elle pas inspiré ces sentiments aux deux jeunes filles. Les sœurs l'écoutaient comme une personne venue du ciel. Il se tint ensuite entre les trois belles un conseil secret touchant les affaires de notre héroïne.

Elle demanda aux bergères ce qu'il leur semblait de son aventure, et quelle conduite elle avait à tenir de là en avant. Les sœurs la prièrent de trouver bon qu'elles demeurassent dans le respect, et s'abstinssent de dire leur sentiment : il ne leur appartenait pas, dirent-elles, de délibérer sur la fortune d'une déesse : quel conseil pouvait-on attendre de deux jeunes filles qui n'avaient encore vu que leur troupeau ?

Notre héroïne les pressa tant que l'aînée lui dit qu'elle approuvait ses soumissions et son repentir ; qu'elle lui conseillait de continuer : car cela ne pouvait lui nuire, et pouvait extrêmement lui profiter ; qu'assurément son mari n'avait point discontinué de l'aimer : ses reproches et le soin qu'il avait eu d'empêcher qu'elle ne mourût, sa colère même, en étaient des témoignages infaillibles ; il voulait, sans plus, lui faire acheter ses bonnes grâces, pour les lui rendre plus précieuses. C'étoit un second ragoût [25] dont il s'avisait, et qui, tout considéré, n'était pas à beaucoup près si étrange que le premier.

La cadette fut d'un avis tout contraire, et s'emporta fort contre l'Amour. Ce dieu était-il raisonnable ? avait-il des yeux, de laisser languir à ses pieds la fille d'un roi, reine elle-même de la beauté, tout cela parce qu'on avait eu la curiosité de le voir ? La belle raison de quitter sa femme, et de faire un si grand bruit ! S'il eût été laid, il eût eu sujet de se fâcher ; mais étant si beau, on lui avait fait plaisir. Bien loin que cette curiosité fût blâmable, elle méritait d'être louée, comme ne pouvant provenir que d'excès d'amour. « Si vous m'en croyez, Madame, vous attendrez que votre mari revienne au logis. Je ne connais ni le naturel des dieux ni celui des hommes ; mais je juge d'autrui par moi-même, et crois que chacun est fait à peu près de la même sorte : quand nous avons quelque différend, ma sœur et moi, si je fais la froide et l'indifférente, elle me recherche ; si elle se tient sur son quant à moi[26], je vas au-devant. »

Psyché admira l'esprit de nos deux bergères, et conjectura que la cadette avait attrapé les livres dont la bibliothèque de sa sœur était composée, et les avait lus en cachette : ajoutez aux livres l'excellence du naturel, lequel, ayant été fort heureux dans la mère de ces deux filles, revivait en l'une et en l'autre avec avantage, et n'avait point été abâtardi par la solitude. Psyché préféra l'avis de l'aînée à celui de la cadette : elle résolut de se mettre en quête de son mari dès le lendemain.

Cette entreprise avait quelque chose de bien hardi et de bien étrange. La fille d'un roi aller ainsi seule ! car, pour être femme d'un dieu[27], ce n'était pas une qualité qui dût faire trouver de la messéance en la chose : les déesses vont et viennent comme il leur plaît, et personne n'y trouve à dire. La difficulté était plus grande à l'égard de notre héroïne : non seulement elle appréhendait de rencontrer les satellites de son ennemie, mais tous les hommes en général. Et le moyen d'empêcher qu'on ne la reconnût d'abord[28] ? Quoique son habit fût de deuil, c'était aussi un habit de noces, chargé de diamants en beaucoup d'endroits, et qui avait consumé deux années du revenu de son père. Tant de beauté en une personne, et de richesses en son vêtement, tenteraient le premier venu. Elle espérait véritablement que son mari préserverait la personne, et empêcherait que l'on n'y touchât ; les diamants deviendraient ce qu'il plairait au Destin.

Quand elle n'aurait rien espéré, je crois qu'il n'en eût été autre chose [29]. Io courut par toute la terre : on dit qu'elle était piquée d'une mouche [30] ; je soupçonne fort cette mouche de ressembler à l'Amour autrement que par les ailes. Bien prit à Psyché que la mouche qui la piquait était son mari : cela excusait toutes choses.

L'aînée des deux filles lui proposa de se faire faire un autre habit dans cette ville voisine dont j'ai parlé : leur père aurait ce soin-là, si elle le jugeait à propos. Psyché, qui voyait que cette fille était d'une taille à peu près comme la sienne, aima mieux changer d'habit avec elle, et voulut que la métamorphose s'en fît sur-le-champ. C'était une occasion de s'acquitter envers ses hôtesses. Quelle satisfaction pour elle si le prix de ces diamants augmentait celui de ces filles, et y faisait mettre l'enchère par plus d'amants !

Qui se trouva empêchée ? ce fut la bergère. Le respect, la honte, la répugnance de recevoir ce présent, mille choses l'embarrassaient : elle appréhendait que son père ne la blâmât. Toutes bergères qu'étaient ces filles, elles avaient du cœur, et se souvenaient de leur naissance quand il en était besoin. Il fallut cette fois-là que l'aînée se laissât persuader ; à condition, dit-elle, que cet habit lui tiendrait lieu de dépôt.

Nos deux travesties se trouvèrent en leurs nouveaux accoutrements comme si Psyché n'eût fait toute sa vie autre chose qu'être bergère, et la bergère qu'être princesse. Quand elles se présentèrent au vieillard, il eut de la peine à les reconnaître. Psyché se fit un divertissement de cette métamorphose. Elle commençait à mieux espérer, goûtant les raisons qu'on lui apportait.

Le lendemain, ayant trouvé le vieillard seul, elle lui parla ainsi : « Vous ne pouvez pas toujours vivre, et êtes en un âge qui vous doit faire songer à vos filles : que deviendront-elles si vous mourez ?

— Je leur laisserai le Ciel pour tuteur, reprit le vieillard ; puis l'aînée a de la prudence, et toutes deux ont assez d'esprit. Si la Parque me surprend, elles n'auront qu'à se retirer dans cette ville voisine : le peuple y est bon, et aura soin d'elles. Je vous confesse que le plus sûr est de prévenir la Parque. Je les conduirai moi-même en ce lieu dès que vous serez partie. C'est un lieu de félicité pour les femmes : elles y font tout ce qu'elles veulent, et cela leur fait vouloir tout ce qui est bien. Je ne crois pas que mes filles en usent autrement. S'il était bienséant à moi de les louer, je vous dirais que leurs inclinations sont bonnes, et que l'exemple et les leçons de leur mère ont trouvé en elles des sujets déjà disposés à la vertu. La cadette ne vous a-t-elle point semblé un peu libre ?

— Ce n'est que gaieté et jeunesse, reprit Psyché. elle n'aime pas moins la gloire que son aînée. L'âge lui donnera de la retenue : la lecture lui en aurait déjà donné, si vous y aviez consenti. Au reste, servez-vous des diamants qui sont sur l'habit que j'ai laissé à vos filles : cela vous aidera peut-être à les marier. Non que leur beauté ne soit une dot plus que suffisante ; mais vous savez aussi bien que moi que, quand la beauté est riche, elle est de moitié plus belle. »

Le vieillard eut trop de fierté pour un philosophe. Il ne se voulut charger de l'habit qu'à condition de n'y point toucher. Dès le même jour, tous quatre partirent de ce désert.

Quand ils eurent passé la ravine et le petit sentier bordé de ronces, ils se séparèrent. Le vieillard, avec ses enfants, prit le chemin de la ville, Psyché, celui que la fortune lui présenta. La peine de se quitter fut égale, et les larmes bien réciproques. Psyché embrassa cent fois les deux jeunes filles, et les assura que, si elle rentrait en grâce, elle ferait tant auprès de l'Amour qu'il les comblerait de ses biens, leur départirait à petite mesure ses maux, justement ce qu'il en faudrait pour leur faire trouver les biens meilleurs. Après le renouvellement des adieux et celui des larmes, chacun suivit son chemin : ce ne fut pas sans tourner la tête.

La famille du vieillard arriva heureusement dans le lieu où elle avait dessein de s'établir. Je vous conterais ses aventures si je ne m'étais point prescrit des bornes plus resserrées. Peut-être qu'un jour les mémoires que j'ai recueillis tomberont entre les mains de quelqu'un qui s'exercera sur cette matière, et qui s'en acquittera mieux que moi : maintenant je n'achèverai que l'histoire de notre héroïne.

Sitôt qu'elle eut perdu de vue ces personnes, son dessein se représenta à elle tel qu'il était, avec ses inconvénients, ses dangers, ses peines, dont elle n'avait aperçu jusque-là qu'une petite partie. Il ne lui restait de tant de trésors qu'un simple habit de bergère. Les palais où il lui fallait coucher étaient quelquefois le tronc d'un arbre, quelquefois un antre, ou une masure. Là, pour compagnie, elle rencontrait des hiboux et force serpents. Son manger croissait sur le bord de quelque fontaine, ou pendait aux branches des chênes, ou se trouvait parmi celles des palmiers. Qui l'aurait vue pendant le midi, lorsque la campagne n'est qu'un désert, contrainte de s'appuyer contre la première pierre qu'elle rencontrait, et n'en pouvant plus de chaleur, de faim, et de lassitude, priant le Soleil de modérer quelque peu l'excessive ardeur de ses rayons, puis considérant la terre, et ressuscitant avec ses larmes les herbes que la canicule avait fait mourir; qui l'aurait vue, dis-je, en cet état, et ne se serait pas fondu en pleurs aussi bien qu'elle, aurait été un véritable rocher.

Deux jours se passèrent à aller de côté et d'autre, puis revenir sur ses pas, aussi peu certaine du lieu par où elle voulait commencer sa quête que de la route qu'il fallait prendre. Le troisième, elle se souvint que l'Amour lui avait recommandé sur toutes choses de le venger. Psyché était bonne : jamais elle n'aurait pu se résoudre de faire du mal à ses sœurs autrement que par un motif d'obéissance, quelque méchantes et quelque dignes de punition qu'elles fussent. Que si elle avait voulu tuer son mari, ce n'était pas comme son mari, mais comme dragon. Aussi ne se proposa-t-elle point d'autre vengeance que de faire accroire à chacune de ses sœurs séparément que l'Amour voulait l'épouser, ayant répudié leur cadette comme indigne de l'honneur qu'il lui avait fait : tromperie qui, dans l'apparence, n'aboutissait qu'à les faire courir l'une et l'autre, et leur faire consumer un peu plus de temps autour d'un miroir.

Dans cette résolution, elle se remet en chemin ; et, comme une personne de son sexe vint à passer (elle avoit soin de se détourner des hommes), elle la pria de lui dire par où on allait à certains royaumes, situés en un canton qui était entre telle et telle contrée, enfin où régnaient les sœurs de Psyché. Le nom de Psyché était plus connu que celui de ces royaumes : ainsi cette femme comprit par là ce que l'on lui demandait, et enseigna à notre bergère une partie de la route qu'il fallait suivre.

A la première croisée de chemins qu'elle rencontra, ses frayeurs se renouvelèrent. Les gens qu'avait envoyés Vénus pour se saisir d'elle ayant rendu à leur reine un fort mauvais compte de leur recherche, cette déesse ne trouva point d'autre expédient que de faire trompeter[31] sa rivale. Le crieur des dieux est Mercure : c'est un de ses cent métiers. Vénus le prit dans sa belle humeur, et, après s'être laissé dérober par ce dieu deux ou trois baisers et une paire de pendants d'oreilles, elle fit marché avec lui, moyennant lequel il se chargea de crier Psyché par tous les carrefours de l'univers, et d'y faire planter des poteaux où ce placard serait affiché :

« De par la reine de Cythère,
Soient, dans l'un et l'autre hémisphère,
Tous humains dûment avertis
Qu'elle a perdu certaine esclave blonde,
Se disant femme de son fils,
Et qui court à présent le monde.
Quiconque enseignera sa retraite à Vénus,
Comme c'est chose qui la touche,
Aura trois baisers de sa bouche ;
Qui la lui livrera, quelque chose de plus. »

Notre bergère rencontra donc un de ces poteaux : il y en avait à toutes les croisées de chemins un peu fréquentés. Après six jours de travail[32], elle arriva au royaume de son aînée. Cette malheureuse femme savait déjà, par le moyen des placards, ce qui était arrivé à sa sœur. Ce jour-là, elle était sortie afin d'en voir un ; la satisfaction qu'elle en eut fut véritablement assez grande pour mériter qu'elle la goûtât à loisir. Ainsi elle renvoya à la ville la meilleure partie de son train[33], et voulut coucher en une maison des champs où elle allait quelquefois, située au-dessus d'une prairie fort agréable et fort étendue. Là sa joie se dilatait, quand notre bergère passa. La maudite reine avait voulu qu'on la laissât seule. Deux ou trois de ses officiers et autant de femmes se promenaient à cinq cents pas d'elle, et s'entretenaient possible de leur amour, plus attachés à ce qu'ils disaient qu'à ce que pensait leur maîtresse.

Psyché la reconnut d'assez loin. L'autre était tellement occupée à se réjouir du placard que sa sœur se jeta à ses genoux devant qu'elle l'aperçût. Quelle témérité à une bergère ! surprendre Sa Majesté ! la retirer de ses rêveries ! se jeter à ses genoux sans l'en avertir ! il fallait châtier cette audacieuse. « Et qui es-tu, insolente, qui oses ainsi m'approcher ?

— Hélas ! Madame, je suis votre sœur, autrefois l'épouse de Cupidon, maintenant esclave, et ne sachant presque que devenir. La curiosité de voir mon mari l'a mis en telle colère qu'il m'a chassée. « Psyché, m'a-t-il dit, vous ne méritez pas d'être aimée d'un dieu : pourvoyez-vous d'époux ou d'amant, comme vous le jugerez à propos ; car de votre vie vous n'aurez aucune part à mon cœur. Si je l'avais donné à votre aînée, elle l'aurait conservé, et ne serait pas tombée dans la faute que vous avez faite ; je ne serais pas malade d'une brûlure qui me cause des douleurs extrêmes, et dont je ne guérirai de longtemps. Vous n'avez que de la beauté ; j'avoue que cela fait naître l'amour ; mais, pour le faire durer, il faut autre chose ;

il faut ce qu'a votre aînée, de l'esprit, de la beauté, et de la prudence. Je vous ai dit les raisons qui m'empêchaient de me laisser voir : votre sœur s'y serait rendue ; mais, pour vous, ce n'a été que légèreté d'esprit, contradiction, opiniâtreté. Je ne m'étonne plus que ma mère ait désapprouvé notre mariage : elle voyait vos défauts ; que je lui propose de trouver bon que j'épouse votre sœur, je suis certain qu'elle l'agréera. Si je faisais cas de vous, je prendrais le soin moi-même de vous punir ; je laisse cela à ma mère : elle s'en saura acquitter. Soyez son esclave, puisque vous ne méritez pas d'être mon épouse. Je vous répudie, et vous donne à elle. Votre emploi sera, si elle me croit, de garder certaine sorte d'oisons qu'elle fait nourrir dans sa ménagerie d'Amathonte. Allez la trouver tout incontinent, portez-lui ces lettres, et passez par le royaume de votre aînée. Vous lui direz que je l'aime, et que, si elle veut m'épouser, tous ces trésors sont à elle. Je vous ai traitée comme une étourdie et comme un enfant : je la traiterai d'une autre manière, et lui permettrai de me voir tant qu'il lui plaira. Qu'elle vienne seulement, et s'abandonne à l'haleine du Zéphyre, comme déjà elle a fait : j'aurai soin qu'elle soit enlevée dans mon palais. Oubliez entièrement notre hymen : je ne veux pas qu'il vous en reste la moindre chose, non pas même cet habit que vous portez maintenant ; dépouillez-le tout à l'heure, en voilà un autre. » Il a fallu obéir. Voilà, Madame, quel est mon sort. »

La sœur, se croyant déjà entre les bras de l'Amour, chatouillée de ce témoignage de son mérite et de mille autres pensées agréables, ne marchanda point à se résoudre en son âme à quitter mari et enfants. Elle fit pourtant la petite bouche devant Psyché ; et regardant sa cadette avec un visage de matrone : « Ne vous avais-je pas dit aussi, lui repartit-elle, qu'une honnête femme se devait contenter du mari que les dieux lui avaient donné, de quelque façon qu'il fût fait, et ne pas pénétrer plus avant qu'il ne plaisait à ce mari qu'elle pénétrât ? Si vous m'eussiez crue, vous ne seriez pas vagabonde comme vous êtes. Voilà ce que c'est qu'une jeunesse inconsidérée, qui veut agir à sa tête, et qui ne croit pas conseil. Encore êtes-vous heureuse d'en être quitte à si bon marché : vous méritiez que votre mari vous fît enfermer dans une tour. Or bien ne raisonnons plus sur une faute arrivée. Ce que vous avez à faire est de vous montrer le moins qu'il sera possible ; et, puisque Amour veut que vous ne bougiez d'avec les oisons, ne les point quitter. Il y a même trop de somptuosité à votre habit : cela ne sent pas sa criminelle assez repentante. Coupez ces cheveux, et prenez un sac ; je vous en ferai donner un : vous laisserez ici cet accoutrement. » Psyché la remercia. « Puisque vous voulez, ajouta la faiseuse de remontrances, suivre toujours votre fantaisie, je vous abandonne, et vous laisse aller où il vous plaira. Quant aux propositions de l'Amour, nous ferons ce qu'il sera à propos de faire. » Là-dessus elle se tourna vers ses gens, et laissa Psyché, qui ne s'en souciait pas trop, et qui voyait bien que son aînée avait mordu à l'hameçon ; car à peine tenait-elle à terre, n'en pouvant plus qu'elle ne fût seule pour donner un libre cours à sa joie. Psyché, de ce même pas, s'en alla faire à son autre sœur la même ambassade. Cette sœur-ci n'avait plus d'époux ; il était allé en l'autre monde à grandes journées, et par un chemin plus court que celui que tiennent les gens du commun : les médecins le lui avaient enseigné. Quoiqu'il n'y eût pas plus d'un mois qu'elle était veuve, il y paraissait déjà ; c'est-à-dire que sa personne étoit en meilleur état : peut-être l'entendiez-vous d'autre sorte. Si bien que cette puînée étant de deux ans plus jeune, plus nouvelle mariée, et moins de fois mère que l'autre, le rétablissement de ses charmes n'était pas une affaire de si longue haleine : elle pouvait bien plus tôt et plus hardiment se présenter à l'Amour. L'autre avait des réparations à faire de tous les côtés : le bain y fut employé, les chimistes, les atourneuses[34]. Cela étonna le roi son mari. La galanterie croissait à vue d'œil, les galants ne paraissaient point ; il n'y avait ni ingrédient, ni eau, ni essence, qu'on n'éprouvât[35] : mais tout cela n'était que plâtrer la chose. Les charmes de la pauvre femme étaient trop avant dans les chroniques du temps passé pour les rappeler si facilement. Tandis qu'elle fait ses préparatifs, sa seconde sœur la prévient[36], s'en va droit à cette montagne dont nous avons tant parlé, arrive au sommet sans rencontrer de dragons. Cela lui plut fort : elle crut qu'Amour lui épargnait ces frayeurs par un privilège particulier, tourna vers l'endroit où elle et sa sœur avaient coutume de se présenter, et, pour être enlevée plus aisément par le Zéphyre, elle se planta sur un roc qui commandait aux abîmes de ces lieux-là.

« Amour, dit-elle, me voilà venue : notre étourdie de cadette m'a assurée que tu me voulais épouser. Je n'attendais autre chose, et me doutais bien que tu la répudierais pour l'amour de moi ; car c'est une écervelée. Regarde comme je te suis déjà obéissante. Je ne ferai pas comme a fait ma sœur Psyché. Elle a voulu à toute force te voir ; moi je veux tout ce que l'on veut : montre-toi, ne te montre pas, je me tiendrai très heureuse. Si tu me caresses, tu verras comme je sais y répondre ; si tu ne me caresses pas, mon défunt mari m'y a tout accoutumée. Je te ferai rire de son régime, et je t'en dirai mille choses divertissantes : tu ne t'ennuieras point avec moi. Ma sœur Psyché n'était qu'un enfant qui ne savait rien ; moi je suis un esprit fait. O dieux ! je sens déjà une douce haleine. C'est celle de ton serviteur Zéphyre. Que ne l'as-tu envoyé lui-même ? il m'aurait plus tôt enlevée ; j'en serais plus tôt entre tes bras, et tu en serais plus tôt entre les miens : je prétends que tu trouves la chose égale ; et, puisque tu as de l'amour, tu dois avoir aussi de l'impatience. Adieu, misérables mortelles que les hommes aiment : vous voudriez bien être aimées comme moi d'un dieu qui n'eût point de poil au menton[37] : ce n'est pas pour vous ; qu'il vous suffise de m'invoquer, et je pourvoirai à vos nécessités amoureuses. »

Disant ces paroles, elle s'abandonna dans les airs à son ordinaire ; et, au lieu d'être enlevée dans le palais de l'Amour, elle tomba premièrement sur une pointe de rocher, et puis sur une autre, de roc en roc : chacun d'eux emporta sa pièce[38] ; ils se la renvoyaient les uns aux autres comme un jouet, de manière qu'elle arriva le plus joliment du monde au royaume de Proserpine[39].

Quelques jours après, son aînée se vint planter sur le même roc : celle-ci fit sa harangue au Zéphyre. « Amant de Flore, lui cria-t-elle, quitte tes amours, et me viens porter dans le palais de ton maître. Ne me blesse point en chemin ; je suis délicate. Que si tu ne veux envoyer que ton haleine, cela suffira ; aussi bien n'aimé-je pas qu'on me touche, principalement les hommes : pour l'Amour, tant qu'il lui plaira. Prends garde surtout à ne point gâter ma coiffure. » Ayant dit ces mots, elle tira un miroir de sa poche, et fut quelque temps à se regarder, raccommodant un cheveu en un endroit, puis un en un autre, quelquefois rien ; non, sans se mouiller les lèvres, et tant de façons que si l'Amour avait été là il en aurait ri. Elle remit son miroir, accusant, le plus agréablement qu'elle put, le Zéphyre d'être un paresseux, qui ne se souciait que de ses amours, négligeait celles de son maître : se moquait-il, de la laisser au soleil ? Justement comme elle achevait ces reproches, un petit Eurus qui s'était fortuitement égaré vint passer à quatre pas d'elle : jugez la joie. Notre prétendue fiancée se donne le branle à soi-même ; mais, au lieu d'aller trouver l'Amour comme elle pensait, elle va trouver sa sœur, droit par le chemin que l'autre lui avait tracé, sans se détourner d'un pas. Ce sont les échos de ces rochers qui nous ont appris la mort des deux sœurs. Ils la contèrent quelque temps après au Zéphyre. Lui, incontinent, en alla porter la nouvelle au fils de Vénus, qui le régala d'un fort beau présent.

Psyché cependant continuait de chercher l'Amour, toujours en son habit de bergère. Il avait une telle grâce sur elle que, si son ennemie l'eût vue avec cet habit, elle lui en aurait donné un de déesse en la place. Les afflictions, le travail, la crainte, le peu de repos et de nourriture, avaient toutefois diminué ses appas ; si bien que, sans une force de beauté extraordinaire, ce n'aurait plus été que l'ombre de cet objet qui avait tant fait parler de lui dans le monde. Bien lui prit d'avoir des charmes à moissonner pour le temps et pour la douleur, et encore de reste pour elle. Le plus cruel de son aventure était les craintes qu'on lui donnait. Tantôt elle entendait dire que Vénus la faisait chercher par d'autres gens ; quelquefois même qu'elle était tombée entre les mains de son ennemie, qui, à force de tourments, l'avait rendue méconnaissable. Un jour elle eut une telle alarme qu'elle se jeta dans une chapelle de Cérès, comme en un asile qui de bonne fortune[40] se présentait. Cette chapelle était près d'un champ dont on venait de couper les blés. Là les laboureurs des environs offraient tous les ans les prémices de leur récolte. Il y avait un grand monceau de javelles à l'entrée du temple. Notre bergère se prosterna devant l'image de la déesse ; puis lui mit au bras un chapeau de fleurs, lesquelles elle venait de cueillir en courant et sans aucun choix : c'était de ces fleurs qui croissent parmi les blés. Psyché avait ouï dire aux sacrificateurs de son pays qu'elles plaisaient à Cérès, et qu'une personne qui voulait obtenir des dieux quelque chose ne devait point entrer dans leur maison les mains vides. Après son offrande, elle se remit à genoux, et fit ainsi sa prière :

« Divinité la plus nécessaire qui soit au monde, nourrice des hommes, protège-moi contre celle que je n'ai jamais offensée : souffre seulement que je me cache pour quelques jours entre les javelles qui sont à la porte de ton temple, et que je vive du blé qui en tombera. Cythérée se plaint de ce que son fils m'a voulu du bien ; mais, puisqu'il ne m'en veut plus, n'est-ce pas assez de satisfaction pour elle, et assez de peine pour moi ? Faut-il que la colère des dieux soit si grande ? S'il est vrai que la Justice se soit retirée parmi eux, ils doivent considérer l'innocence d'une personne qui leur a obéi en se mariant. Ai-je corrompu l'oracle ? ai-je usé d'aucun artifice pour me faire aimer ? puis-je mais si un dieu me voit ? quand je m'enfermerais dans une tour, me verrait-il pas ? Tant s'en faut qu'en l'épousant je crusse faire du déplaisir à sa mère, que je croyais épouser un monstre. Il s'est trouvé que c'était l'Amour, et que j'avais plu à ce dieu. C'est donc un crime d'être agréable ! Hélas ! je ne le suis plus, et ne l'ai jamais été par ma faute. Il ne se trouvera point que j'aie employé ni afféterie ni paroles ensorcelantes. Vénus a encore sur le cœur l'indiscrétion[41] des mortels qui ont quitté son culte pour m'honorer. Qu'elle se plaigne donc des mortels ; mais de moi, c'est une injustice. Je leur ai dit qu'ils me faisaient tort. Si les hommes sont imprudents, ce n'est pas à dire que je sois coupable. »

C'est ainsi que notre bergère se justifiait à Cérès. Soit que les déesses s'entendent, ou que celle-ci fût fâchée de ce qu'on l'avoit appelée nourrice, ou que le Ciel veuille que nos prières soient véritablement des prières, et non des apologies, celle de Psyché ne fut nullement écoutée. Cérès lui cria de la voûte de sa chapelle qu'elle se retirât au plus vite et laissât le tas de javelles comme il était ; sinon Vénus en aurait l'avis. Pourquoi rompre en faveur d'une mortelle avec une déesse de ses amies ? Vénus ne lui en avait donné aucun sujet. Qu'on dît tout ce qu'on voudrait de sa conduite, c'était une bonne femme, qui lui avait obligation, à la vérité, ainsi qu'à Bacchus[42] ; mais elle le savait bien reconnaître, et le publiait partout.

Ce fut beaucoup de déplaisir à Psyché de se voir exclue d'un asile où elle aurait cru être mieux venue qu'en pas un autre qui fût au monde. En effet, si Cérès, bienfaisante de son naturel, et qui ne se piquait pas de beauté, lui refusait sa protection, il n'y avait guère d'apparence que des déesses tant soit peu galantes et d'humeur jalouse lui accordassent la leur. D'y intéresser des dieux, c'était s'exposer à quelque chose de pis que la persécution de Vénus : il fallait savoir auparavant quelle sorte de reconnaissance ils exigeraient de la belle. Encore le plus à propos était-il de ne s'adresser qu'aux divinités de son sexe, tant pour empêcher la médisance que pour ne donner aucun ombrage à son mari. Junon là-dessus lui vint en l'esprit. Psyché crut qu'y ayant quelque sorte d'émulation entre Cythérée et cette déesse, et pour le crédit et pour la beauté, la reine des dieux serait bien aise de trouver une occasion de nuire à sa concurrente, suivant l'usage de la cour, et le serment que font les femmes en venant au monde. Il ne fut pas difficile à notre bergère de trouver Junon : la jalouse femme de Jupiter descend souvent sur la terre, et vient demander aux mortels des nouvelles de son mari. Psyché l'ayant rencontrée, lui chanta un hymne où il n'était fait mention que de la puissance de cette déesse ; en quoi elle commit une faute : il valait bien mieux s'étendre sur sa beauté ; la louange en est tout autrement agréable. Ce sont les rois que l'on n'entretient que de leur grandeur : pour les reines, il faut les féliciter d'autre chose, qui veut bien faire[43]. Aussi l'épouse de Cupidon fut-elle éconduite encore une fois. La différence qu'il y eut fut que celle-ci[44] se passa quelque peu plus mal que la première. Car, outre les considérations de Cérès, Junon ajouta qu'il fallait punir ces mortelles à qui les dieux font l'amour, et obliger leurs galants à demeurer au logis. Que venaient-ils faire parmi les hommes ? comme s'il n'y avait pas dans le ciel assez de beauté pour eux ! Non qu'elle en parlât pour son intérêt, se souciant peu de ces choses, et en craignant du côté des charmes qui que ce fût. La reine des dieux ne disait pas tout : il y avait encore une raison plus pressante que cela, comme on pourrait dire quelque étincelle de ce feu dont on n'avertit les voisins que le moins qu'on peut.

Une femme judicieuse ne doit point désobliger le fils de Vénus : sait-elle si quelque jour elle n'aura point affaire de lui ? Apparemment le courroux du dieu durait encore contre Psyché : ainsi le plus sûr était de ne point entrer dans leurs différends.

Notre bergère, rebutée de tant de côtés, ne sut plus à qui s'adresser. Il restait véritablement[45] Diane et Pallas ; mais l'une et l'autre, ayant fait vœu de virginité, n'aurait[46] pas les prières d'une femme pour agréables, et croirait souiller ses oreilles en les écoutant. Toutefois, comme Diane rendait des oracles, la bergère crut que pour le moins cette déesse ne serait pas si farouche que de lui en refuser un, et elle ne lui demanderait autre chose. Aussi bien s'en rendait-il en un lieu tout proche : ce ne serait pas pour elle un fort grand détour. Le lieu était à l'entrée d'une forêt extrêmement solitaire et propre à la chasse. Diane y avait un temple dont elle faisait une de ses maisons de plaisir. On faisait environ deux mille pas dans le bois ; puis on rencontrait une clairière qui servait comme de parvis au temple. Il était petit, mais d'une fort belle architecture. Au milieu de la clairière on avait placé un obélisque de marbre blanc, à quatre faces, posé sur autant de boules, et élevé sur un pied d'estal ayant de hauteur moitié de celle de l'obélisque. Sur chaque côté du plinthe qui regardait directement, aussi bien que les faces de la pyramide, le midi, le septentrion, le couchant et le levant, étaient entaillés[47] ces mots :

Qui que tu sois, qui as sacrifié à l'Amour ou à l'Hyménée, garde-toi d'entrer dans mon sanctuaire.

Psyché, qui avoit sacrifié à l'un et à l'autre, n'osa entrer dans le temple ; elle demeura à la porte, où la prêtresse lui apporta cet oracle :

Cesse d'être errante : ce que tu cherches a des ailes ; quand tu sauras comme lui marcher dans les airs tu seras heureuse.

Ces paroles ne démentaient point l'ambiguïté et l'obscurité ordinaire des réponses que font les dieux. Psyché se tourmenta fort pour en tirer quelque sens, et n'en put venir à bout. « Que le Ciel, dit-elle, me prescrive ce qu'il voudra, il faut mourir, ou trouver l'Amour. Nous ne le saurions trouver ; il faut donc mourir : allons nous livrer à notre ennemie ; c'en est le moyen. Mais l'oracle m'a assurée que je serais quelque jour heureuse : allons nous jeter aux pieds de Vénus ; nous la servirons, nous endurerons patiemment ses outrages ; cela l'émouvra à compassion ; elle nous pardonnera, nous recevra pour sa fille, fera ma paix elle-même avec son fils. »

C'étaient là les plus belles espérances du monde, et bien enchaînées, comme vous voyez : un moment de réflexion les détruisait toutes.

Psyché se confirma toutefois dans son dessein. Elle s'informa du plus prochain temple de Cythérée, résolue, si la déesse n'y était présente, de s'embarquer et d'aller en Cypre. On lui dit qu'à trois ou quatre journées de là il y en avait un fort fameux et fort fréquenté, portant pour inscription :

« A la Déesse des Grâces. »

Apparemment Vénus s'y plaisait, et y tenait souvent en personne son tribunal, vu les miracles qui s'y faisaient, et le grand concours de gens qui y accouraient de tous les côtés. Il y en avait même qui se vantaient de l'y avoir vue plusieurs fois.

Notre bergère se met en chemin, plus heureuse, ce lui semblait, que devant l'oracle : car elle savait du moins ce qu'elle avait envie de faire, sortirait d'irrésolution et d'incertitude, qui sont les pires de tous les maux, pourrait voir l'Amour, n'y ayant pas d'apparence que sa mère vînt si souvent en un lieu sans l'y amener. Supposé que la pauvre épouse n'eût cette satisfaction qu'en présence d'une belle-mère qui la haïssait, et qui, bien loin de la reconnaître pour sa bru, la traiterait en esclave, c'était toujours quelque chose : les affaires pourraient changer ; la compassion, la vue de la belle, son humilité, sa douceur, le peu de liberté de l'entretenir, tout cela serait capable de rallumer le désir du dieu. En tout cas elle le verrait, et c'était beaucoup : toutes peines lui seraient douces, quand elles lui pourraient procurer un quart d'heure de ce plaisir. Psyché se flattait ainsi : pauvre infortunée qui ne songeait pas combien les haines des femmes sont violentes ! Hélas ! la belle ne savait guère ce que le Destin lui préparait. Le cœur lui battit pourtant dès qu'elle approcha de la contrée où était le temple. Longtemps devant qu'on y arrivât, on respirait un air embaumé, tant à cause des personnes qui venaient offrir des parfums à la déesse, et qui étaient parfumés eux-mêmes, que parce que le chemin était bordé d'orangers, de jasmins, de myrtes, et tout le pays parsemé de fleurs.

On découvrait le temple de loin, quoiqu'il fût situé dans une vallée ; mais cette vallée était spacieuse, plus longue que large, ceinte de coteaux merveilleusement agréables. Ils étaient mêlés de bois, de champs, de prairies, d'habitations, qui se ressentaient d'un long calme. Vénus avait obtenu de Mars une sauve-garde pour tous ces lieux. Les animaux même ne s'y faisaient point la guerre : jamais de loups ; jamais d'autres pièges que ceux que l'Amour fait tendre. Dès qu'on avait atteint l'âge de discernement, on se faisait enregistrer dans la confrérie de ce dieu : les filles à douze ans, les garçons à quinze. Il y en avait à qui l'amour venait devant[48] la raison. S'il se rencontrait une indifférente, on en purgeait le pays ; sa famille était séquestrée pour un certain temps : le clergé de la déesse avait soin de purifier le canton où ce prodige était survenu. Voilà quant aux mœurs et au gouvernement du pays. Il abondait en oiseaux de joli plumage. Quelques tourterelles s'y rencontraient ; on en comptait jusqu'à trois espèces : tourterelles oiseaux, tourterelles nymphes, et tourterelles bergères. La seconde espèce était rare. Au milieu de la vallée coulait un canal de même longueur que la plaine, large comme un fleuve, et d'une eau si transparente qu'un atome se fût vu au fond ; en un mot, vrai cristal fondu. Force nymphes et force sirènes s'y jouaient ; on les prenait à la main. Les personnes riches avaient coutume de s'embarquer sur ce canal, qui les conduisait jusqu'aux degrés du parvis. Ils louaient je ne sais combien d'Amours ; qui plus, qui moins, selon la charge qu'avait le vaisseau ; chaque Amour avait son cygne, qu'il attelait à la barque ; et, monté dessus, il le conduisait avec un ruban. Deux autres nacelles suivaient : l'une chargée de musique, l'autre de bijoux et d'oranges douces. Ainsi s'en allait la barque fort gaiement. De chaque côté du canal s'étendait une prairie verte comme fine émeraude, et bordée d'ombrages délicieux. Il n'y avait point d'autres chemins : ceux-là étaient tellement fréquentés que Psyché jugea à propos de ne marcher que de nuit. Sur le point du jour elle arriva à un lieu nommé « les deux Sépultures ». Je vous en dirai la raison, parce que l'origine du temple en dépend.

Un roi de Lydie, appelé Philocharès, pria autrefois les Grecs de lui donner femme. Il ne lui importait de quelle naissance, pourvu que la beauté s'y trouvât : une fille est noble quand elle est belle. Ses ambassadeurs disaient que leur prince avait le goût extrêmement délicat. On lui envoya deux jeunes filles : l'une s'appelait Myrtis, l'autre Megano. Celle-ci était fort grande, de belle taille, les traits de visage très beaux, et si bien proportionnés qu'on n'y trouvait que reprendre ; l'esprit fort doux ; avec cela, son esprit, sa beauté, sa taille, sa personne, ne touchait point, faute de Vénus[49] qui donnât le sel à ces choses. Myrtis, au contraire, excellait en ce point-là. Elle n'avait pas une beauté si parfaite que Megano : même un médiocre critique y aurait trouvé matière de s'exercer. En récompense[50], il n'y avait si petit endroit sur elle qui n'eût sa Vénus, et plutôt deux qu'une, outre celle qui animait tout le corps en général. Aussi le roi la préférat-il à Megano, et voulut qu'on la nommât Aphrodisée, tant à cause de ce charme, que parce que le nom de Myrtis sentait sa bergère, ou sa nymphe au plus, et ne sonnait pas assez pour une reine. Les gens de sa cour, afin de plaire à leur prince, appelèrent Megano, Anaphrodite[51]. Elle en conçut un tel déplaisir qu'elle mourut peu de temps après. Le roi la fit enterrer honorablement. Aphrodisée vécut fort longtemps, et toujours heureuse, possédant le cœur de son mari tout entier : on lui en offrit beaucoup d'autres qu'elle refusa. Comme les Grâces étaient cause de son bonheur, elle se crut obligée à quelque reconnaissance envers leur déesse, et persuada à son mari de lui faire bâtir un temple, disant que c'était un vœu qu'elle avait fait. Philocharès approuva la chose : il y consuma tout ce qu'il avait de richesses ; puis ses sujets y contribuèrent. La dévotion fut si grande que les femmes consentirent que l'on vendît leurs colliers, et, n'en ayant plus, elles suivirent l'exemple de Rhodopé[52]. Myrtis eut la satisfaction de voir, avant que de mourir, le parachèvement de son vœu. Elle ordonna par son testament qu'on lui bâtît un tombeau le plus près du temple qu'il se pourrait, hors du parvis toutefois, joignant le chemin le plus fréquenté. Là ses cendres seraient enfermées, et son aventure écrite à l'endroit le plus en vue. Philocharès, qui lui survécut, exécuta cette volonté. Il fit élever à son épouse un mausolée digne d'elle et de lui aussi ; car son cœur y devait tenir compagnie à celui d'Aphrodisée. Et, pour rendre plus célèbre la mémoire de cette chose, et la gloire de Myrtis plus grande, on transporta en ce lieu les cendres de Megano. Elles furent mises dans un tombeau presque aussi superbe que le premier, sur l'autre côté du chemin : les deux sépulcres se regardaient. On voyait Myrtis sur le sien, entourée d'Amours qui lui accommodaient le corps et la tête sur des carreaux[53]. Megano, de l'autre part, se voyait couchée sur le côté, un bras sous sa tête, versant des larmes, en la posture où elle était morte. Sur la bordure du mausolée où reposait la reine des Lydiens, ces mots se lisaient :

Ici repose Myrtis, qui parvint à la royauté par ses charmes, et qui en acquit le surnom d'Aphrodisée.

A l'une des faces, qui regardait le chemin, ces autres paroles étaient :

Vous qui allez visiter ce temple, arrêtez un peu, et écoutez-moi. De simple bergère que j'étais née, je me suis vue reine. Ce qui m'a procuré ce bien, ce n'est pas tant la beauté que ce sont les grâces. J'ai plu, et cela suffit. C'est ce que j'avais à vous dire. Honorez ma tombe de quelques fleurs ; et pour récompense, veuille la déesse des Grâces que vous plaisiez !

Sur la bordure de l'autre tombe étaient ces paroles :

Ici sont les cendres de Megano, qui ne put gagner le cœur qu'elle contestait [54], quoiqu'elle eût une beauté accomplie.

A la face du tombeau ces autres paroles se rencontroient :

Si les rois ne m'ont aimée, ce n'est pas que je ne fusse assez belle pour mériter que les dieux m'aimassent ; mais je n'étais pas, dit-on, assez jolie. Cela se peut-il ? Oui, cela se peut, et si bien qu'on me préféra ma compagne. Elle en acquit le surnom d'Aphrodisée, moi celui d'Anaphrodite. J'en suis morte de déplaisir. Adieu, passant ; je ne te retiens pas davantage. Sois plus heureux que je n'ai été, et ne te mets point en peine de donner des larmes à ma mémoire. Si je n'ai fait la joie de personne, du moins ne veux-je troubler la joie de personne aussi.

Psyché ne laissa pas de pleurer. « Megano, dit-elle, je ne comprends rien à ton aventure. Je veux [55] que Myrtis eût des grâces : n'est-ce pas en avoir aussi que d'être belle comme tu étais ? Adieu, Megano : ne refuse point mes larmes, je suis accoutumée d'en verser. » Elle alla ensuite jeter des fleurs sur la tombe d'Aphrodisée.

Cette cérémonie étant faite, le jour se trouva assez grand pour lui faire considérer le temple à son aise. L'architecture en était exquise, et avait autant de grâce que de majesté. L'architecte s'était servi de l'ordre ionique à cause de son élégance. De tout cela il résultait une Vénus[56] que je ne saurais vous dépeindre. Le frontispice répondait merveilleusement bien au corps. Sur le tympan du fronton se voyait la naissance de Cythérée[57] en figures de haut relief. Elle était assise dans une conque, en l'état d'une personne qui viendrait de se baigner, et qui ne ferait que sortir de l'eau. Une des Grâces lui épreignait[58] les cheveux encore tout mouillés ; une autre tenait des habits tout prêts pour les lui vêtir dès que la troisième aurait achevé de l'essuyer. La déesse regardait son fils, qui menaçait déjà l'univers d'une de ses flèches. Deux sirènes tiraient la conque ; mais, comme cette machine était grande, le Zéphyre la poussait un peu. Des légions de Jeux et de Ris se promenaient dans les airs ; car Vénus naquit avec tout son équipage, toute grande, toute formée, toute prête à recevoir de l'amour et à en donner. Les gens de Paphos[59] se voyaient de loin sur la rive, tendant les mains, les levant au ciel, et ravis d'admiration. Les colonnes et l'entablement étaient d'un marbre plus blanc qu'albâtre. Sur la frise une table de marbre noir portait pour inscription du temple :

« A la Déesse des Grâces. »

Deux enfants à demi couchés sur l'architrave laissaient pendre à des cordons une médaille à deux têtes : c'étaient celles des fondateurs. A l'entour de la médaille on voyait écrit :

Philocharès et Myrtis Aphrodisée, son épouse, ont dédié ce temple à Vénus.

Sur chaque base des deux colonnes les plus proches de la porte, étaient entaillés ces mots : « Ouvrage de Lysimante », nom de l'architecte apparemment.

Avant que d'entrer dans le temple, je vous dirai un mot du parvis. C'étaient des portiques ou galeries basses ; et au-dessus des appartements fort superbes, chambres dorées, cabinets et bains ; enfin mille lieux où ceux qui apportaient de l'argent trouvaient de quoi l'employer ; ceux qui n'en apportaient point, on les renvoyait. Psyché, voyant ces merveilles, ne se put tenir de soupirer : elle se souvint du palais dont elle avait été la maîtresse.

Le dedans du temple était orné à proportion. Je ne m'arrêterai pas à vous le décrire : c'est assez que vous sachiez que toutes sortes de vœux, dont toutes sortes de personnes s'étaient acquittées, s'y voyaient en des chapelles particulières, pour éviter la confusion, et ne rien cacher de l'architecture du temple. Là quelques auteurs avaient envoyé des offrandes pour reconnaissance de la Vénus que leur avait départie le Ciel : ils étaient en petit nombre. Les autres arts, comme la peinture et ses sœurs, en fournissaient beaucoup davantage. Mais la multitude venait des belles et de leurs amants : l'un pour des faveurs secrètes, l'autre pour un mariage, celle-ci pour avoir enlevé un amant à cette autre-là. Une certaine Callinicé, qui s'était maintenue jusqu'à soixante ans bien avec les Grâces, et encore mieux avec les Plaisirs, avait donné une lampe de vermeil doré, et la peinture de ses amours. Je ne vous aurais jamais spécifié[60] ces dons : il s'en trouvait même de capitaines, dont les exploits, comme dit le bon Amyot[61], avaient cette grâce de soudaineté qui les rendait encore plus agréables.

L'architecture du tabernacle n'était guère plus ornée que celle du temple, afin de garder la proportion, et de crainte aussi que la vue, étant dissipée par une quantité d'ornements, ne s'en arrêtât d'autant moins à considérer l'image de la déesse, laquelle était véritablement un chef-d'œuvre. Quelques envieux ont dit que Praxitèle avait pris la sienne sur le modèle de celle-là [62]. On l'avait placée dans une niche de marbre noir, entre des colonnes de cette même couleur ; ce qui la rendait plus blanche, et faisait un bel effet à la vue.

A l'un des côtés du sanctuaire on avait élevé un trône où Vénus, à demi couchée sur des coussins de senteurs, recevait, quand elle venait en ce temple, les adorations des mortels, et distribuait ses grâces ainsi que bon lui semblait. On ouvrait le temple assez matin, afin que le peuple fût écoulé quand les personnes qualifiées entreraient.

Cela ne servit de rien cette journée-là ; car dès que Psyché parut, on s'assembla autour d'elle. On crut que c'était Vénus, qui pour quelque dessein caché ou pour se rendre plus familière, peut-être aussi par galanterie, avait un habit de simple bergère. Au bruit de cette merveille, les plus paresseux accoururent incontinent.

La pauvre Psyché s'alla placer dans un coin du temple, honteuse et confuse de tant d'honneurs dont elle avait grand sujet de craindre la suite, et ne pouvait pourtant s'empêcher d'y prendre plaisir. Elle rougissait à chaque moment, se détournait quelquefois le visage, témoignait qu'elle eût bien voulu faire sa prière : tout cela en vain ; elle fut contrainte de dire qui elle était. Quelques-uns la crurent ; d'autres persistèrent dans l'opinion qu'ils avaient. La foule était tellement grande autour d'elle que, quand Vénus arriva, cette déesse eut de la peine à passer. On l'avait déjà avertie de cette aventure ; ce qui la fit accourir le visage en feu comme une Mégère, et non plus la reine des Grâces, mais des Furies. Toutefois, de peur de sédition, elle se contint. Ses gardes lui ayant fait faire passage, elle s'alla placer sur son trône, où elle écouta quelques suppliants avec assez de distraction. La meilleure partie des hommes était demeurée auprès de Psyché avec les femmes les moins jolies, ou qui étaient sans prétention et sans intérêt. Les autres avaient pris d'abord le parti de la déesse, étant de la politique, parmi les personnes de ce sexe qui se sont mises sur le bon pied, de faire la guerre aux survenantes [63], comme à celles qui leur ôtent, pour ainsi dire, le pain de la main. Je ne saurais vous assurer bien précisément si elles tiennent cette coutume-là des auteurs, ou si les auteurs la tiennent d'elles.

Notre bergère n'osant approcher, la déesse la fit venir. Une foule d'hommes l'accompagna ; et la chose ressemblait plutôt à un triomphe qu'à un hommage. La pauvre Psyché n'était nullement coupable de ces honneurs : au contraire, si on l'eût crue, on ne l'aurait pas regardée ; elle faisait, de sa part, tout ce qu'une suppliante doit faire. La présence de Vénus lui avait fait oublier sa harangue. Il est vrai qu'elle n'en eut pas besoin ; car, dès que Vénus la vit, à peine lui donnat-elle le loisir de se prosterner : elle descendit de son trône. « Je vous veux, dit-elle, entendre en particulier : venez à Paphos, je vous donnerai place en mon char. »

Psyché se défia de cette douceur ; mais quoi ! il n'était plus temps de délibérer ; et puis c'était à Paphos principalement qu'elle espérait revoir son époux. De crainte qu'elle n'échappât, Vénus la fit sortir avec elle ; les hommes donnant mille bénédictions à leurs deux déesses, et une partie des femmes disant entre elles : « C'est encore trop que d'en avoir une : établissons parmi nous une république où les vœux, les adorations, les services, les biens d'Amour, seront en commun. Si Psyché s'en vient encore une fois amuser les gens qui nous serviront à quelque chose, et qu'elle prétende réunir ainsi tous les cœurs sous une même domination, il nous la faut lapider. » On se moqua des républicaines, et on souhaita bon voyage à notre bergère.

Cythérée la fit monter effectivement sur son char ; mais ce fut avec trois divinités de sa suite peu gracieuses : il y a de toutes sortes de gens à la cour. Ces divinités étaient la Colère, la Jalousie, et l'Envie : monstres sortis de l'abîme, impitoyables licteurs qui ne marchaient point sans leurs fouets, et dont la vue seule était un supplice. Vénus s'en alla par un autre endroit. Quand Psyché se vit dans les airs, en si mauvaise compagnie que celle-là, un tremblement la saisit, ses cheveux se hérissèrent, la voix lui demeura au gosier. Elle fut longtemps sans pouvoir parler, immobile, changée en pierre, et plutôt statue que personne véritablement animée : on l'aurait crue morte, sans quelques soupirs qui lui échappèrent. Les diverses peines des condamnés lui passèrent devant les yeux ; son imagination les lui figura encore plus cruelles qu'elles ne sont : il n'y en eut point que la crainte ne lui fît souffrir par avance. Enfin, se jetant aux pieds de ces trois furies : « Si quelque pitié, dit-elle, loge en vos cœurs, ne me faites pas languir davantage : dites-moi à quel tourment je suis condamnée. Ne vous aurait-on point donné ordre de me jeter dans la mer ? Je vous en épargnerai la peine, si vous voulez, et m'y précipiterai moi-même. » Les trois filles de l'Achéron ne lui répondirent rien, et se contentèrent de la regarder de travers.

Elle était encore à leurs genoux lorsque le char s'abattit. Il posa sa charge en un désert, dans l'arrière-cour d'un palais que Vénus avoit fait bâtir entre deux montagnes, à mi-chemin d'Amathonte[64] et de Paphos. Quand Cythérée était lasse des embarras de sa cour, elle se retirait en ce lieu avec cinq ou six de ses confidentes. Là, qui que ce soit ne l'allait voir. Des médisants disent toutefois que quelques amis particuliers avaient la clef du jardin.

Vénus était déjà arrivée quand le char parut. Les trois satellites menèrent Psyché dans la chambre où la déesse se rajustait. Cette même crainte qui avait fait oublier à notre bergère la harangue qu'elle avait faite, lui en rafraîchit la mémoire. Bien que les grandes passions troublent l'esprit, il n'y a rien qui rende éloquent comme elles. Notre infortunée se prosterna à quatre pas de la déesse, et lui parla de la sorte : « Reine des Amours et des Grâces, voici cette malheureuse esclave que vous cherchez. Je ne vous demande pour récompense de l'avoir livrée[65] que la permission de vous regarder. Si ce n'est point sacrilège à une misérable mortelle comme je suis de jeter les yeux sur Vénus, et de raisonner sur les charmes d'une déesse, je trouve que l'aveuglement des hommes est bien grand d'estimer en moi de médiocres appas, après que les vôtres leur ont paru. Je me suis opposée inutilement à cette folie : ils m'ont rendu des honneurs que j'ai refusés, et que je ne méritais pas. Votre fils s'est laissé prévenir en ma faveur par les rapports fabuleux qu'on lui a faits. Les Destins m'ont donnée à lui sans me demander mon consentement. En tout cela j'ai failli, puisque vous me jugez coupable. Je devais cacher des traits qui étaient cause de tant d'erreurs, je devais les défigurer ; il fallait mourir, puisque vous m'aviez en aversion : je ne l'ai pas fait. Ordonnez-moi des punitions si sévères que vous voudrez, je les souffrirai sans murmure : trop heureuse si je vois votre divine bouche s'ouvrir pour prononcer l'arrêt de ma destinée !

— Oui, Psyché, repartit Vénus, je vous en donnerai le plaisir. Votre feinte humilité ne me touche point. Il fallait avoir ces sentiments et dire ces choses devant que vous fussiez en ma puissance. Lorsque vous étiez à couvert des atteintes de ma colère, votre miroir vous disait qu'il n'y avait rien à voir après vous : maintenant que vous me craignez, vous me trouvez belle. Nous verrons bientôt qui remportera l'avantage. Ma beauté ne saurait périr, et la vôtre dépend de moi : je la détruirai quand il me plaira. Commençons par ce corps d'albâtre dont mon fils a publié les merveilles, et qu'il appelle le temple de la blancheur. Prenez vos scions[66], filles de la Nuit[67], et me l'empourprez si bien que cette blancheur ne trouve pas même un asile en son propre temple. »

A cet ordre si cruel Psyché devint pâle, et tomba aux pieds de la déesse, sans donner aucune marque de vie. Cythérée se sentit émue ; mais quelque démon s'opposa à ce mouvement de pitié, et la fit sortir. Dès qu'elle fut hors, les ministres de sa vengeance prirent des branches de myrte ; et, se bouchant les oreilles ainsi que les yeux, elles déchirèrent l'habit de notre bergère : innocent habit, hélas ! celle qui l'avait donné lui croyait procurer un sort que tout le monde envierait. Psyché ne reprit ses sens qu'aux premières atteintes de la douleur. Le vallon retentit des cris qu'elle fut contrainte de faire : jamais les échos n'avaient répété de si pitoyables accents. Il n'y eut aucun endroit d'épargné dans tout ce beau corps, qui devant ces moments-là se pouvait dire en effet le temple de la blancheur : elle y régnait avec un éclat que je ne saurais vous dépeindre.

Là les lis lui servaient de trône et d'oreillers ;
Des escadrons d'Amours, chez Psyché familiers,
    Furent chassés de cet asile.
    Le pleurer leur fut inutile :
Rien ne put attendrir les trois filles d'enfer ;
Leurs cœurs furent d'acier, leurs mains furent de fer.
La belle eut beau souffrir : il fallut que ses peines
Allassent jusqu'au point que les sœurs inhumaines
Craignirent que Clothon[68] ne survînt à son tour.
    Ah ![69] trop impitoyable Amour !
En quels lieux étais-tu ? dis, cruel ! dis, barbare !
C'est toi, c'est ton plaisir qui causa sa douleur :
Oui, tigre ! c'est toi seul qui t'en dois dire auteur ;
Psyché n'eût rien souffert sans ton courroux bizarre.
Le bruit de ses clameurs s'est au loin répandu ;
    Et tu n'en as rien entendu !
Pendant tous ses tourments, tu dormais, je le gage ;
    Car ta brûlure n'était rien :
La belle en a souffert mille fois davantage
    Sans l'avoir mérité si bien.
Tu devais venir voir empourprer cet albâtre ;
Il fallait amener une troupe de Ris :
Des souffrances d'un corps dont tu fus idolâtre
    Vous vous seriez tous divertis.
Hélas ! Amour, j'ai tort : tu répandis des larmes
Quand tu sus de Psyché la peine et le tourment ;
Et tu lui fis trouver un baume pour ses charmes
    Qui la guérit en un moment.

Telle fut la première peine que Psyché souffrit. Quand Cythérée fut de retour, elle la trouva étendue sur les tapis dont cette chambre étoit ornée, prête d'expirer, et n'en pouvant plus. La pauvre Psyché fit un effort pour se lever, et tâcha de contenir ses sanglots. Cythérée lui commanda de baiser les cruelles mains qui l'avaient mise en cet état. Elle obéit sans tarder, et ne témoigna nulle répugnance. Comme le dessein de la déesse n'était pas de la faire mourir si tôt, elle la laissa guérir. Parmi les servantes de Vénus il y en avait une qui trahissait sa maîtresse, et qui allait redire à l'Amour le traitement que l'on faisait à Psyché, et les travaux qu'on lui imposait. L'Amour ne manquait pas d'y pourvoir. Cette fois-là il lui envoya un baume excellent par celle qui était de l'intelligence[70], avec ordre de ne point dire de quelle part, de peur que Psyché ne crût que son mari était apaisé, et qu'elle n'en tirât des conséquences trop avantageuses. Le dieu n'était pas encore guéri de sa brûlure, et tenait le lit. L'opération de son baume irrita Vénus, à l'insu de qui la chose se conduisait, et qui, ne sachant à quoi imputer ce miracle, résolut de se défaire de Psyché par une autre voie.

Sous l'une des deux montagnes qui couvraient à droite et à gauche cette maison, était une voûte aussi ancienne que l'univers. Là sourdait une eau qui avait la propriété de rajeunir : c'est ce qu'on appelle encore aujourd'hui la fontaine de Jouvence. Dans les premiers temps du monde il était libre à tous les mortels d'y aller puiser. L'abus qu'ils firent de ce trésor obligea les dieux de leur en ôter l'usage. Pluton, prince des lieux souterrains, commit à la garde de cette eau un dragon énorme. Il ne dormait point, et dévorait ceux qui étaient si téméraires que d'en approcher. Quelques femmes se hasardaient, aimant mieux mourir que de prolonger une carrière où il n'y avait plus ni beaux jours ni amants pour elles.

Cinq ou six jours étant écoulés, Cythérée dit à son esclave : « Va-t'en tout à l'heure à la fontaine de

LIVRE II

Jouvence, et m'en rapporte une cruchée d'eau. Ce n'est pas pour moi, comme tu peux croire, mais pour deux ou trois de mes amies qui en ont besoin. Si tu reviens sans apporter de cette eau, je te ferai encore souffrir le même supplice que tu as souffert. »

Cette suivante, dont j'ai parlé, qui était aux gages de Cupidon, l'alla avertir. Il lui commanda de dire à Psyché que le moyen d'endormir le monstre était de lui chanter quelques longs récits qui lui plussent premièrement, et puis l'ennuyassent; et sitôt qu'il dormirait, qu'elle puisât de l'eau hardiment. Psyché s'en va donc avec sa cruche. On n'osait approcher de l'antre de plus de vingt pas. L'horrible concierge de ce palais en occupait la plupart du temps l'entrée. Il avait l'adresse de couler sa queue entre des brossailles, en sorte qu'elle ne paraissait point; puis, aussitôt que quelque animal venait à passer, fût-ce un cerf, un cheval, un bœuf, le monstre la ramenait en plusieurs retours, et en entortillait les jambes de l'animal avec tant de soudaineté et de force qu'il le faisait trébucher, se jetait dessus, puis s'en repaissait. Peu de voyageurs s'y trouvaient surpris : l'endroit étoit plus connu et plus diffamé [71] que le voisinage de Scylle et Charybde [72]. Lorsque Psyché alla à cette fontaine, le monstre se réjouissait au soleil, qui tantôt dorait ses écailles, tantôt les faisait paraître de cent couleurs. Psyché, qui savait quelle distance il fallait laisser entre lui et elle, car il ne pouvait s'étendre fort loin, le Sort l'ayant attaché avec des chaînes de diamant, Psyché, dis-je, ne s'effraya pas beaucoup : elle était accoutumée à voir des dragons. Elle cacha le mieux qu'il lui fut possible sa cruche, et commença mélodieusement ce récit :

« Dragon, gentil dragon à la gorge béante,
    Je suis messagère des dieux :
    Ils m'ont envoyée en ces lieux
T'annoncer que bientôt une jeune serpente,
Et qui change au soleil de couleur comme toi,
    Viendra partager ton emploi;

Tu te dois ennuyer à faire cette vie :
   Amour t'enverra compagnie.
Dragon, gentil dragon, que te dirai-je encor
   Qui te chatouille et qui te plaise ?
   Ton dos reluit comme fin or ;
   Tes yeux sont flambants comme braise ;
Tu te peux rajeunir sans dépouiller ta peau.
Quelle félicité d'avoir chez toi cette eau !
Si tu veux t'enrichir, permets que l'on y puise ;
Quelque tribut qu'il faille, il te sera porté :
J'en sais qui, pour avoir cette commodité,
   Donneront jusqu'à leur chemise. »

Psyché chanta beaucoup d'autres choses qui n'avaient aucune suite, et que les oiseaux de ces lieux ne purent par conséquent retenir, ni nous les apprendre. Le dragon l'écouta d'abord avec un très grand plaisir. A la fin il commença à bâiller, et puis s'endormit. Psyché prend vite l'occasion : il fallait passer entre le dragon et l'un des bords de l'entrée : à peine y avait-il assez de place pour une personne. Peu s'en fallut que la belle, de frayeur qu'elle eut, ne laissât tomber sa cruche ; ce qui eût été pire que la goutte d'huile. Ce dormeur-ci n'était pas fait comme l'autre : son courroux et ses remontrances, c'était de mettre les gens en pièces. Notre héroïne vint à bout de son entreprise par un grand bonheur. Elle emplit sa cruche, et s'en retourna triomphante.

Vénus se douta que quelque puissance divine l'avait assistée. De savoir laquelle, c'était le point. Son fils ne bougeait du lit. Jupiter ni aucun des dieux n'aurait laissé Psyché dans cet esclavage ; les déesses seraient les dernières à la secourir. « Ne t'imagine pas en être quitte, lui dit Vénus : je te ferai des commandements si difficiles que tu manqueras à quelqu'un ; et pour châtiment tu endureras la mort. Va me quérir de la laine de ces moutons qui paissent au-delà du fleuve ; je m'en veux faire faire un habit. » C'étaient les moutons du Soleil, tous avaient des cornes, furieux au dernier point, et qui poursuivaient les loups. Leur laine était d'une couleur de feu si vif qu'il éblouissait la vue. Ils paissaient alors de l'autre côté d'une rivière extrêmement large et profonde, qui traversait le vallon à mille pas ou peu plus de ce château. De bonne fortune[73] pour notre belle, Junon et Cérès vinrent voir Vénus dans le moment qu'elle venait de donner cet ordre. Elles lui avaient déjà rendu deux autres visites depuis la maladie de son fils, et avaient aussi vu l'Amour. Cette dernière visite empêcha Vénus de prendre garde à ce qui se passerait, et donna une facilité à notre héroïne d'exécuter ce commandement. Sans cela il aurait été impossible, n'y ayant ni pont, ni bateau, ni gondole, sur la rivière.

Cette suivante, qui était de l'intelligence[74], dit à Psyché : « Nous avons ici des cygnes que les Amours ont dressés à nous servir de gondoles : j'en prendrai un ; nous traverserons la rivière par ce moyen. Il faut que je vous tienne compagnie, pour une raison que je vas vous dire : c'est que ces moutons sont gardés par deux jeunes enfants sylvains qui commencent déjà à courir après les bergères et après les nymphes. Je passerai la première, et amuserai les deux jeunes faunes, qui ne manqueront pas de me poursuivre sans autre dessein que de folâtrer ; car ils me connaissent, et savent que j'appartiens à Vénus : au pis aller j'en serai quitte pour deux baisers ; vous passerez cependant. — Jusque-là voilà qui va bien, repartit Psyché ; mais comment approcherai-je des moutons ? me connaissent-ils aussi ? savent-ils que j'appartiens à Vénus ? — Vous prendrez de leur laine parmi les ronces, répliqua cette suivante ; ils y en laissent quand elle est mûre et qu'elle commence à tomber : tout ce canton-là en est plein. » Comme la chose avait été concertée, elle réussit. Seulement, au lieu des deux baisers que l'on avait dit, il en coûta quatre.

Pendant que notre bergère et sa compagne exécutent leur entreprise, Vénus prie les deux déesses de sonder les sentiments de son fils. « Il semble, à l'entendre, leur dit-elle, qu'il soit fort en colère contre

Psyché; cependant il ne laisse pas sous main de lui donner assistance; au moins y a-t-il lieu de le croire. Vous m'êtes amies toutes deux, détournez-le de cette amour : représentez-lui le devoir d'un fils; dites-lui qu'il se fait tort. Il s'ouvrira bien plutôt à vous qu'il ne ferait à sa mère. »

Junon et Cérès promirent de s'y employer. Elles allèrent voir le malade. Il ne les satisfit point, et leur cacha le plus qu'il put sa pensée. Toutefois, autant qu'elles purent conjecturer, cette passion lui tenait encore au cœur. Même il se plaignit de ce qu'on prétendait le gouverner ainsi qu'un enfant. Lui un enfant! on ne considérait donc pas qu'il terrassait les Hercules, et qu'il n'avait jamais eu d'autres toupies que leurs cœurs. « Après cela, disait-il, on me tiendra encore en tutelle! on croira me contenter de moulinets et de papillons, moi qui suis le dispensateur d'un bien près de qui la gloire et les richesses sont des poupées! C'est bien le moins que je puisse faire que de retenir ma part de cette félicité-là! Je ne me marierai pas, moi qui en marie tant d'autres! »

Les déesses entrèrent en ses sentiments, et retournèrent dire à Vénus comme leur légation[75] s'était passée. « Nous vous conseillons en amies, ajoutèrent-elles, de laisser agir votre fils comme il lui plaira : il est désormais en âge de se conduire. — Qu'il épouse Hébé, repartit Vénus; qu'il choisisse parmi les Muses, parmi les Grâces, parmi les Heures; je le veux bien. — Vous moquez-vous? dit Junon. Voudriez-vous donner à votre fils une de vos suivantes pour femme? et encore Hébé qui nous sert à boire? Pour les Muses, ce n'est pas le fait de l'Amour qu'une précieuse, elle le ferait enrager. La beauté des Heures est fort journalière[76] : il ne s'en accommodera pas non plus. — Mais enfin, répliqua Vénus, toutes ces personnes sont des déesses, et Psyché est simple mortelle. N'est-ce pas un parti bien avantageux pour mon fils que la cadette d'un roi de qui les États tourneraient dans la basse-cour de ce château? — Ne méprisez pas tant Psyché,

LIVRE II   169

dit Cérès : vous pourriez pis faire que de la prendre pour votre bru. La beauté est rare parmi les dieux ; les richesses et la puissance ne le sont pas. J'ai bien voyagé, comme vous savez[77], mais je n'ai point vu de personne si accomplie. » Junon fut contrainte d'avouer qu'elle avait raison ; et toutes deux conseillèrent Cythérée de pourvoir son fils. Quel plaisir quand elle tiendrait entre les bras un petit Amour qui ressemblerait à son père ! Vénus demeura piquée de ce propos-là : le rouge lui monta au front. « Cela vous siérait mieux qu'à moi, reprit-elle assez brusquement. Je me suis regardée tout ce matin, mais il ne m'a point semblé que j'eusse encore l'air d'une aïeule. » Ces mots ne demeurèrent pas sans réponse ; et les trois amies se séparèrent en se querellant.

Cérès et Junon étant montées sur leurs chars, Vénus alla faire des remontrances à son fils ; et le regardant avec un air dédaigneux :

« Il vous sied bien, lui dit-elle, de vouloir vous marier, vous qui ne cherchez que le plaisir ! Depuis quand vous est venue, dites-moi, une si sage pensée ? Voyez, je vous prie, l'homme de bien et le personnage grave et retiré que voilà ! Sans mentir, je voudrais vous avoir vu père de famille pour un peu de temps : comment vous y prendriez-vous ? Songez, songez à vous acquitter de votre emploi, et soyez le dieu des amants : la qualité d'époux ne vous convient pas. Vous êtes accablé d'affaires de tous côtés, l'empire d'Amour va en décadence ; tout languit ; rien ne se conclut : et vous consumez le temps en des propositions inutiles de mariage ! Il y a tantôt trois mois que vous êtes au lit, plus malade de fantaisie que d'une brûlure. Certes, vous avez été blessé dans une occasion bien glorieuse pour vous ! Le bel honneur, lorsque l'on dira que votre femme aura été cause de cet accident ! Si c'était une maîtresse, je ne dis pas. Quoi ! vous m'amènerez ici une matrone qui sera neuf mois de l'année à toujours se plaindre ! Je la traînerai au bal avec moi ? Savez-vous ce qu'il y a ? ou renoncez à

Psyché, ou je ne veux plus que vous passiez pour mon fils. Vous croyez peut-être que je ne puis faire un autre Amour, et que j'ai oublié la manière dont on les fait : je veux bien que vous sachiez que j'en ferai un quand il me plaira. Oui, j'en ferai un, plus joli que vous mille fois, et lui remettrai entre les mains votre empire. Qu'on me donne tout à l'heure cet arc et ces flèches, et tout l'attirail dont je vous ai équipé ; aussi bien vous est-il inutile désormais : je vous le rendrai quand vous serez sage. »

L'Amour se mit à pleurer ; et, prenant les mains de sa mère, il les lui baisa. Ce n'était pas encore parler comme il faut. Elle fit tout son possible pour l'obliger à donner parole qu'il renoncerait à Psyché : ce qu'il ne voulut jamais faire. Cythérée sortit en le menaçant.

Pour achever le chagrin de cette déesse, Psyché arriva avec un paquet de laine aussi pesant qu'elle. Les choses s'étaient passées de ce côté-là avec beaucoup de succès. Le cygne avait merveilleusement bien fait son devoir, et les deux sylvains le leur : devoir de courir, et rien davantage ; hormis qu'ils dansèrent quelques chansons avec la suivante, lui dérobèrent quelques baisers, lui donnèrent quelques brins de thym et de marjolaine, et peut-être la cotte verte[78] ; le tout avec la plus grande honnêteté du monde. Psyché cependant faisait sa main[79]. Pas un des moutons ne s'écarta du troupeau pour venir à elle. Les ronces se laissèrent ôter leurs belles robes sans la piquer une seule fois. Psyché repassa la première. A son retour, Cythérée lui demanda comme elle avait fait pour traverser la rivière. Psyché répondit qu'il n'en avait pas été besoin, et que le vent avait envoyé des flocons de laine de son côté. « Je ne croyais pas, reprit Cythérée, que la chose fût si facile : je me suis trompée dans mes mesures, je le vois bien ; la nuit nous suggérera quelque chose de meilleur. »

Le fils de Vénus, qui ne songeait à autre chose qu'à tirer Psyché de tous ces dangers, et qui n'attendait peut-être pour se raccommoder avec elle que sa guérison et le retour de ses forces, avait remandé premièrement le Zéphyre, et fait venir dans le voisinage une fée qui faisait parler les pierres. Rien ne lui était impossible : elle se moquait du Destin, disposait des vents et des astres, et faisait aller le monde à sa fantaisie. Cythérée[80] ne savait pas qu'elle fût venue. Quant au Zéphyre, elle l'aperçut, et ne douta nullement que ce ne fût lui qui eût assisté Psyché. Mais s'étant la nuit avisée d'un commandement qu'elle croyait hors de toute possibilité[81], elle dit le lendemain à son fils : « L'agent général de vos affaires n'est pas loin de ce château ; vous lui avez défendu de s'écarter : je vous défie tous tant que vous êtes. Vous serez habiles gens l'un et l'autre si vous empêchez que votre belle ne succombe au commandement que je lui ferai aujourd'hui. »

En disant ces mots, elle fit venir Psyché, lui ordonna de la suivre, et la mena dans la basse-cour du château. Là, sous une espèce de halle, étaient entassés pêle-mêle quatre différentes sortes de grains, lesquels on avait donnés à la déesse pour la nourriture de ses pigeons. Ce n'était pas proprement un tas, mais une montagne. Il occupait toute la largeur du magasin, et touchait le faîte. Cythérée dit à Psyché : « Je ne veux dorénavant nourrir mes pigeons que de mil ou de froment pur : c'est pourquoi sépare ces quatre sortes de grain ; fais-en quatre tas aux quatre coins du monceau, un tas de chacune espèce. Je m'en vas à Amathonte[82] pour quelques affaires de plaisir : je reviendrai sur le soir. Si à mon retour je ne trouve la tâche faite, et qu'il y ait seulement un grain de mêlé, je t'abandonnerai aux ministres de ma vengeance. » A ces mots elle monte sur son char, et laisse Psyché désespérée. En effet, ce commandement était un travail, non pas d'Hercule, mais de démon.

Sitôt que l'Amour le sut, il en envoya avertir la fée, qui, par ses suffumigations, par ses cercles, par ses paroles[83], contraignit tout ce qu'il y avait de fourmis au monde d'accourir à l'entour du tas, autant celles qui habitaient aux extrémités de la terre que celles du voisinage. Il y eut telle fourmi qui fit ce jour-là quatre mille lieues. C'était un plaisir que d'en voir des hordes et des caravanes arriver de tous les côtés.

Il en vient des climats où commande l'Aurore,
De ceux que ceint Téthys, et l'Océan encore ;
L'Indien dégarnit toutes ses régions ;
Le Garamante[84] envoie aussi ses légions ;
Il en part du couchant des nations entières ;
Le nord ni le midi n'ont plus de fourmilières :
Il semble qu'on en ait épuisé l'univers.
Les chemins en sont noirs, les champs en sont couverts ;
Maint vieux chêne en fournit des cohortes nombreuses ;
Il n'est arbre mangé qui sous ses voûtes creuses
Souffre que de ce peuple il reste un seul essaim :
Tout déloge ; et la terre en tire de son sein.
L'éthiopique gent[85] arrive, et se partage ;
On crée en chaque troupe un maître de l'ouvrage :
Il a l'œil sur sa bande ; aucun n'ose faillir.
On entend un bruit sourd ; le mont semble bouillir ;
Déjà son tour décroît, sa hauteur diminue.
A la soudaineté l'ordre aussi contribue :
Chacun a son emploi parmi les travailleurs.
L'un sépare le grain que l'autre emporte ailleurs ;
Le monceau disparaît ainsi que par machine[86].
Quatre tas différents réparent sa ruine[87].
De blé, riche présent qu'à l'homme ont fait les cieux ;
De mil, pour les pigeons manger délicieux ;
De seigle, au goût aigret ; d'orge rafraîchissante,
Qui donne aux gens du nord la cervoise engraissante.
Telles l'on démolit les maisons quelquefois :
La pierre est mise à part ; à part se met le bois ;
On voit comme fourmis gens autour de l'ouvrage ;
En son être premier retourne l'assemblage :
Là sont des tas confus de marbres non gravés,
Et là les ornements qui se sont conservés.

Les fourmis s'en retournèrent aussi vite qu'elles étaient venues, et n'attendirent pas le remerciement. « Vivez heureuses, leur dit Psyché : je vous souhaite des magasins qui ne désemplissent jamais. Si c'est un plaisir de se tourmenter pour les biens du monde, tourmentez-vous, et vivez heureuses [88]. »

Quand Vénus fut de retour, et qu'elle aperçut les quatre monceaux, son étonnement ne fut pas petit; son chagrin fut encore plus grand. On n'osait approcher d'elle, ni seulement la regarder. Il n'y eut ni Amours ni Grâces qui ne s'enfuissent. « Quoi! dit Cythérée en elle-même, une esclave me résistera! je lui fournirai tous les jours une nouvelle matière de triompher! Et qui craindra désormais Vénus? qui adorera sa puissance? car, pour la beauté, je n'en parle plus; c'est Psyché qui en est déesse. O Destins, que vous ai-je fait? Junon s'est vengé d'Io et de beaucoup d'autres; il n'est femme qui ne se venge : Cythérée seule se voit privée de ce doux plaisir! si faut-il [89] que j'en vienne à bout. Vous n'êtes pas encore à la fin, Psyché; mon fils vous fait tort; plus il s'opiniâtre à vous protéger, plus je m'opiniâtrerai à vous perdre. »

Cette résolution n'eut pas tout l'effet que Vénus s'était promis. A deux jours de là elle fit appeler Psyché; et, dissimulant son dépit : « Puisque rien ne vous est impossible, lui dit-elle, vous irez bien au royaume de Proserpine. Et n'espérez pas m'échapper quand vous serez hors d'ici : en quelque lieu de la terre que vous soyez, je vous trouverai. Si vous voulez toutefois ne point revenir des enfers, j'en suis très contente. Vous ferez mes compliments à la reine de ces lieux-là, et vous lui direz que je la prie de me donner une boëte de son fard; j'en ai besoin, comme vous voyez : la maladie de mon fils m'a toute changée. Rapportez-moi, sans tarder, ce que l'on vous aura donné, et n'y touchez point. »

Psyché partit tout à l'heure [90]. On ne la laissa parler à qui que ce soit. Elle alla trouver la fée que son mari avait fait venir : cette fée était dans le voisinage, sans que personne en sût rien. De peur de soupçon, elle ne tint pas long discours à notre héroïne. Seulement elle lui dit : « Vous voyez d'ici une vieille tour; allez-y tout droit, et entrez dedans : vous y apprendrez ce qu'il vous faut faire. N'appréhendez point les ronces qui bouchent la porte ; elles se détourneront d'elles-mêmes. »

Psyché remercie la fée, et s'en va au vieux bâtiment. Entrée qu'elle fut, la tour lui parla : « Bonjour, Psyché, lui dit-elle ; que votre voyage vous soit heureux ! Ce m'est un très grand honneur de vous recevoir en mes murs : jamais rien de si charmant n'y était entré. Je sais le sujet qui vous amène. Plusieurs chemins conduisent aux enfers ; n'en prenez aucun de ceux qu'on prend d'ordinaire. Descendez dans cette cave que vous voyez, et garnissez-vous auparavant de ce qui est à vos pieds : ce panier à anse vous aidera à le porter. »

Psyché baissa aussitôt la vue ; et, comme le faîte de la tour était découvert, elle vit à terre une lampe, six boules de cire, un gros paquet de ficelle, un panier, avec deux deniers.

« Vous avez besoin de toutes ces choses, poursuivit la tour. Que la profondeur de cette cave ne vous effraye point, quoique vous ayez près de mille marches à descendre : cette lampe vous aidera. Vous suivrez à sa lueur un chemin voûté qui est dans le fond, et qui vous conduira jusqu'au bord du Styx. Il vous faudra donner à Caron un de ces deniers pour le passage, aussi bien en revenant qu'en allant. C'est un vieillard qui n'a aucune considération pour les belles, et qui ne vous laissera pas monter dans sa barque sans payer le droit. Le fleuve passé, vous rencontrerez un âne boîteux et n'en pouvant plus de vieillesse, avec un misérable qui le chassera. Celui-ci vous priera de lui donner, par pitié, un peu de ficelle, si vous en avez dans votre panier, afin de lier certains paquets dont son âne sera chargé. Gardez-vous de lui accorder ce qu'il vous demandera. C'est un piège que vous tend Vénus. Vous avez besoin de la ficelle à une autre chose ; car vous entrerez incontinent dans un labyrinthe dont les routes sont fort aisées à tenir en allant ; mais, quand on en revient, il est impossible de les démêler : ce que vous ferez toutefois par le moyen de cette ficelle. La porte de deçà du labyrinthe n'a point de portier ; celle de delà en a un : c'est un chien qui a trois gueules[91], plus grand qu'un ours. Il discerne, à l'odorat, les morts d'avec les vivants ; car il se rencontre des personnes qui ont affaire aussi bien que vous en ces lieux. Le portier laisse passer les premiers, et étrangle les autres devant qu'ils passent. Vous lui empâterez ses trois gueules en lui jetant dans chacune une de vos boules de cire, autant au retour. Elles auront aussi la force de l'endormir. Dès que vous serez sortie du labyrinthe, deux démons des Champs Élysées viendront au-devant de vous, et vous conduiront jusqu'au trône de Proserpine. Adieu, charmante Psyché : que votre voyage vous soit heureux ! »

Psyché remercie la tour, prend le panier avec l'équipage, descend dans la cave ; et, pour abréger, elle arrive saine et sauve au delà du labyrinthe, malgré les spectres qui se présentèrent sur son passage.

Il ne sera pas hors de propos de vous dire qu'elle vit sur les bords du Styx gens de tous états arrivant de tous les côtés. Il y avait dans la barque, lorsque la belle passa, un roi, un philosophe, un général d'armée, je ne sais combien de soldats, avec quelques femmes. Le roi se mit à pleurer de ce qu'il lui fallait quitter un séjour où étaient de si beaux objets. Le philosophe, au contraire, loua les dieux de ce qu'il en était sorti avant que de voir un objet si capable de le séduire[92], et dont il pouvait alors approcher sans aucun péril. Les soldats disputèrent entre eux à qui s'assoirait le plus près d'elle, sans aucun respect du roi, ni aucune crainte du général, qui n'avait pas son bâton de commandement[93]. La chose allait à se battre et à renverser la nacelle, si Caron n'eût mis le holà à coups d'aviron. Les femmes environnèrent Psyché, et se consolèrent des avantages qu'elles avaient perdus, voyant que notre héroïne en perdait bien d'autres : car elle ne dit à personne qu'elle fût vivante. Son habit étonna pourtant la compagnie, tous les autres n'ayant qu'un drap. Aussitôt qu'elle fut sortie du labyrinthe, les deux démons l'abordèrent, et lui firent voir les singularités de ces lieux. Elles sont tellement étranges que j'ai besoin d'un style extraordinaire pour vous les décrire.

Poliphile se tut à ces mots ; et, après quelques moments de silence, il reprit d'un ton moins familier :

Le royaume des morts a plus d'une avenue :
Il n'est route qui soit aux humains si connue.
Des quatre coins du monde on se rend aux enfers ;
Tisiphone les tient incessamment ouverts.
La faim, le désespoir, les douleurs, le long âge,
Mènent par tous endroits à ce triste passage ;
Et, quand il est franchi, les filles du Destin
Filent aux habitants une nuit sans matin.
Orphée a toutefois mérité par sa lyre
De voir impunément le ténébreux empire.
Psyché par ses appas obtint même faveur :
Pluton sentit pour elle un moment de ferveur ;
Proserpine craignit de se voir détrônée,
Et la boëte de fard à l'instant fut donnée.
L'esclave de Vénus, sans guide et sans secours,
Arriva dans les lieux où le Styx fait son cours.
Sa cruelle ennemie eut soin que le Cerbère
Lui lançât des regards enflammés de colère.
Par les monstres d'enfer rien ne fut épargné ;
Elle vit ce qu'en ont tant d'auteurs enseigné [94].
Mille spectres hideux, les Hydres, les Harpies,
Les triples Géryons, les mânes des Tityes [95],
Présentaient à ses yeux maint fantôme trompeur
Dont le corps retournait aussitôt en vapeur.
Les cantons destinés aux ombres criminelles,
Leurs cris, leur désespoir, leurs douleurs éternelles,
Tout l'attirail qui suit tôt ou tard les méchants,
La remplirent de crainte et d'horreur pour ces champs.
Là, sur un pont d'airain, l'orgueilleux Salmonée [96],
Triste chef d'une troupe aux tourments condamnée,
S'efforçait de passer en des lieux moins cruels,
Et partout rencontrait des feux continuels.
Tantale aux eaux du Styx portait en vain sa bouche,
Toujours proche d'un bien que jamais il ne touche ;

Et Sisyphe en sueur essayait vainement
D'arrêter son rocher pour le moins un moment.
Là les sœurs de Psyché dans l'importune glace
D'un miroir que sans cesse elles avaient en face,
Revoyaient leur cadette heureuse, et dans les bras,
Non d'un monstre effrayant, mais d'un dieu plein d'appas.
En quelque lieu qu'allât cette engeance maudite,
Le miroir se plaçait toujours à l'opposite.
Pour les tirer d'erreur, leur cadette accourut ;
Mais ce couple s'enfuit sitôt qu'elle parut.
Non loin d'elles Psyché vit l'immortelle tâche
Où les cinquante sœurs[97] s'exercent sans relâche :
La belle les plaignit, et ne put sans frémir
Voir tant de malheureux occupés à gémir.
Chacun trouvait sa peine au plus haut point montée :
Ixion souhaitait le sort de Prométhée ;
Tantale eût consenti, pour assouvir sa faim,
Que Pluton le livrât à des flammes sans fin.
En un lieu séparé l'on voit ceux de qui l'âme
A violé les droits de l'amoureuse flamme,
Offensé Cupidon, méprisé ses autels,
Refusé le tribut qu'il impose aux mortels[98].
Là souffre un monde entier d'ingrates, de coquettes ;
Là Mégère punit les langues indiscrètes,
Surtout ceux qui, tachés du plus noir des forfaits,
Se sont vantés d'un bien qu'on ne leur fit jamais ;
Par de cruels vautours l'inhumaine est rongée ;
Dans un fleuve glacé la volage est plongée ;
Et l'insensible expie en des lieux embrasés,
Aux yeux de ses amants, les maux qu'elle a causés ;
Ministres, confidents, domestiques perfides,
Y lassent sous les fouets le bras des Euménides.
Près d'eux sont les auteurs de maint hymen forcé,
L'amant chiche, et la dame au cœur intéressé ;
La troupe des censeurs, peuple à l'amour rebelle ;
Ceux enfin dont les vers ont noirci quelque belle.

Vénus avait obligé Mercure, par ses caresses, de prier, de la part de cette déesse, toutes les puissances d'enfer d'effrayer tellement son ennemie par la vue de ces fantômes et de ces supplices, qu'elle en mourût d'appréhension, et mourût si bien, que la chose fût sans retour, et qu'il ne restât plus de cette beauté qu'une ombre légère. « Après quoi, disoit Cythérée, je permets à mon fils d'en être amoureux et de l'aller trouver aux enfers pour lui renouveler ses caresses. »

Cupidon ne manqua pas d'y pourvoir ; et, dès que Psyché eut passé le labyrinthe, il la fit conduire, comme je crois vous avoir dit, par deux démons des Champs Elysées : ceux-là ne sont pas méchants. Ils la rassurèrent, et lui apprirent quels étaient les crimes de ceux qu'elle voyait tourmentés. La belle en demeura toute consolée, n'y trouvant rien qui eût du rapport à son aventure. Après tout, la faute qu'elle avait commise ne méritait pas une telle punition. Si la curiosité rendait les gens malheureux jusqu'en l'autre monde, il n'y aurait pas d'avantage à être femme.

En passant auprès des Champs Élysées, comme le nombre des bienheureux a de tout temps été fort petit, Psyché n'eut pas de peine à y remarquer ceux qui jusqu'alors avaient fait valoir la puissance de son époux, gens du Parnasse [99] pour la plupart. Ils étaient sous de beaux ombrages, se récitant les uns aux autres leurs poésies, et se donnant des louanges continuelles sans se lasser.

Enfin la belle fut amenée devant le tribunal de Pluton. Toute la cour de ce dieu demeura surprise : depuis Proserpine ils ne se souvenaient point d'avoir vu d'objet qui leur eût touché le cœur, que celui-là seul. Proserpine même en eut de la jalousie ; car son mari regardait déjà la belle d'une autre sorte qu'il n'a coutume de faire ceux qui approchent de son tribunal, et il ne tenait pas à lui qu'il ne se défît de cet air terrible qui fait partie de son apanache. Surtout il y avait du plaisir à voir Rhadamanthe [100] se radoucir. Pluton fit cesser pour quelques moments les souffrances et les plaintes des malheureux, afin que Psyché eût une audience plus favorable. Voici à peu près comme elle parla, adressant sa voix tantôt à Pluton et à Proserpine conjointement, tantôt à cette déesse seule :

« Vous sous qui tout fléchit, déités dont les lois
Traitent également les bergers et les rois,
Ni le désir de voir, ni celui d'être vue,
Ne me font visiter une cour inconnue :
J'ai trop appris, hélas ! par mes propres malheurs,
Combien de tels plaisirs engendrent de douleurs.
Vous voyez devant vous l'esclave infortunée
Qu'à des larmes sans fin Vénus a condamnée.
C'est peu pour son courroux des maux que j'ai soufferts :
Il faut chercher encore un fard jusqu'aux enfers.
Reine de ces climats, faites qu'on me le donne ;
Il porte votre nom ; et c'est ce qui m'étonne.
Ne vous offensez point, déesse aux traits si doux :
On s'aperçoit assez qu'il n'est pas fait pour vous.
Plaire sans fard est chose aux déesses facile ;
A qui ne peut vieillir cet art est inutile.
C'est moi qui dois tâcher, en l'état où je suis,
A réparer le tort que m'ont fait les ennuis ;
Mais j'ai quitté le soin d'une beauté fatale.
La nature souvent n'est que trop libérale ;
Plût au Sort que mes traits, à présent sans éclat,
N'eussent jamais paru que dans ce triste état !
Mes sœurs les enviaient : que mes sœurs étaient folles.
D'abord je me repus d'espérances frivoles ;
Enfin l'Amour m'aima ; je l'aimai sans le voir.
Je le vis, il s'enfuit, rien ne put l'émouvoir ;
Il me précipita du comble de la gloire :
Souvenirs de ces temps, sortez de ma mémoire.
Chacun sait ce qui suit. Maintenant dans ces lieux
Je viens pour obtenir un fard si précieux.
Je n'en mérite pas la faveur singulière ;
Mais le nom de l'Amour se joint à ma prière.
Vous connaissez ce dieu : qui ne le connaît pas ?
S'il descend pour vous plaire au fond de ces climats,
D'une boëte de fard récompensez sa femme :
Ainsi durent chez vous les douceurs de sa flamme !
Ainsi votre bonheur puisse rendre envieux
Celui qui pour sa part eut l'empire des cieux ! »

Cette harangue eut tout le succès que Psyché pouvait souhaiter. Il n'y eut ni démon ni ombre qui ne compatît au malheur de cette affligée, et qui ne blamât Vénus. La pitié entra, pour la première fois, au cœur des Furies ; et ceux qui avaient tant de sujet de se plaindre eux-mêmes mirent à part le sentiment de leurs propres maux, pour plaindre l'épouse de Cupidon. Pluton fut sur le point de lui offrir une retraite dans ses États ; mais c'est un asile où les malheureux n'ont recours que le plus tard qu'il leur est possible. Proserpine empêcha ce coup : la jalousie la possédait tellement que, sans considérer qu'une ombre serait incapable de lui nuire, elle recommanda instamment aux Parques de ne pas trancher à l'étourdie les jours de cette personne, et de prendre si bien leurs mesures qu'on ne la revît aux enfers que vieille et ridée. Puis, sans tarder davantage, elle mit entre les mains de Psyché une boëte bien fermée, avec défense de l'ouvrir, et avec charge d'assurer Vénus de son amitié. Pour Pluton, il ne put voir sans déplaisir le départ de notre héroïne, et le présent qu'on lui faisait. « Souvenez-vous, lui dit-il, de ce qu'il vous a coûté d'être curieuse. Allez, et n'accusez pas Pluton de votre destin. »

Tant que le pays des morts continua, la boëte fut en assurance, Psyché n'avait garde d'y toucher : elle appréhendait que, parmi un si grand nombre de gens qui n'avaient que faire, il n'y en eût qui observassent ses actions. Aussitôt qu'elle eut atteint notre monde, et que, se trouvant sous ce conduit souterrain, elle crut n'avoir pour témoins que les pierres qui le soutenaient, la voilà tentée à son ordinaire. Elle eut envie de savoir quel étoit ce fard dont Proserpine l'avait chargée. Le moyen de s'en empêcher ? Elle serait femme, et laisserait échapper une telle occasion de se satisfaire ! A qui le diraient ces pierres ? Possible personne qu'elle n'était descendu sous cette voûte depuis qu'on l'avait bâtie. Puis ce n'était pas une simple curiosité qui la poussait ; c'était un désir naturel et bien innocent de remédier au déchet[101] où étaient tombés ses appas. Les ennuis[102], le hâle, mille autres choses l'avaient tellement changée, qu'elle ne se connaissait plus elle-même. Il fallait abandonner les prétentions qui lui restaient sur le cœur de son mari, ou bien réparer ces pertes par quelque moyen. Où en trouverait-elle un meilleur que celui qu'elle avait en sa puissance, que de s'appliquer un peu de ce fard qu'elle portait à Vénus ? Non qu'elle eût dessein d'en abuser, ni de plaire à d'autres qu'à son mari ; les dieux le savaient : pourvu seulement qu'elle imposât à l'Amour, cela suffirait. Tout artifice est permis quand il s'agit de regagner un époux. Si Vénus l'avait crue si simple que de n'oser toucher à ce fard, elle s'était fort trompée : mais, qu'elle y touchât ou non, Cythérée l'en soupçonnerait toujours ; ainsi il lui serait inutile de s'abstenir.

Psyché raisonna si bien, qu'elle s'attira un nouveau malheur. Une certaine appréhension toutefois la retenait : elle regardait la boëte, y portait la main, puis l'en retirait, et l'y reportait aussitôt. Après un combat qui fut assez long, la victoire demeura, selon sa coutume, à cette malheureuse curiosité. Psyché ouvrit la boëte en tremblant, et à peine l'eut-elle ouverte qu'il en sortit une vapeur fuligineuse, une fumée noire et pénétrante qui se répandit en moins d'un moment par tout le visage de notre héroïne, et sur une partie de son sein. L'impression qu'elle y fit fut si violente que Psyché soupçonna d'abord quelque sinistre accident, d'autant plus qu'il ne restait dans la boëte qu'une noirceur qui la teignait toute. Psyché alarmée, et se doutant presque de ce qui lui était arrivé, se hâta de sortir de cette cave, impatiente de rencontrer quelque fontaine, dans laquelle elle pût apprendre l'état où cette vapeur l'avait mise. Quand elle fut dans la tour, et qu'elle se présenta à la porte, les épines qui la bouchaient, et qui s'étaient d'elles-mêmes détournées pour laisser passer Psyché la première fois, ne la reconnaissant plus, l'arrêtèrent. La tour fut contrainte de lui demander son nom. Notre infortunée le lui dit en soupirant. « Quoi ! c'est vous, Psyché ! Qui vous a teint le visage de cette sorte ? Allez vite vous laver, et gardez bien de vous présenter en cet état à votre mari. » Psyché court à un ruisseau qui n'était pas loin, le cœur lui battant de telle manière que l'haleine lui manquait à chaque pas. Enfin elle arriva sur le bord de ce ruisseau, et, s'étant penchée, elle y aperçut la plus belle More du monde. Elle n'avoit ni le nez ni la bouche comme l'ont celles que nous voyons, mais enfin c'était une More. Psyché, étonnée, tourna la tête pour voir si quelque Africaine ne se regardait point derrière elle. N'ayant vu personne, et certaine de son malheur, les genoux commencèrent à lui faillir, les bras lui tombèrent. Elle essaya toutefois inutilement d'effacer cette noirceur avec l'onde.

Après s'être lavée longtemps sans rien avancer : « O Destins, s'écria-t-elle, me condamnez-vous à perdre aussi la beauté ? Cythérée, Cythérée, quelle satisfaction vous attend ! Quand je me présenterai parmi vos esclaves, elles me rebuteront ; je serai le déshonneur de votre cour. Qu'ai-je fait qui méritât une telle honte ? ne vous suffisait-il pas que j'eusse perdu mes parents, mon mari, les richesses, la liberté, sans perdre encore l'unique bien avec lequel les femmes se consolent de tous malheurs ? Quoi ! ne pouviez-vous attendre que les années vous vengeassent ? c'est une chose si tôt passée que la beauté des mortelles ! la mélancolie serait venue au secours du temps. Mais j'ai tort de vous accuser, c'est moi seule qui suis la cause de mon infortune ; c'est cette curiosité incorrigible qui, non contente de m'avoir ôté les bonnes grâces de votre fils, m'ôte aussi le moyen de les regagner. Hélas ! ce sera ce fils le premier qui me regardera avec horreur, et qui me fuira. Je l'ai cherché par tout l'univers, et j'appréhende de le trouver. Quoi ! mon mari me fuira ! mon mari qui me trouvait si charmante ! Non, non, Vénus, vous n'aurez pas ce plaisir, et, puisqu'il m'est défendu d'avancer mes jours, je me retirerai dans quelque désert où personne ne me verra ; j'achèverai mes destins parmi les serpents et parmi les loups : il s'en trouvera quelqu'un d'assez pitoyable [103] pour me dévorer. »

Dans ce dessein elle court à une forêt voisine, s'enfonce dans le plus profond, choisit pour principale retraite un antre effroyable. Là son occupation est de soupirer et de répandre des larmes : ses joues s'aplatissent, ses yeux se cavent [104] ; ce n'était plus celle de qui Vénus était devenue jalouse : il y avait au monde telle mortelle qui l'aurait regardée sans envie.

L'Amour commençait alors à sortir ; et, comme il était guéri de sa colère aussi bien que de sa brûlure, il ne songeait plus qu'à Psyché. Psyché devait faire son unique joie ; il devait quitter ses temples pour servir Psyché : résolutions d'un nouvel amant. Les maris ont de ces retours, mais ils les font peu durer. Ce mari-ci ne se proposait plus de fin dans sa passion, ni dans le bon traitement qu'il avait résolu de faire à sa femme. Son dessein était de se jeter à ses pieds, de lui demander pardon, de lui protester qu'il ne retomberait jamais en de telles bizarreries. Tant que la journée durait il s'entretenait de ces choses ; la nuit venue, il continuait, et continuait encore pendant son sommeil. Aussitôt que l'aurore commençait à poindre, il la priait de lui ramener Psyché ; car la fée l'avait assuré qu'elle reviendrait des enfers. Dès que le soleil était levé, notre époux quittait le lit, afin d'éviter les visites de sa mère, et s'allait promener dans le bois où la belle Éthiopienne [105] avait choisi sa retraite : il le trouvait propre à entretenir les rêveries d'un amant.

Un jour Psyché s'était endormie à l'entrée de sa caverne. Elle était couchée sur le côté, le visage tourné vers la terre, son mouchoir dessus, et encore un bras sur le mouchoir pour plus grande précaution, et pour s'empêcher plus assurément d'être vue. Si elle eût pu s'envelopper de ténèbres, elle l'aurait fait. L'autre bras était couché le long de la cuisse ; il n'avait pas la même rondeur qu'autrefois : le moyen qu'une personne qui ne vivait que de fruits sauvages, et laquelle ne mangeait rien qui ne fût mouillé de ses pleurs, eût de l'embonpoint [106] ? La délicatesse et la blancheur y étaient toujours. L'Amour l'aperçut de loin : il sentit un tressaillement qui lui dit que cette personne était Psyché. Plus il approchait, et plus il se confirmait dans ce sentiment ; car quelle autre qu'elle aurait eu une taille si bien formée ? Quand il se trouva assez près pour considérer le bras et la main, il n'en douta plus : non que la maigreur ne l'arrêtât ; mais il jugeait bien qu'une personne affligée ne pouvait être en meilleur état. La surprise de ce dieu ne fut pas petite ; pour sa joie, je vous la laisse à imaginer. Un amant que nos romanciers auraient fait serait demeuré deux heures à considérer l'objet de sa passion sans l'oser toucher, ni seulement interrompre son sommeil : l'Amour s'y prit d'une autre manière. Il s'agenouilla d'abord auprès de Psyché, et lui souleva une main, laquelle il étendit sur la sienne ; puis, usant de l'autorité d'un dieu et de celle d'un mari, il y imprima deux baisers.

Psyché était si fort abattue qu'elle s'éveilla seulement au second baiser. Dès qu'elle aperçut l'Amour, elle se leva, s'enfuit dans son antre, s'alla cacher à l'endroit le plus profond, tellement émue qu'elle ne savait à quoi se résoudre. L'état où elle avait vu le dieu, cette posture de suppliant, ce baiser dont la chaleur lui faisait connaître que c'était un véritable baiser d'amour, et non un baiser de simple galanterie, tout cela l'enhardissait : mais de se montrer ainsi noire et défigurée à celui dont elle voulait regagner le cœur, il n'y avait pas d'apparence. Cependant, l'Amour s'était approché de la caverne ; et, repensant à l'ébène de cette personne qu'il avait vue, il croyait s'être trompé, et se voulait quelque mal d'avoir pris une Éthiopienne pour son épouse. Quand il fut dans l'antre : « Belle More, lui cria-t-il, vous ne savez guère ce que je suis, de me fuir ainsi ; ma rencontre ne fait pas peur. Dites-moi ce que vous cherchez dans ces provinces ; peu de gens y viennent que pour aimer [107] : si c'est là ce qui vous amène, j'ai de quoi vous satisfaire. Avez-vous besoin d'un amant ? je suis le dieu qui les fais. Quoi ! vous dédaignez de me répondre ! vous me fuyez ! — Hélas ! dit Psyché, je ne vous fuis point ; j'ôte seulement de devant vos yeux un objet que j'appréhende que vous ne fuyiez vous-même. »

Cette voix si douce, si agréable, et autrefois familière au fils de Vénus, fut aussitôt reconnue de lui. Il courut au coin où s'était réfugiée son épouse. « Quoi ! c'est vous ! dit-il, quoi ! ma chère Psyché, c'est vous ! » Aussitôt il se jeta aux pieds de la belle. « J'ai failli, continua-t-il en les embrassant : mon caprice est cause qu'une personne innocente, qu'une personne qui était née pour ne connaître que les plaisirs, a souffert des peines que les coupables ne souffrent point : et je n'ai pas renversé le ciel et la terre pour l'empêcher ! je n'ai pas ramené le chaos au monde[108] ! je ne me suis pas donné la mort, tout dieu que je suis ! Ah ! Psyché, que vous avez de sujets de me détester ! Il faut que je meure et que j'en trouve les moyens, quelque impossible que soit la chose[109]. »

Psyché chercha une de ses mains pour la lui baiser. L'Amour s'en douta ; et se relevant : « Ah ! s'écria-t-il, que vous ajoutez de douceur à vos autres charmes ! Je sais les sentiments que vous avez eus ; toute la nature me les a dits : il ne vous est pas échappé un seul mot de plainte contre ce monstre[110] qui était indigne de votre amour. » Et comme elle lui avait trouvé la main : « Non, poursuivit-il, ne m'accordez point de telles faveurs ; je n'en suis pas digne : je ne demande pour toute grâce que quelque punition que vous m'imposiez vous-même. Ma Psyché, ma chère Psyché, dites-moi, à quoi me condamnez-vous ? — Je vous condamne à être aimé de votre Psyché éternellement, dit notre héroïne, car que vous l'aimiez, elle aurait tort de vous en prier : elle n'est plus belle. »

Ces paroles furent prononcées avec un ton de voix si touchant que l'Amour ne put retenir ses larmes. Il noya de pleurs l'une des mains de Psyché ; et, pressant cette main entre les siennes, il se tut longtemps, et par ce silence il s'exprima mieux que s'il eût parlé : les torrents de larmes firent ce que ceux de paroles n'auraient su faire. Psyché, charmée de cette éloquence, y répondit comme une personne qui en savait tous les traits [111]. Et considérez, je vous prie, ce que c'est d'aimer : le couple d'amants le mieux d'accord et le plus passionné qu'il y eût au monde employait l'occasion à verser des pleurs et à pousser des soupirs. Amants heureux, il n'y a que vous qui connaissiez le plaisir !

A cette exclamation, Poliphile, tout transporté, laissa tomber l'écrit qu'il tenait ; et Acante, se souvenant de quelque chose, fit un soupir. Gélaste leur dit avec un souris moqueur : « Courage, Messieurs les amants ! voilà qui est bien, et vous faites votre devoir. Oh ! les gens heureux, et trois fois heureux que vous êtes ! Moi, misérable ! je ne saurais soupirer après le plaisir de verser des pleurs. » Puis, ramassant le papier de Poliphile : « Tenez, lui dit-il, voilà votre écrit ; achevez Psyché, et remettez-vous. » Poliphile reprit son cahier, et continua ainsi :

Cette conversation de larmes devint à la fin conversation de baisers : je passe légèrement cet endroit. L'Amour pria son épouse de sortir de l'antre, afin qu'il apprît le changement qui était survenu en son visage, et pour y apporter remède s'il se pouvait. Psyché lui dit en riant : « Vous m'avez refusé, s'il vous en souvient, la satisfaction de vous voir lorsque je vous l'ai demandée ; je vous pourrais rendre la pareille à bien meilleur droit, et avec bien plus de raison que vous n'en aviez ; mais j'aime mieux me détruire dans votre esprit que de ne pas vous complaire. Aussi bien faut-il que vous cherchiez un remède à la passion qui vous occupe : elle vous met mal avec votre mère, et vous fait abandonner le soin des mortels et la conduite de votre empire. » En disant ces mots, elle lui donna la main pour le mener hors de l'antre.

L'Amour se plaignit de la pensée qu'elle avait, et lui

jura par le Styx[112] qu'il l'aimerait éternellement, blanche ou noire, belle ou non belle ; car ce n'était pas seulement son corps qui le rendait amoureux, c'était son esprit, et son âme par-dessus tout. Quand ils furent sortis de l'antre, et que l'Amour eut jeté les yeux sur son épouse, il recula trois ou quatre pas, tout surpris et tout étonné. « Je vous l'avais bien promis, lui dit-elle, que cette vue serait un remède pour votre amour : je ne m'en plains pas, et n'y trouve point d'injustice. La plupart des femmes prennent le Ciel à témoin quand cela arrive : elles disent qu'on doit les aimer pour elles, et non pas pour le plaisir de les voir ; qu'elles n'ont point d'obligation à ceux qui cherchent seulement à se satisfaire ; que cette sorte de passion qui n'a pour objet que ce qui touche les sens ne doit point entrer dans une belle âme, et est indigne qu'on y réponde ; c'est aimer comme aiment les animaux, au lieu qu'il faudrait aimer comme les esprits détachés des corps. Les vrais amants, les amants qui méritent que l'on les aime, se mettent le plus qu'ils peuvent dans cet état : ils s'affranchissent de la tyrannie du temps, ils se rendent indépendants du hasard et de la malignité des astres ; tandis que les autres sont toujours en transe, soit pour le caprice de la fortune, soit pour celui des saisons. Quand ils n'auraient rien à craindre de ce côté-là, les années leur font une guerre continuelle, il n'y a pas un moment au jour qui ne détruise quelque chose de leur plaisir : c'est une nécessité qu'il aille toujours en diminuant ; et d'autres raisons très belles et très peu persuasives[113]. Je n'en veux opposer qu'une à ces femmes. Leur beauté et leur jeunesse ont fait naître la passion que l'on a pour elles, il est naturel que le contraire l'anéantisse. Je ne vous demande donc plus d'amour ; ayez seulement de l'amitié, ou, si je n'en suis pas digne, quelque peu de compassion. Il est de la qualité d'un dieu comme vous d'avoir pour esclaves des personnes de mon sexe : faites-moi la grâce que j'en sois une. »

L'Amour trouva sa femme plus belle après ce

discours qu'il ne l'avait encore trouvée. Il se jeta à son col. « Vous ne m'avez, lui repartit-il, demandé que de l'amitié, je vous promets de l'amour. Et consolez-vous ; il vous reste plus de beauté que n'en ont toutes les mortelles ensemble. Il est vrai que votre visage a changé de teint, mais il n'a nullement changé de traits : et ne comptez-vous pour rien le reste du corps ? Qu'avez-vous perdu de lis et d'albâtre à comparaison de ce qui vous en est demeuré ? Allons voir Vénus. Cet avantage qu'elle vient de remporter, quoi qu'il soit petit, la rendra contente, et nous réconciliera les uns et les autres : sinon j'aurai recours à Jupiter, et je le prierai de vous rendre votre vrai teint. Si cela dépendait de moi, vous seriez déjà ce que vous étiez lorsque vous me rendîtes amoureux : ce serait ici le plus beau moment de vos jours ; mais un dieu ne saurait défaire ce qu'un autre dieu a fait ; il n'y a que Jupiter à qui ce privilège soit accordé. S'il ne vous rend tous vos lis[114], sans qu'il y en ait un seul de perdu, je ferai périr la race des animaux et des hommes. Que feront les dieux après cela ? Pour les roses, c'est mon affaire ; et pour l'embonpoint, la joie le ramènera. Ce n'est pas encore assez, je veux que l'Olympe vous reconnaisse pour mon épouse. »

Psyché se fût jetée à ses pieds, si elle n'eût su comme on doit agir avec l'Amour. Elle se contenta donc de lui dire en rougissant : « Si je pouvais être votre femme sans être blanche, cela serait bien plus court et bien plus certain.

— Ce point-là vous est assuré, repartit l'Amour ; je l'ai juré par le Styx : mais je veux que vous soyez blanche. Allons nous présenter à Vénus. »

Psyché se laissa conduire, bien qu'elle eût beaucoup de répugnance à se montrer, et peu d'espérance de réussir. La soumission aux volontés de son époux lui fermait les yeux : elle se serait résolue, pour lui complaire, à des choses plus difficiles. Pendant le chemin elle lui conta les principales aventures de son voyage, la merveille de cette tour qui lui avait donné des adresses; l'Achéron, le Styx, l'âne boiteux, le labyrinthe, et les trois gueules de son portier; les fantômes qu'elle avait vus, la cour de Pluton et de Proserpine; enfin son retour, et sa curiosité qu'elle-même jugeait très digne d'être punie.

Elle achevait son récit quand ils arrivèrent à ce château qui était à mi-chemin de Paphos et d'Amathonte[115]. Vénus se promenait dans le parc. On lui alla dire de la part d'Amour qu'il avait une Africaine assez bien faite à lui présenter : elle en pourrait faire une quatrième Grâce, non seulement brune comme les autres, mais toute noire.

Cythérée rêvait alors à sa jalousie; à la passion dont son fils était malade, et qui, tout considéré, n'était pas un crime; aux peines à quoi elle avait condamné la pauvre Psyché, peines très cruelles, et qui lui faisaient à elle-même pitié. Outre cela l'absence de son ennemie avait laissé refroidir sa colère, de façon que rien ne l'empêchait plus de se rendre à la raison. Elle était dans le moment le plus favorable qu'on eût pu choisir pour accommoder les choses.

Cependant toute la cour de Vénus était accourue pour voir ce miracle, cette nouvelle façon de More : c'était à qui la regarderait de plus près. Quelque étonnement que sa vue causât, on y prenait du plaisir; et on aurait bien donné demi-douzaine de blanches pour cette noire. Au reste, soit que la couleur eût changé son air, soit qu'il y eût de l'enchantement, personne ne se souvint d'avoir rien vu qui lui ressemblât. Les Jeux et les Ris firent connaissance avec elle d'abord sans se la remettre[116], admirant les grâces de sa personne, sa taille, ses traits, et disant tout haut que la couleur n'y faisait rien. Néanmoins ce visage d'Éthiopienne enté[117] sur un corps de Grecque semblait quelque chose de fort étrange. Toute cette cour la considérait comme un très beau monstre, et très digne d'être aimé[118]. Les uns assuraient qu'elle était fille d'un blanc et d'une noire; les autres, d'un noir et d'une blanche.

Quand elle fut à quatre pas de Vénus, elle mit un

genou en terre. « Charmante reine de la beauté, lui dit-elle, c'est votre esclave qui revient des lieux où vous l'avez envoyée. »

Tout le monde la reconnut aussitôt. On demeura fort surpris. Les Jeux et les Ris, qui sont un peuple assez étourdi, eurent de la discrétion cette fois-là, et dissimulèrent leur joie de peur d'irriter Vénus contre leur nouvelle maîtresse. Vous ne sauriez croire combien elle était aimée dans cette cour. La plupart des gens avaient résolu de se cantonner[119], à moins que Cythérée ne la traitât mieux.

Psyché remarqua fort bien les mouvements que sa présence excitait dans le fond des cœurs, et qui paraissaient même sur les visages : mais elle n'en témoigna rien, et continua de cette sorte : « Proserpine m'a donné charge de vous faire ses compliments, et de vous assurer de la continuation de son amitié. Elle m'a mis entre les mains une boëte que j'ai ouverte, bien que vous m'eussiez défendu de l'ouvrir. Je n'oserais vous prier de me pardonner, et me viens soumettre à la peine que ma curiosité a méritée. »

Vénus, jetant les yeux sur Psyché, ne sentit pas tout le plaisir et la joie que sa jalousie lui avait promise. Un mouvement de compassion l'empêcha de jouir de sa vengeance et de la victoire qu'elle remportait, si bien que, passant d'une extrémité en une autre, à la manière des femmes, elle se mit à pleurer, releva elle-même notre héroïne, puis l'embrassa. « Je me rends, dit-elle, Psyché, oubliez le mal que je vous ai fait. Si c'est effacer les sujets de haine que vous avez contre moi, et vous faire une satisfaction assez grande que de vous recevoir pour ma fille, je veux bien que vous la soyez. Montrez-vous meilleure que Vénus, aussi bien que vous êtes déjà plus belle ; ne soyez pas si vindicative que je l'ai été, et allez changer d'habit. Toutefois, ajouta-t-elle, vous avez besoin de repos. » Puis, se tournant vers les Grâces : « Mettez-la au bain qu'on a préparé pour moi, et faites-la reposer ensuite : je l'irai voir en son lit. »

LIVRE II

La déesse n'y manqua pas, et voulut que notre héroïne couchât avec elle cette nuit-là; non pour l'ôter à son fils : mais on résolut de célébrer un nouvel hymen, et d'attendre que notre belle eût repris son teint. Vénus consentit qu'il lui fût rendu; même qu'un brevet de déesse lui fût donné, si tout cela se pouvait obtenir de Jupiter.

L'Amour ne perd point de temps, et, pendant que sa mère était en belle humeur, il s'en va trouver le roi des dieux. Jupiter, qui avait appris l'histoire de ses amours, lui en demanda des nouvelles; comme il se portait de sa brûlure; pourquoi il abandonnait les affaires de son état. L'Amour répondit succinctement à ces questions, et vint au sujet qui l'amenait.

« Mon fils, lui dit Jupiter en l'embrassant, vous ne trouverez plus d'Éthiopienne chez votre mère : le teint de Psyché est aussi blanc que jamais il fut; j'ai fait ce miracle dès le moment que vous m'avez témoigné le souhaiter. Quant à l'autre point, le rang que vous demandez pour votre épouse n'est pas une chose si aisée à accorder qu'il vous semble. Nous n'avons parmi nous que trop de déesses. C'est une nécessité qu'il y ait du bruit où il y a tant de femmes. La beauté de votre épouse étant telle que vous dites, ce sera des sujets de jalousie et de querelles, lesquelles je ne viendrai jamais à bout d'apaiser. Il ne faudra plus que je songe à mon office de foudroyant; j'en aurai assez de celui de médiateur pour le reste de mes jours. Mais ce n'est pas ce qui m'arrête le plus. Dès que Psyché sera déesse, il lui faudra des temples aussi bien qu'aux autres. L'augmentation de ce culte nous diminuera notre portion. Déjà nous nous morfondons sur nos autels, tant ils sont froids et mal encensés. Cette qualité de dieu deviendra à la fin si commune que les mortels ne se mettront plus en peine de l'honorer.

— Que vous importe? reprit l'Amour : votre félicité dépend-elle du culte des hommes? Qu'ils vous négligent, qu'ils vous oublient, ne vivez-vous pas ici heureux et tranquille, dormant les trois quarts du temps, laissant aller les choses du monde comme elles peuvent, tonnant et grêlant lorsque la fantaisie vous en vient ? Vous savez combien quelquefois nous nous ennuyons : jamais la compagnie n'est bonne s'il n'y a des femmes qui soient aimables. Cybèle[120] est vieille ; Junon, de mauvaise humeur ; Cérès[120] sent sa divinité de province, et n'a nullement l'air de la cour ; Minerve est toujours armée ; Diane nous rompt la tête avec sa trompe : on pourrait faire quelque chose d'assez bon de ces deux dernières ; mais elles sont si farouches qu'on ne leur oserait dire un mot de galanterie. Pomone est ennemie de l'oisiveté, et a toujours les mains rudes. Flore est agréable, je le confesse ; mais son soin l'attache plus à la terre qu'à ces demeures. L'Aurore se lève de trop grand matin, on ne sait ce qu'elle devient tout le reste de la journée. Il n'y a que ma mère qui nous réjouisse ; encore a-t-elle toujours quelque affaire qui la détourne, et demeure une partie de l'année à Paphos, Cythère, ou Amathonte. Comme Psyché n'a aucun domaine, elle ne bougera de l'Olympe. Vous verrez que sa beauté ne sera pas un petit ornement pour votre cour. Ne craignez point que les autres ne lui portent envie : il y a trop d'inégalité entre ses charmes et les leurs. La plus intéressée[121], c'est ma mère, qui y consent. »

Jupiter se rendit à ces raisons, et accorda à l'Amour ce qu'il demandait : il témoigna qu'il apportait son consentement à l'apothéose par une petite inclination de tête qui ébranla légèrement l'univers, et le fit trembler seulement une demi-heure[122]. Aussitôt l'Amour fit mettre les cygnes à son char, descendit en terre, et trouva sa mère qui elle-même faisait office de Grâce autour de Psyché ; non sans lui donner mille louanges et presque autant de baisers. Toute cette cour prit le chemin de l'Olympe, les Grâces se promettant bien de danser aux noces. Je n'en décrirai point la cérémonie, non plus que celle de l'apothéose. Je décrirai encore moins les plaisirs de nos époux : il n'y a qu'eux seuls qui pussent être capables de les exprimer. Ces plaisirs leur eurent bientôt donné un doux gage de leur amour, une fille qui attira les dieux et les hommes dès qu'on la vit. On lui a bâti des temples sous le nom de la Volupté [123].

O douce Volupté, sans qui, dès notre enfance,
Le vivre et le mourir nous deviendraient égaux ;
Aimant universel de tous les animaux [124],
Que tu sais attirer avecque violence !
    Par toi tout se meut ici-bas.
    C'est pour toi, c'est pour tes appas,
    Que nous courons après la peine :
    Il n'est soldat, ni capitaine,
Ni ministre d'État, ni prince, ni sujet,
    Qui ne t'ait pour unique objet.
Nous autres nourrissons [125], si, pour fruit de nos veilles,
Un bruit délicieux ne charmait nos oreilles,
Si nous ne nous sentions chatouillés de ce son,
    Ferions-nous un mot de chanson ?
Ce qu'on appelle gloire en termes magnifiques,
Ce qui servoit de prix dans les jeux olympiques,
N'est que toi proprement, divine Volupté.
Et le plaisir des sens n'est-il de rien compté ?
    Pour quoi sont faits les dons de Flore,
    Le Soleil couchant et l'Aurore,
    Pomone et ses mets délicats,
    Bacchus, l'âme des bons repas,
    Les forêts, les eaux, les prairies,
    Mères des douces rêveries ?
Pour quoi tant de beaux arts, qui tous sont tes enfants ?
Mais pour quoi les Chloris aux appas triomphants,
    Que pour maintenir ton commerce ?
J'entends innocemment : sur son propre désir
    Quelque rigueur que l'on exerce,
    Encore y prend-on du plaisir.
Volupté, Volupté, qui fus jadis maîtresse
    Du plus bel esprit de la Grèce [126],
Ne me dédaigne pas, viens-t'en loger chez moi ;
    Tu n'y seras pas sans emploi :
J'aime le jeu, l'amour, les livres, la musique,
La ville et la campagne, enfin tout ; il n'est rien
    Qui ne me soit souverain bien [127],

Jusqu'au sombre plaisir d'un cœur mélancolique.
Viens donc ; et de ce bien, ô douce Volupté,
Veux-tu savoir au vrai la mesure certaine ?
Il m'en faut tout au moins un siècle bien compté ;
    Car trente ans, ce n'est pas la peine.

Poliphile cessa de lire. Il n'avait pas cru pouvoir mieux finir que par l'hymne de la Volupté, dont le dessein ne déplut pas tout à fait à ses trois amis. Après quelques courtes réflexions sur les principaux endroits de l'ouvrage : « Ne voyez-vous pas, dit Ariste, que ce qui vous a donné le plus de plaisir, ce sont les endroits où Poliphile a tâché d'excité en vous la compassion ?

— Ce que vous dites est fort vrai, repartit Acante ; mais je vous prie de considérer ce gris de lin, ce couleur d'aurore, cet orangé, et surtout ce pourpre, qui environnent le roi des astres. » En effet, il y avait très longtemps que le soir ne s'était trouvé si beau. Le Soleil avait pris son char le plus éclatant et ses habits les plus magnifiques.

    Il semblait qu'il se fût paré
    Pour plaire aux filles de Nérée [128] ;
    Dans un nuage bigarré
    Il se coucha cette soirée.
    L'air était peint de cent couleurs :
    Jamais parterre plein de fleurs
    N'eut tant de sortes de muances [129]
    Aucune vapeur ne gâtait,
    Par ses malignes influences,
    Le plaisir qu'Acante goûtait.

On lui donna le loisir de considérer les dernières beautés du jour : puis, la lune étant en son plein, nos voyageurs et le cocher qui les conduisait la voulurent bien pour leur guide.

FIN DE PSYCHÉ

NOTES

ÉPITRE

1. Madame la Duchesse de Bouillon : Marie-Anne Mancini, (1649-1714), nièce de Mazarin, épouse à moins de treize ans (1662) le duc de Bouillon, seigneur de Château-Thierry, neveu de Turenne.
2. Grâces : dues surtout à l'entremise de la duchesse qui dès son mariage devient la protectrice de La Fontaine.
3. Valeur : en 1668, le duc de Bouillon accompagnait Louis XIV à la conquête de la Franche-Comté.
4. Oncle : le grand Turenne. Voy. ci-dessus n. 1.
5. Maître : Château-Thierry reconnaissait pour seigneurs les ducs de Bouillon (n. 1).

PRÉFACE

6. Plume : sur cette Préface, voy. Introd. p. 20.
7. Tempérament : équilibre, accord.
8. De moi : plus exactement, qui ne sont pas dans Apulée. La Fontaine en a emprunté certains ailleurs (notamment la descente aux enfers, voy. p. 176, n. 95).
9. Personnages : c'est-à-dire le dialogue.
10. Conduite : la mise en œuvre ; fable : l'histoire.
11. Aventurier : l'homme aventureux.
12. Avoir . « Tout oracle est douteux et porte un double sens. » *Fables*, XII, 28, « Les filles de Minée », v. 199
13. Apparemment : en apparence.

LIVRE I

14. Amis : sur ces quatre amis, voy. Introd. p. 23.
15. Fleurs : La Fontaine dira plus tard, lors de sa réception à l'Académie française (2 mai 1684) :
> ...
> Papillon du Parnasse, et semblable aux abeilles
> A qui le Bon Platon compare nos merveilles.
> Je suis chose légère, et vole à tout sujet ;
> Je vais de fleur en fleur et d'objet en objet...
> *Discours à Madame de la Sablière,* 67-70.

16. Versailles : nous sommes en 1669, et en outre La Fontaine entend décrire les lieux dans l'état « où dans deux ans on les pourra voir » (Préface) : certaines de ses anticipations ne se sont pas réalisées, plusieurs des lieux et des œuvres évoqués dans le texte disparaîtront, notamment la grotte de Téthys.
17. Numidie : *Ardea virgo,* sorte de grue, oiseau minutieusement décrit par Furetière (*Dictionnaire universel,* 1690) qui conclut son article « On en a nourri certains à Versailles ».
18. Carné : incarnat, couleur chair.
19. Orangerie : elle existe aujourd'hui au même emplacement, mais très embellie par Jules Hardouin-Mansart.
20. Sa façon : cet ouvrage existe, au moins virtuellement au moment où Acante récite son poème ; il est de La Fontaine ; il reprendra, en effet, ce texte en 1671 dans son *Recueil de poésies chrétiennes et diverses*.
21. Aminte : ce nom appartient à une onomastique galante, précieuse et mondaine. Molière l'utilise, et La Fontaine a placé une Aminte dans les fragments qui formaient le projet du *Songe de Vaux*. Il vient de la célèbre pastorale dramatique du Tasse, l'*Aminta*.
22. En même temps : poètes comme agronomes se sont, au XVIe siècle, émerveillés de voir cohabiter au même moment fleurs et fruits sur l'oranger. Voy., par exemple, Olivier de Serres, *Le Theatre d'agriculture et mesnage des champs,* 1600.
23. Dîner : repas du milieu de la journée.
24. Brachmane : pour leur servir d'interprète.
25. Grotte : la grotte de Téthys, détruite du temps même de Louis XIV pour permettre la construction de l'aile nord du château, se trouvait à l'emplacement actuel de la chapelle. Voy. Félibien, *Description de la grotte de Versailles,* Paris, Imprimerie Royale, 1679.
26. Billet : autorisation de visite.
27. Le dieu du jour : Apollon. Métonymie pour « le soleil ».
28. Couchant : La Fontaine décrit ici un bas-relief « du Soleil se couchant dans la mer » par le sculpteur bruxellois Girard Vanopstal,

qui ornait l'une des trois portes grillées. Tout le poème est une représentation des véritables éléments de la grotte.

29. Amathonte : port de l'île de Chypre. « Le peuple d'Amathonte » figure des Amours.

30. Téthys : fille de Nérée, la plus célèbre des Néréides, divinité marine et immortelle. Exprime métonymiquement la mer. Le « dieu dont Téthys va jouir » est Apollon, le soleil, dont La Fontaine repousse la description quarante-cinq vers plus loin.

31. Amphitrite : une autre des Néréides, reine de la mer ; également métonymie de la mer. Les « trésors » d'Amphitrite sont les pierres marines et les coquillages qui constituent une rocaille sur laquelle se détachaient le groupe des statues décrites plus loin.

32. Crotesque : « grottesque », appartenant à la décoration des grottes ; figures fantasques. Cet art « crotesque » fut importé au XVIe siècle d'Italie en France, les Italiens eux-mêmes en ayant trouvé l'inspiration dans la peinture romaine des bâtiments anciens excavés.

Cette décoration de la grotte de Téthys, qui mêle la pierre, les grotesques, les coquillages et l'eau en mouvement est de goût baroque plus que classique, et dans la suite du texte (jusqu'à « large fleuve »), Poliphile s'abandonne un moment, avec une délectation visible, à cette esthétique baroque.

33. Pétrefiés : pétrifiés.
34. Croissance : excroissances végétales ou minérales.
35. Moite : humide.
36. Phébus : Phébus-Apollon (Phoïbos : le brillant), dieu du soleil et de la poésie (« Dieu des vers et du jour »). Apollon est constamment allusif de Louis XIV qui a pris le soleil pour emblème (« Nec pluribus impar ») : motif qui parcourt plus ou moins discrètement tout ce texte de *Psyché*. Cependant cette emblématique solaire de la monarchie a commencé à se dessiner dès le règne d'Henri IV.

37. Parnasse : le séjour d'Apollon et des Muses, donc de la poésie. La Fontaine entend se dispenser du ton élevé des grands genres, ode, genres héroïques. Formé d'abord à l'esthétique de Malherbe, qu'il continue à admirer, il n'y puisera pourtant jamais l'inspiration d'odes, pas plus que dans Horace qu'il reconnaît aussi pour un maître :

       Je n'ai jamais chanté que l'ombrage des bois.

38. Thrace : Orphée, représentant mythique de la poésie, le front ceint de lauriers.

39. Doris : de même que Chloé, Mélicerte, Delphire, Climène : noms de fantaisie, inspirés de l'onomastique galante et précieuse, plusieurs de couleur antiquisante, que La Fontaine attribue aux Néréides (voy. n. 30 et 31). Les Néréides, symbolisant les vagues innombrables de la mer, sont très nombreuses. Nous possédons une liste des noms que leur donnait l'Antiquité : seul y figure, parmi ceux que cite La Fontaine, celui de Doris.

40. Lecteur : preuve subreptice que donne La Fontaine de la

supériorité des arts du langage sur les autres arts de la représentation.

41. Soins : qui le détourne de ses soucis. Depuis 1667, la Montespan règne sur le cœur et les plaisirs du roi, et depuis la mort de la reine mère Anne d'Autriche, qui animait l'esprit sévère et bien-pensant de « la vieille Cour », la jeune Cour vit dans une explosion voluptueuse de plaisirs, de fêtes et de beauté. La Fontaine, comme les sculpteurs du programme de Versailles, joint sa voix à celle des plus grands (Molière, *Amphitryon*, 1668) pour célébrer l'adultère royal.

42. Parnasse (voy. n. 37) : la langue du Parnasse est la poésie.

43. Acis : amant de la nymphe Galatée, métamorphosé en fleuve (Ovide, *Métam.*, XIII, v. 750 et suiv.). Le texte de 1669 donne « Atis », confusion probable avec Attys, l'adolescent aimé de Cybèle. Nous proposons la correction.

44. Philomèle : fille du roi d'Athènes Pandion, métamorphosée en rossignol (dans certaines versions, en hirondelle, sa sœur Procné étant, elle, changée en rossignol) pour fuir la vengeance de son beau-frère Térée qui l'avait violentée et lui avait coupé la langue pour la contraindre au mutisme : malgré sa mutilation, Philomèle l'avait dénoncé en représentant la scène de violence dans une tapisserie (Ovide, *Métam.*, VI, 426 et suiv.) ; métonymie habituelle pour rossignol, comme ici. Mais ces deux mythes d'Echo (voy. n. 46) et de Philomèle introduisent le grand motif de la mélancolie dans le tableau heureux des fastes amoureux de la nature et du roi.

45. Jouer : en effet, un jeu d'orgues commandé par le mécanisme des jeux d'eaux déclenchait sons et musique (Félibien, *Description...*).

46. Echo : nymphe, amoureuse sans espoir de Narcisse qui n'aime que sa propre image, métamorphosée en voix qui ne sait que répéter les dernières syllabes entendues. Ovide, *Métam.*, III, 356 et suiv.

47. Tout nouveau : un peu exagéré ; l'art italien des jardins à la Renaissance a appris à marier l'eau et le feu.

48. Ces lieux : on a observé que la description de La Fontaine, avec les moyens de la poésie, est aussi exacte que la description de technicien et de peintre qu'est celle de Félibien. C'est dans *Psyché* le premier exemple d'« ecphrasis » (description), vaste morceau où l'auteur, quittant le niveau de la narration principale, entre dans le détail d'une œuvre d'art comme s'il représentait une réalité actuelle. Le modèle de ces ecphrasis est la description du bouclier d'Achille (Homère, *Iliade*, XVIII, 483-608) : représentation dans la représentation, l'une des structures fondamentales de *Psyché* où La Fontaine se perd (ou feint de se perdre) avec délices.

49. Qu'étant : il n'y a rien d'invraisemblable à ce qu'étant..., etc.

50. Apulée : voy. Introd. p. 11.

51. Correspondance : dans des relations parfaites.

52. Corail : lis, roses, ivoire, corail : La Fontaine parodie des métaphores topiques de la préciosité ; par une prétérition ironique,

ici encore, il s'interroge sur les pouvoirs et les limites de la représentation.

53. La reine de Cythère : la déesse Vénus. « Cythérée » ; antonomase : la reine de Cythère, Vénus.

54. Beauté : la suprématie en matière de beauté.

55. Son domaine : Cythère, Chypre, Lesbos et de nombreuses îles de la mer Égée, plus la Sicile.

56. Passa si avant : alla si loin.

57. Tant que : de sorte que.

58. Palémon, Glauque : divinités marines.

59. Berger : devant le berger Pâris, sur le mont Ida, c'est-à-dire, sans doute, nue, ou du moins parée de ses plus séduisants attraits. Pâris, protecteur des troupeaux (d'où « berger »), fils du roi de Troie Priam, rencontra sur le mont Ida trois déesses (Héra, Pallas, Aphrodite, c'est-à-dire sous leurs noms latins que l'âge classique a généralement préféré retenir, Junon, Minerve et Vénus) qui se disputaient le prix de la beauté, qu'aucun des dieux ne s'était risqué à leur attribuer. Sommé de trancher, nanti des promesses de chacune — Aphrodite-Vénus lui ayant promis l'amour d'Hélène de Sparte —, Pâris prononça en faveur d'Aphrodite le fameux jugement, origine de la guerre de Troie.

60. Amours : sujets d'être aimée.

61. Amant : sens classique : un homme qui l'aimât.

62. Pour vous : l'*énigme*, de préférence poétique, est l'un des jeux où se complaît l'esprit précieux, auquel La Fontaine participe largement ; elle forme un véritable genre. Ici se croisent tous les « topoï » (lieux communs) classiques de l'amour : il règne universellement sur le monde tant terrestre que céleste, et même infernal ; il tyrannise dieux et hommes (Hésiode, *Théogonie* ; Euripide, *Hippolyte porte-couronne* ; Sénèque, *Phèdre*, etc.) ; il sème le feu, l'incendie, il verse un poison dans les cœurs, motifs que multipliera toute la poésie amoureuse autour de Pétrarque et après lui. Enfin, il est l'Autre de notre quotidien, il nous arrache radicalement à nous-mêmes, il est donc un « monstre » : mot qui implique étrangeté, altérité, non forcément difformité.

Tout le plaisir délicat de l'énigme vient de ce que poète et lecteurs *savent* ou devinent, mais les acteurs du drame *ignorent :* « En un mot, le plaisir que doit donner cette fable à ceux qui la lisent, ce n'est pas leur incertitude à l'égard de la qualité de ce mari, c'est l'incertitude de Psyché seule. » Voy. Introd. p. 21.

63. L'Ourse : le pôle Nord.

64. Premiers hommes : La Fontaine ici dévoile subrepticement son appartenance à un courant de pensée naturaliste et libertin ; il se révèle aussi, comme souvent, un fervent lecteur de Montaigne, minutieux mécanicien du démontage de la superstition : notamment dans *Essais* III, 11, « Des Boyteux ».

65. Nouveau : (sens adverbial) récemment, nouvellement.

66. Couvert : protection.

67. Brave : « Signifie aussi une personne bien vêtue » (Furetière, *Dictionnaire*...). Arnolphe, à Agnès :
   Ta forte passion est d'être brave et leste...
      Molière, *L'École des Femmes*, v. 1591.
68. Orphée et Amphion : Amphion, fils de Zeus et d'Antiope, attirait au son de sa lyre les pierres dont il voulait construire le rempart de Thèbes. Orphée passe pour le fils de Calliope, la première des Muses, et l'inventeur de la cithare à neuf cordes (en même nombre que les Muses); bêtes fauves, arbres et plantes s'inclinaient au son de sa lyre.
69. Si est-ce qu' : et pourtant.
70. Phryné : célèbre courtisane athénienne. La Fontaine choisit deux héroïnes qui ont en commun leur pouvoir de séduction voluptueuse.
71. Angélique : Héroïne principale, avec Roland, de l'*Orlando furioso* de l'Arioste.
72. Berger : Pâris, voy. n. 59.
73. Arachne : Arachné, brodeuse mythique, métamorphosée en araignée par Pallas-Athéna, jalouse de son art (Ovide, *Métam.*, VI, 5-145). Voy. ci-dessous, n. 78.
74. A l'envi (d') : rivalisant avec.
75. Sœurs : les trois Grâces.
76. Imprimés : reflétés.
77. Apelles : Apelle (IVe s. av. J.-C.), le plus célèbre peintre de l'Antiquité, peintre officiel d'Alexandre le Grand, ne nous est connu que par son immense réputation, aucune de ses œuvres n'ayant été conservée.
78. Fille de Jupiter : Pallas-Athéna (Minerve), essentiellement déesse de la raison et maîtresse de l'activité intelligente, et à ce titre, entre autres, déesse des fileuses et des brodeuses.
79. Je vous l'avoue : La Fontaine se trompe; Grecs et Romains connaissaient les alcôves (« zotheca », « hibernaculum »). Mais plus important à noter est l'intervention de la voix du narrateur dans le narré (voy. Introd. p. 26-27), et la désinvolture narquoise avec laquelle il mêle les Fées (Fata) de la tradition folklorique française avec la mythologie classique.
80. Considérée : au regard du travail, quelle que fût la qualité de cette étoffe.
81. Cabinets : « est aussi un buffet où il y a plusieurs volets et tiroirs pour y enfermer les choses les plus précieuses, ou pour servir simplement d'ornement... » (Furetière, *Dictionnaire*...).
82. Chaos : cette pièce de vers est une nouvelle ecphrasis (voy. n. 48), ici assez humoristique et sans doute parodique.
83. Cruelle guerre : Homère, *Iliade*, XVIII, 483-489 (il s'agit du bouclier forgé par Héphaïstos pour Achille à la demande de sa mère Téthis) : « Il y figure la terre, le ciel et la mer, le soleil infatigable et la lune en son plein, ainsi que tous les astres dont le ciel se couronne, les Pléiades, les Hyades, la force d'Orion, l'Ourse — à laquelle on donne le nom de chariot — qui tourne sur place,

observant Orion, et qui, seule, ne se baigne jamais dans les eaux d'Océan. » (Trad. Paul Mazon.)

84. L'ouvrier : l'artiste.

85. Apollidon : dans le roman de chevalerie *Amadis de Gaule*, enchanteur qui bâtit un château magique.

86. Armide : héroïne de la *Jérusalem délivrée* du Tasse : magicienne, elle attire les chevaliers chrétiens dans son palais enchanté.

87. Falerine : autre enchanteresse de la comédie de Calderon *El jardin de Falerina*, qui, elle, préside aux jardins.

88. Vaux : des demeures enchantées, Poliphile passe aux résidences réelles. Vaux-le-Vicomte : la somptueuse demeure de Fouquet, cause profonde de sa disgrâce. Rueil : maison de plaisance du cardinal de Richelieu. Liancourt : château près de Clermont (Oise) passé dans la famille de La Rochefoucauld.

89. Philomèle : voy. n. 44.

90. Flore et Pomone : divinités des fleurs et des fruits.

91. D'abord : dès l'abord, aussitôt.

92. Embonpoint : belle taille et belle santé. L'âge classique n'a pas cultivé (comme l'école de Fontainebleau) l'esthétique de la minceur, mais bien plutôt de la fraîcheur du teint et de la santé.

93. Me récompenser d' : compenser pour moi.

94. Etaler : comparez la fin de l'œuvre, p. 194.

95. Passion : c'est le grand thème des *métamorphoses*, titre et objet de l'œuvre d'Apulée source de La Fontaine, et du livre qui a alimenté l'imaginaire occidental pendant plusieurs siècles, les *Métamorphoses* d'Ovide.

96. Glucomorie : douce folie, tendre délire. Mot « oxymorique », forgé sur le grec glukus, doux, et moria, folie.

97. Styx : fleuve des enfers. Jurer sur le Styx est un serment « exécrable », que les dieux mêmes ne prononcent qu'en tremblant.

98. Bonnes gens : au sens classique, vieilles gens ; les parents de Psyché.

99. Affiquets : « terme de raillerie dont on se sert en parlant des parures des femmes » (Furetière, *Dictionnaire...*).

100. Pour les fards : l'éloge paradoxal du fard ou la diatribe contre son usage est un topos (lieu commun) de la littérature morale et de la poésie, notamment de la poésie baroque et de la poésie satirique. Le fard participe à sa façon aux pouvoirs de l'illusion et de la métamorphose.

101. Embonpoint : voy. n. 92.

102. Arabies : l'Arabie est par excellence la patrie des parfums. Voy. par ex. Shakespeare, *Macbeth*, V. sc. 1 : « Ici est toujours l'odeur du sang. Tous les parfums de l'Arabie n'adouciraient pas cette petite main. » (Trad. P.-J. Jouve.) Maurice Scève, *Délie*, dizain 166, 9-10 :
> Et le flagrant de sa suave haleine
> Appourirait l'odorante Sabée.

(« Flagrant » : fragrance ; « Sabée » : Saba, royaume au sud-ouest de l'Arabie.)

103. Donna les mains : consentit.

104. Leur sœur : le dialogue des deux jalouses fait la scène 1 de l'acte IV de la tragédie-ballet de Molière et Corneille *Psiché* (1671).

105. Lucine : autre nom d'Hécate. Parfois assimilée à Diane, elle préside aux accouchements.

106. Leur train : leur suite.

107. Ne laissa pas : ne négligea pas.

108. C'était aussi : c'est aussi que c'était, car c'était.

109. Vingt ans : adolescent quasi androgyne, comme Adonis, Narcisse, Hylas, dans le goût maniériste ; modèle conforme, d'ailleurs, non seulement à l'esthétique maniériste, mais à la donnée fournie par Apulée. Comme certaines représentations de la peinture et de la statuaire, La Fontaine joue ici des délices de l'ambiguïté, de la presque incertitude sexuelle.

110. Ami de l'homme : formule topique, à laquelle Rabelais a donné sa forme lapidaire : « Mieux vaut de ris que de larmes escrire/ Pour ce que rire est le propre de l'homme », qui est un détournement d'une constatation *naturaliste* d'Aristote (*De partibus animalium*, III-10) : « Seul parmi tous les animaux, l'homme rit », phrase depuis exploitée dans tous les sens. Mais La Fontaine entend déplacer la discussion d'un plan physiologique ou même moral (est-il meilleur, est-il plus noble pour l'homme de rire que de pleurer ?) à un plan esthétique. Il rejoint dès lors le grand débat qui met en comparaison les genres du rire et ceux du pathétique, et le grand combat qu'ont mené les dramaturges (Jodelle, Prologue de l'*Eugène*, 1552 ; Corneille dans tout son travail en faveur d'une comédie élevée ; Molière, *Critique de l'Ecole des Femmes*, 1662) pour élever la comédie au niveau des grands genres. D'où la remarque d'Ariste : « Vous falsifiez notre texte. Nous disons seulement que la pitié est celui des mouvements *du discours* que nous tenons le plus noble » (souligné par nous). Rabelais lui-même (1534) avait porté le débat au niveau esthétique en parlant d' « escrire ».

111. Phormion : personnage-titre d'une comédie de Térence.

112. Priam : allusion aux nombreuses tragédies inspirées par le cycle de Troie.

113. Maîtresses : sujets d'élégies et de pastorales. Ces personnages sont ici ceux de l'*Astrée*, roman pastoral d'Honoré d'Urfé, en cinq parties publiées de 1607 à 1627. (Voy. note suivante.)

114. Hylas, Sylvandre : deux personnages annexes dans l'intrigue touffue de l'*Astrée*. Sylvandre représente l'amant parfait, épris d'amour absolu et unique. L'Hylas de l'*Astrée* n'a rien à voir avec le mélancolique personnage de ce nom, membre de l'expédition des Argonautes, aimé d'Héraclès, chanté par Théocrite, mais aussi Ronsard, Chénier... Celui-ci, joyeusement inconstant, fait entendre la voix du plaisir, du caprice, de la liberté et du libertinage. Il est significatif que les exemples choisis par les « amis » de notre récit se réfèrent à l'une des œuvres les plus aimées de la société précieuse.

115. Céladon : l'un des deux héros principaux de l'*Astrée*, modèle lui aussi du parfait amant.

116. Platon : dans le dialogue de l'*Ion*.
117. Délicieux : *Iliade*, XXIV, 509-514 : « Tous deux se souviennent : l'un pleure longuement sur Hector meurtrier, tapi aux pieds d'Achille ; Achille cependant pleure sur son père, sur Patrocle aussi par moments ; et leurs plaintes s'élèvent à travers la demeure. Mais le moment vient où le divin Achille a satisfait son besoin de sanglots ; le désir en quitte son cœur et ses membres à la fois... » (Trad. Paul Mazon.)
118. Cythérée : voy. n. 53.
119. Capital : à la fois : votre auteur favori, et votre meilleur argument.
120. Courage : cœur.
121. Ainsi : si vous doutez qu'il en soit ainsi (en voici une preuve).
122. Inextinguible : *Iliade*, I, 599.
123. Retour : l'inverse ne se produit pas.
124. Tantôt : Sophocle.
125. Le terrible : grec « to phoberon ». Comme p. 105, La Fontaine fait allusion aux notions aristotéliciennes de terreur et de pitié, fondements de la « catharsis » tragique (« purgation » des passions par ces mêmes émotions de terreur et de pitié. Aristote, *Poétique*, ch. 6, 1449 b).
126. Comique : ce n'est pas ce qu'assure Molière : « Quand pour la difficulté, vous mettriez un *plus* du côté de la comédie, peut-être que vous ne vous abuseriez pas ; [...] et c'est une étrange entreprise que celle de faire rire les honnêtes gens. » (*Critique de l'Ecole des Femmes* [1662], sc. 6.)
127. Les nôtres : c'est le mécanisme de la catharsis.
128. Longin : plus exactement le pseudo-Longin. Rhéteur grec du IIIe siècle à qui l'on a attribué par erreur un *Traité du sublime*, traduit par Boileau en 1674, postérieurement à notre *Psyché*.
129. Des éclairs : il semble difficile de ne pas se souvenir de ce que dit de la poésie Montaigne, que La Fontaine semble lire assidûment : « Quiconque en discerne la beauté d'une vue ferme et rassise, il ne la voit pas, non plus que *la splendeur d'un éclair*. Elle ne pratique (exerce) point notre jugement, *elle le ravit* et le ravage. » (*Essais*, III-39, « Du jeune Caton », 231 c. Ed. Villey-Saulnier, PUF, 1965. Souligné par nous.)
130. Dispute : discussion (*disputatio*).
131. Rampes : le lecteur d'aujourd'hui reconnaîtra cette perspective de l'axe ouest du parc, d'où l'on peut voir le bassin d'Apollon et le bassin de Latone sur l'axe nord-sud en contrebas.
132. Soleil : nouveau rappel de l'emblématique solaire de la monarchie et du monarque qui traverse tout ce texte (voy. n. 36).
133. Mémoire : les neuf Muses.
134. Heures : Horaï, non les Heures, mais les divinités des saisons. Elles personnifieront tardivement les heures du jour. Filles de Zeus et de Thémis (la Loi), sœurs des Moires (les Destinées), elles sont au nombre de trois. Mais La Fontaine, pour figurer « les

belles de la Cour », peut penser au personnel plus nombreux des heures du jour.

135. Armide : voy. n. 86.

136. Latone : Léto, mère d'Apollon et d'Artémis (Diane), les « gémeaux » qu'elle eut de Zeus, et pour cette raison poursuivie par la vindicte d'Héra (Junon), subit de sa part de nombreuses persécutions. Entre autres, arrêtée près d'une source pour y laver ses jumeaux, elle s'en vit empêchée par des paysans du voisinage, qu'elle métamorphosa en grenouilles. C'est cet épisode que traduit la sculpture du bassin de Latone, composition des frères de Marcy. (Avec tout l'âge classique, La Fontaine adopte habituellement le nom latin des dieux.)

Le poète se plaît ici à réinventer une « métamorphose », assez grotesque, que n'a pas traitée Ovide.

137. Insecte : au XVIIe siècle, tout animal qui semble vivre encore après avoir été morcelé (lézards, grenouilles, etc.).

138. Iris : on regardait l'arc-en-ciel comme l'écharpe d'Iris, messagère des dieux.

139. Demeures : ecphrasis (n. 48), comme la description du bassin de Latone. Ici sont décrites Téthys et les Heures alors que ce groupe n'a sans doute jamais été réalisé. Félibien en 1674 mentionne déjà les Tritons et Dauphins que nous connaissons aujourd'hui. La Fontaine, qui décrit les lieux tels que « dans deux ans on les pourra voir » (Préface) peut penser à un programme resté à l'état de projet. Mais cette scène semble le miroir narratif, ou le prolongement, de celle qu'évoque le groupe de la grotte de Téthys (p. 49, n. 4) et lui fait merveilleusement écho, raison probable de la bévue (volontaire ou non) du poète.

140. Pourpris : « Vieux mot qui signifioit enceinte, clôture de quelque lieu seigneurial » (Furetière).

141. Du NOSTRE : de Le Nôtre.

142. Moite : humide.

143. Merveilles : Colbert.

144. Vantée : non pas, comme on l'a cru longtemps, *Les Plaisirs de l'Ile enchantée...* (mai 1664), mais, comme l'a montré P. de Nolhac (*Création de Versailles*), la fête donnée par Louis XIV après la paix d'Aix-la-Chapelle le 18 juillet 1668, pour laquelle Le Vau avait créé la salle de bal prolongée par une galerie de verdure.

LIVRE II

1. Pouvait : aurait pu ; latinisme.
2. Connaître : se reconnaître.
3. Filles d'Enfer : les Furies.
4. Pitoyable : qui suscite la pitié.
5. Fortune : par chance.

NOTES

6. En tenoit un peu : était un peu amoureux d'elle.
7. Cataducpes : cataractes.
8. Travail : fatigue, épreuve.
9. Douceur : la douceur même.
10. Hélène : *Iliade*, III, 156-157. L'émoi des vieillards troyens au passage d'Hélène a provoqué l'inspiration, voire excité la verve des écrivains. Par exemple, Ronsard, *Sonets pour Helene*, II-XLV (« Il se faut s'esbahir, disoient ces bons vieillards », éd. Laumonier t. XVII-2) ; ou J. Giraudoux, *La guerre de Troie n'aura pas lieu.*
11. Souciait : ne craignait pas.
12. Toscan : le plus simple des ordres d'architecture.
13. Morphée : l'un des mille enfants du Sommeil que sont les Songes ; souvent donné pour dieu du sommeil lui-même.
14. Viandes : nourritures.
15. Procédé : votre manière d'agir.
16. La mort : question troublante et audacieuse. Voy. Livre I, n. 64.
17. Ministres : serviteurs.
18. Il y en a : réponse prudente à l'imprudente question de Psyché (p. 125, n. 16).
19. Bagues : bijoux.
20. Mutinerie : « opiniastreté, révolte » ; « mutin : [...] se dit aussi de celui qui est opiniastre, querelleux, qui ne se rend point aux remonstrances qu'on lui fait » (Furetière, *Dictionnaire*...).
21. Participants : c'est-à-dire de les graver sur des hêtres.
22. Données : p. 74-75 : « on lui enseigna jusqu'aux secrets de la poésie ».
23. Astrée : ce roman pastoral (voy. n. 113 du livre I) est ici considéré comme une sorte de manuel de la vie amoureuse.
24. Criée : grondée.
25. Ragoût : « ce qui est fait pour donner de l'appétit à ceux qui l'ont perdu ». « Se dit aussi des choses qui renouvellent d'autres désirs que ceux de l'estomac. Une jeune femme est un ragoust qui renouvelle la vigueur d'un vieillard » (Furetière, *Dictionnaire*...). On voit que Furetière ne recule pas plus que La Fontaine (ni d'ailleurs que Molière, par exemple) devant le prosaïsme culinaire de cette métaphore des rapports amoureux : *Avare*, II-5 : « Un amant aiguilleté sera pour elle un ragoût merveilleux. »
26. Quant à moi : nous dirions aujourd'hui « quant-à-soi ».
27. D'un dieu : le fait d'être femme d'un dieu n'était pas une raison pour lui faire trouver la chose malséante.
28. D'abord : aussitôt.
29. Autre chose : même sans espoir elle aurait agi de même.
30. Mouche : La Fontaine ramène plaisamment à une expression figurée courante (quelle mouche vous pique ?) l'un des mythes de métamorphose qui jalonnent la vie amoureuse de Zeus-Jupiter. Io, princesse aimée de Zeus et pour cette raison exposée à la vengeance d'Héra, fut par lui transformée en génisse ; mais Héra exigea qu'elle lui fût confiée, sous la garde d'Argos aux cent yeux. Io, délivrée

d'Argos par une ruse d'Hermès, vit alors s'ouvrir pour elle une période d'errance remplie d'épreuves : Héra notamment la fit poursuivre par un taon qui la rendit furieuse. Elle finit par trouver le repos en Égypte, mettre au monde l'enfant qu'elle portait de Zeus et retrouver sa forme naturelle. (Ovide, *Métam.*, I, 583 et suiv.)

31. Trompeter : appeler à son de trompe.
32. Travail : peine.
33. Train : sa suite.
34. Atourneuses : femmes de chambre. Vieux mot, « hors d'usage dans le sérieux » (Furetière).
35. Éprouvât : essayât.
36. Prévient : devance.
37. Menton : voy. la description de l'Amour, p. 94.
38. Pièce : son lambeau.
39. Proserpine : les Enfers.
40. Fortune : par chance.
41. Indiscrétion : l'imprudence et le manque de jugement.
42. Bacchus : un dicton tiré de Térence, largement popularisé depuis le XVIe siècle, veut qu'une bonne chère raisonnable favorise les plaisirs de l'amour. Voy. Rabelais, *Tiers Livre*, 31 : « L'antique proverbe nous le désigne, auquel est dit que Vénus se morfond sans la compagnie de Cérès et Bacchus. »
43. Qui veut bien faire : si l'on veut bien faire (latinisme).
44. Celle-ci : cette fois-ci.
45. Véritablement : à la vérité.
46. N'aurait : accord du verbe avec le sujet le plus proche.
47. Entaillés : gravés.
48. Devant : avant.
49. Vénus : charme, attrait (métonymie).
50. Récompense : compensation.
51. Anaphrodite : absence d'Aphrodite (Vénus), c'est-à-dire de cet attrait dont Myrtis abondait.
52. Rhodopé : tirèrent argent de leurs charmes. Rhodopé aurait été une courtisane grecque.
53. Carreaux : coussins.
54. Contestait : disputait.
55. Je veux : j'accorde.
56. Vénus : un charme (voy. n. 49).
57. Cythérée : Vénus (voy. n. 53 du livre I).
58. Épreignait : pressait (pour les sécher).
59. Paphos : l'une des îles du domaine de Vénus.
60. Spécifié : je n'en aurais jamais fini de vous spécifier.
61. Amyot : Jacques Amyot, le traducteur de Plutarque au XVIe siècle (1513-1593). « Je donne avec raison, ce me semble, la palme à Jacques Amyot sur tous nos écrivains français... » (Montaigne, *Essais*, II-4, p. 363). La Fontaine s'écarte du pur goût classique en affichant son goût très vif pour les prosateurs du XVIe siècle, ce que révèlent quelques archaïsmes volontaires de sa langue.

NOTES 209

62. Celle-là : l'Aphrodite de Cnide, l'œuvre la plus célèbre de Praxitèle.
63. Survenantes : nouvelles venues.
64. Amathonte : voy. la n. 29 du livre I.
65. Livrée : d'avoir livré l'esclave que je suis.
66. Scions : verges.
67. Filles de la Nuit : les Furies.
68. Clothon : Clotho, l'une des Parques qui règlent la destinée humaine. Ici, pour la Mort
69. Ah ! : c'est le narrateur Poliphile qui parle ici.
70. De l'intelligence : de connivence avec l'Amour contre Vénus.
71. Plus diffamé : avait plus mauvaise réputation.
72. Charybde : deux rochers infranchissables bordaient, dit-on, le détroit de Messine, gardés par deux dragons marins. Qui parvenait à échapper à Charybde tombait immanquablement sous les coups de Scylla, monstre féminin (Homère, *Odyssée,* XII, 73 et suiv.).
73. Fortune : par chance.
74. Intelligence : voy. n. 70.
75. Légation : ambassade, mission.
76. Journalière : ordinaire.
77. Savez : après l'enlèvement de sa fille Perséphone par Hadès (Pluton), roi des régions infernales, Déméter (Cérès) parcourut dans sa quête tout le monde connu.
78. Verte : donner la cotte verte à une fille, c'est la coucher dans l'herbe.
79. Main : faisait sa tâche, ramassait la laine.
80. Cythérée : voy. n. 53 du livre I.
81. Possibilité : ayant imaginé pour Psyché une tâche impossible à remplir.
82. Amathonte : voy. n. 29 du livre I.
83. Paroles : formules magiques.
84. Garamante : peuple de Mauritanie, au sud-est de la Numidie.
85. Gent : les fourmis. Sans doute en raison de leur couleur noire.
86. Machine : on se souvient de l'hostilité de La Fontaine à la théorie cartésienne des animaux-machines, qu'il discutera dans le « Discours à Madame de la Sablière », *Fables,* livre IX, 1679.
87. Ruine : chute.
88. Heureuses : c'est le conseil qu'avait déjà suivi la fourmi de la fable 1 du livre I des *Fables,* paru en 1668. A cette époque La Fontaine travaillait déjà à Psyché, comme l'atteste l' « Épilogue » du livre VI, alors le dernier : « Retournons à Psyché » (v. 11).
89. Si faut-il : encore faut-il.
90. Tout à l'heure : aussitôt.
91. Trois gueules : Cerbère.
92. Séduire : c'est-à-dire Psyché ; « sans péril », puisqu'il est

mort. Le philosophe reconnaît un peu trop tard l'attrait de la beauté.

93. Commandement : La Fontaine illustre à sa manière humoristique le lieu commun de l'égalité dans la mort.

94. Enseigné : l'auteur Poliphile (La Fontaine) se place dans les rangs nombreux des poètes qui ont développé une « descente aux Enfers ». On ne rappellera ici que les plus illustres : celle d'Ulysse au chant XI de l'*Odyssée*, celle d'Énée accompagné de la Sibylle au chant VI de l'*Énéide* ; le premier livre de la *Divine Comédie*, l'*Enfer*, est entièrement consacré au voyage aux Enfers de Dante, sous la conduite de Virgile.

95. Tityes : La Fontaine convoque dans ces deux vers le personnel fantomatique habituel des descentes aux Enfers.

96. Salmonée : ce descendant de Deucalion se caractérise, en effet, dans la légende, par son orgueil. Il s'était mis en tête d'imiter Zeus en fabriquant un tonnerre artificiel : Zeus le foudroya ainsi que sa ville. Virgile le mentionne au chant VI de l'*Énéide*. Poliphile suit la tradition en évoquant les grands damnés des Enfers païens (Sisyphe, Tantale, Ixion, les Danaïdes), mieux connus que ce Salmonée. Il y joint spirituellement les deux sœurs de Psyché que l'on a vu périr misérablement un peu auparavant (p. 147), et pour lesquelles il invente un nouveau supplice.

97. Sœurs : les Danaïdes.

98. Mortels : Poliphile/La Fontaine joint aux grands motifs de damnation (orgueil, rébellion...) les « crimes contre l'amour », ébauchant plusieurs configurations romanesques.

99. Parnasse : les poètes.

100. Rhadamanthe : l'un des trois juges des Enfers (avec Minos et Eaque).

101 : Déchet : déchéance, amoindrissement.

102. Les ennuis : tout ce passage depuis « les ennuis... » jusqu'à la fin du paragraphe est au style indirect libre, exprimant le contenu du « raisonnement » de Psyché (ci-dessous : « Psyché raisonna... »).

103. Pitoyable : accessible à la pitié.

104. Cavent : se creusent.

105. Éthiopienne : Psyché, en raison du teint exotique que lui a donné la fumée magique.

106. Embonpoint : voy. n. 92 du livre I.

107. Que pour aimer : si ce n'est pour aimer.

108. Au monde : selon le mythe platonicien, au commencement était le Chaos ; la naissance d'Érôs (Amour) créa ordre et harmonie (cosmos) dans le monde.

109. La chose : puisqu'il est un dieu immortel.

110. Monstre : le sens de ce mot s'est progressivement transformé depuis son apparition dans le texte de l'oracle, 55-56.

111. Tous les traits : La Fontaine/Poliphile suggère qu'il existe non seulement un plaisir des larmes, bien connu, mais une *rhétorique* des larmes.

NOTES 211

112. Styx : voy. la n. 97 du livre I.
113. Persuasives : Psyché jette la suspicion sur une conception spiritualiste et idéaliste de l'amour.
114. Vos lis : voy. la n. 52 du livre I.
115. Amathonte : voy. p. 161 : « ... Quand Cythérée était lasse des embarras de sa cour, elle se retiroit en ce lieu avec cinq ou six de ses confidentes. Là, qui que ce soit ne l'alloit voir. »
116. Remettre : sans la reconnaître.
117. Enté : greffé.
118. Être aimé : propagandiste de la « varietas », La Fontaine ici, en même temps qu'il fait l'éloge de la « beauté noire », défend une esthétique du surprenant, de l'étrange, de l'altérité : encore une facette du mot « monstre ». Psyché, buste noir et bras blancs, n'est pas seulement noire mais « bigarrée », autre terme de cette esthétique de la varietas.
119. Se cantonner : se retirer, bouder.
120. Cybèle : la Grande Mère. Cérès : assimilée à Déméter, déesse de la végétation et des moissons. Cet Olympe « humain, trop humain », qui met le sublime au niveau du prosaïque, rattache cette partie du conte (avec quelques autres) au *burlesque*.
121. Intéressée : concernée.
122. Demi-heure : « Ces paroles achevées, Jupiter, contournant la tête comme un singe qui avale pilules, fit une morgue (= grimace) tant épouvantable que tout le grand Olympe en trembla. » (Rabelais, *Quart Livre*, Prologue.) La Fontaine, un peu différent de ses contemporains en cela, est excellent et fervent lecteur des prosateurs du XVIe siècle, aussi bien des conteurs que de Montaigne.
123. Volupté : « Il leur naquit une fille, que nous nommons Volupté. » (Apulée, *Métamorphoses*, livre VI, 24.) C'est la fin du conte chez Apulée. A La Fontaine revient l'idée de lui élever des temples, dont le plus beau, métaphoriquement, est à coup sûr l'hymne que lui adresse Poliphile.
124. Animaux : êtres vivants. Le désir est le moteur de toute vie. Vitalisme épicurien dont La Fontaine trouve la tradition dans le *De natura rerum* de Lucrèce, II-172 et suiv., et *passim*.
125. Nourrissons : du Parnasse, les poètes.
126. Grèce : Épicure.
127. Souverain bien : la nature du souverain bien est une des questions de la philosophie morale. C'est « une satisfaction de l'être tout entier, mais particulièrement dans ses tendances spirituelles et morales ». (P. Foulquié.) Ici Poliphile, dans une perspective résolument antimétaphysique, recherche les fondements de son souverain bien dans le domaine immanent du monde, des sens et de son être intérieur.
128. Filles de Nérée : les Néréides, divinités marines.
129. Muances : couleurs changeantes.

INDICATIONS BIBLIOGRAPHIQUES

La Fontaine (Jean de) : *Œuvres complètes*, préface de Pierre Clarac, présentation et notes de Jean Marmier, Paris, Le Seuil, coll. « L'Intégrale », 1965.
— *Fables*, éd. par Georges Couton, Paris, Garnier, 1962.
— *Contes et nouvelles en vers*, éd. par Jean-Pierre Collinet, Paris, Flammarion, « GF », 1980.
— *Œuvres diverses*, éd. par Pierre Clarac, Paris, Gallimard, « Bibliothèque de la Pléiade », éd. revue 1958.

POUR L'ENVIRONNEMENT POÉTIQUE DE LA FONTAINE :

Anthologie de la poésie française du XVIIe siècle, éd. de Jean-Pierre Chauveau, Paris, Gallimard/Poésie, 1987.

OUVRAGES CRITIQUES

Giraudoux (Jean) : *Les Cinq Tentations de La Fontaine*, Paris, Grasset, 1938.
Mourgues (Odette de) : *O Muse, fuyante proie...*, Paris, Corti, 1962.
Collinet (Jean-Pierre) : *Le Monde littéraire de La Fontaine*, Paris, PUF, 1970.
Malandain (Pierre) : *Pierre Malandain lit La Fontaine*, Paris, Éditeurs Français Réunis, Temps Actuels, coll. Entaille/s, 1981.

Sur Psyché :

Rousset (Jean) : « Psyché ou le plaisir des larmes. » Dans : *L'Intérieur et l'extérieur,* Paris, Corti, 1976.

Jeanneret (Michel) : « Psyché de La Fontaine : la recherche d'un équilibre romanesque. » Dans : *The Equilibrium of the wit, essays for Odette de Mourgues,* sous la dir. de P. Bayley et D. G. Coleman. Lexington (Ky), French Forum Publishers, 1982.

Charpentier (Françoise) : « De Colonna à La Fontaine : le nom de Poliphile. » Dans : *L'intelligence du passé, mélanges offerts à Jean Lafond,* sous la dir. de P. Aquilon, J. Chupeau, F. Weil. Publications de l'Université de Tours, 1988.

Sur Versailles :

Félibien (André) : *Description de la grotte de Versailles,* Paris, 1672.

— *Description du château de Versailles, de ses peintures et d'autres ouvrages faits pour le Roy,* Paris, 1696.

Nolhac (Pierre de) : *La Création de Versailles,* Paris, 1901.

Hautecœur (Louis) : *Histoire de l'architecture classique en France,* tome II, *Le règne de Louis XIV,* Paris, Picart, 1948.

CHRONOLOGIE

1621 (8 juillet) : Naissance et baptême de Jean de La Fontaine, à la paroisse Saint-Crépin de Château-Thierry. Il est le fils de Charles de La Fontaine, conseiller du roi et maître des Eaux et Forêts, et de Françoise Pidoux.

1635 : La Fontaine va poursuivre à Paris des études commencées à Château-Thierry.

1641-1642 (octobre) : Passage à l'Oratoire, à Paris : vocation religieuse sans lendemain. La Fontaine rentre à Château-Thierry.

1645-1647 : La Fontaine fait ses études de droit à Paris. Il appartient à un groupe de jeunes gens occupés de poésie : Pellisson, Maucroix, Furetière, Charpentier, Cassandre. Il fait la connaissance de Patru, de Perrot d'Ablancourt, de Tallemant.

1647 : Par « complaisance » pour son père, La Fontaine épouse la jeune Marie Héricart, âgée de quatorze ans et demi.

1652 : La Fontaine achète la charge de « maître particulier des Eaux et Forêts » du duché de Château-Thierry.

1653 : Naissance et baptême du fils de Jean de La Fontaine et de Marie Héricart, Charles de La Fontaine. Premières difficultés financières.

1657 : Le duc de Bouillon prend possession de Château-Thierry (extinction des offices). La Fontaine écrit des vers pour Fouquet.

1658 : La Fontaine offre à Fouquet le poème d'*Adonis* magnifiquement calligraphié.

1659 ou 1660 : La Fontaine écrit *Les Rieurs du Beau-Richard*. Ils sont joués à Château-Thierry.

1659-1661 : La Fontaine est pensionné par Fouquet. Il se lie avec Brienne et Charles Perrault. Il travaille au *Songe de Vaux*. Il retrouve Pellisson et Maucroix.

1661 (17 août) : La Fontaine assiste aux fêtes de Vaux.

1661 (5 septembre) : Fouquet est arrêté à Nantes.

1660-1662 : Composition des premières fables, non publiées.

1662 (mars) : Impression clandestine de l'élégie *Aux Nymphes de Vaux* (A M. de Maucroix [10 septembre 1661].

1663 (janvier) : La Fontaine écrit une *Ode au Roi* et demande son indulgence pour Fouquet malheureux.

1663 (août) : La Fontaine accompagne en Limousin son oncle Jannart exilé. *Lettres du Limousin*, en prose mêlée de vers, adressées à sa femme.

1664 (14 janvier) : La Fontaine prend un privilège pour des *Nouvelles en vers tirées de Boccace et de l'Arioste*.

1664 (8 juillet) : La Fontaine reçoit un brevet de gentilhomme servant de la duchesse douairière d'Orléans. Séparation de La Fontaine et de Marie Héricart, qui se retire à Château-Thierry.

1664 (10 décembre) : Achevé d'imprimer des *Nouvelles en vers tirées de Boccace et de l'Arioste* (deux contes).

1665 (10 janvier) : *Les Contes et Nouvelles en vers* sont achevés d'imprimer chez Barbin (dix contes).

1665 (30 juin) : Achevé d'imprimer du tome I de *Saint Augustin, la Cité de Dieu*, de L. Giry, où la traduction en vers français des citations poétiques est l'œuvre de La Fontaine. Le tome II paraît le 18 février 1667 et contient également quelques vers traduits par La Fontaine.

1666 (21 janvier) : Achevé d'imprimer de la deuxième partie des *Contes et Nouvelles en vers*, chez Billaine.

1668 (31 mars) : Achevé d'imprimer des *Fables choisies mises en vers*, en six livres, chez Barbin, avec des illustrations de Chauveau.

1669 (31 janvier) : Achevé d'imprimer des *Amours de Psyché et de Cupidon* chez Barbin. Le volume contient également *Adonis*, jusqu'alors inédit. Composition de la fable « L'Huître et les Plaideurs ».

1670 : La Fontaine quitte sa charge de maître des Eaux et Forêts, rachetée par le duc de Bouillon.

1671 : Publication, sous le nom de La Fontaine, d'un recueil de *Poésies chrétiennes et diverses,* où il a seulement collaboré et où apparaissent seize fables déjà publiées, et quatre morceaux de vers tirés de *Psyché.*

1671 (27 janvier) : Achevé d'imprimer des *Contes et Nouvelles en vers,* IIIe partie, chez Barbin.

1671 (12 mars) : Achevé d'imprimer des *Fables nouvelles et autres poésies,* chez Barbin (huit fables inédites).

1672 (3 février) : Mort de la duchesse douairière d'Orléans. La Fontaine perd la situation qu'il occupait auprès d'elle.

1673 : La Fontaine est recueilli par Mme de La Sablière et logé chez elle, dans son hôtel de la rue Neuve-des-Petits-Champs.

1673 : La Fontaine publie le *Poème de la captivité de saint Malc,* chez Barbin.

1674 : Impression des *Nouveaux Contes de M. de La Fontaine,* jugés plus licencieux que les précédents, sans privilège.

1675 (5 avril) : Interdiction des *Nouveaux Contes.*

1676 (2 janvier) : La Fontaine vend sa maison natale de Château-Thierry.

1677 (29 juillet) : La Fontaine prend un privilège pour une nouvelle édition des *Fables.*

1678 (3 mai) : Achevé d'imprimer des deux premiers volumes de la nouvelle édition. Ils correspondent aux *Fables* de 1668. Le troisième volume contient des fables non publiées en 1668 (livres VII et VIII des éditions actuelles).

1679 (15 juin) : Achevé d'imprimer du quatrième volume de la nouvelle édition des *Fables* (livres IX-XI actuels).

1680 : La Fontaine suit Mme de La Sablière qui s'en va habiter rue Saint-Honoré. Elle s'est tournée vers Dieu et a choisi un logis plus modeste et solitaire. Elle loge La Fontaine dans une petite maison voisine de la sienne.

1682 : La Fontaine brigue un fauteuil à l'Académie française. Il attendra deux ans son admission, en raison de la sourde hostilité de Louis XIV, qui ne lui pardonne notamment pas ses *Contes*.

1683 : La Fontaine est élu à l'Académie, mais le roi refuse la « proposition » des académiciens. Boileau est élu à sa place au fauteuil de Colbert.

1684 : Élection définitive et réception de La Fontaine à l'Académie française. Lors de sa réception le 2 mai 1684, La Fontaine lit le « Discours à Madame de La Sablière », en vers, à ne pas confondre avec celui, de même titre, qui clôt le livre IX des *Fables* de 1679.

1685 (28 juillet) : Achevé d'imprimer des *Ouvrages de prose et de poésie des sieurs de Maucroix et de La Fontaine*. Le tome I contient dix fables nouvelles, cinq contes nouveaux et des poésies diverses. La Fontaine se brouille avec Furetière.

1687 : *Épître à Huet*, évêque de Soissons (à propos des Anciens et des Modernes).

1688 (mars) : Mme de La Sablière loue son hôtel de la rue Saint-Honoré et se retire aux Incurables. Elle garde sa petite maison pour le peu de gens qu'elle a. La Fontaine est l'un d'eux.

1688-1689 : La Fontaine devient l'un des familiers des Vendômes et du prince de Conti.

1692 (décembre) : La Fontaine malade fait une confession générale.

1693 (6 janvier) : Mort de Mme de La Sablière.

1693 (12 février) : La Fontaine malade fait amende honorable de ses *Contes* et en demande pardon à Dieu, à l'Église, à l'abbé Poujet et à l'Académie.

1693 (printemps) : La Fontaine est recueilli par M. d'Hervart, fils d'un riche banquier.

1693 (1er septembre) : Achevé d'imprimer des *Fables choisies, par M. de La Fontaine* (livre XII des éditions actuelles). Dix de ces fables étaient inédites.

1695 (9 février) : La Fontaine a une défaillance dans la rue.

1695 (13 avril) : Mort de La Fontaine chez les d'Hervart, rue Plâtrière. On trouve sur lui un cilice. Il est inhumé le lendemain au cimetière des Saints-Innocents.

TABLE

Introduction	7
LES AMOURS DE PSYCHÉ ET DE CUPIDON	33
Notes	195
Bibliographie	213
Chronologie............................	215

DERNIÈRES PARUTIONS

ARISTOTE
Petits Traités d'histoire naturelle (979)
Physique (887)

AVERROÈS
L'Intelligence et la pensée (974)
L'Islam et la raison (1132)

BERKELEY
Trois Dialogues entre Hylas et Philonous (990)

CHÉNIER (Marie-Joseph)
Théâtre (1128)

COMMYNES
Mémoires sur Charles VIII et l'Italie, livres VII et VIII (bilingue) (1093)

DÉMOSTHÈNE
Philippiques, suivi de **ESCHINE**, Contre Ctésiphon (1061)

DESCARTES
Discours de la méthode (1091)

DIDEROT
Le Rêve de d'Alembert (1134)

DUJARDIN
Les lauriers sont coupés (1092)

ESCHYLE
L'Orestie (1125)

GOLDONI
Le Café. Les Amoureux (bilingue) (1109)

HEGEL
Principes de la philosophie du droit (664)

HÉRACLITE
Fragments (1097)

HIPPOCRATE
L'Art de la médecine (838)

HOFMANNSTHAL
Électre. Le Chevalier à la rose. Ariane à Naxos (bilingue) (868)

HUME
Essais esthétiques (1096)

IDRÎSÎ
La Première Géographie de l'Occident (1069)

JAMES
Daisy Miller (bilingue) (1146)
Les Papiers d'Aspern (bilingue) (1159)

KANT
Critique de la faculté de juger (1088)
Critique de la raison pure (1142)

LEIBNIZ
Discours de métaphysique (1028)

LONG & SEDLEY
Les Philosophes hellénistiques (641 à 643), 3 vol. sous coffret (1147)

LORRIS
Le Roman de la Rose (bilingue) (1003)

MEYRINK
Le Golem (1098)

NIETZSCHE
Par-delà bien et mal (1057)

L'ORIENT AU TEMPS DES CROISADES (1121)

PLATON
Alcibiade (988)
Apologie de Socrate. Criton (848)
Le Banquet (987)
Philèbe (705)
Politique (1156)
La République (653)

PLINE LE JEUNE
Lettres, livres I à X (1129)

PLOTIN
Traités I à VI (1155)
Traités VII à XXI (1164)

POUCHKINE
Boris Godounov. Théâtre complet (1055)

RAZI
La Médecine spirituelle (1136)

RIVAS
Don Alvaro ou la Force du destin (bilingue) (1130)

RODENBACH
Bruges-la-Morte (1011)

ROUSSEAU
Les Confessions (1019 et 1020)
Dialogues. Le Lévite d'Éphraïm (1021)
Du contrat social (1058)

SAND
Histoire de ma vie (1139 et 1140)

SENANCOUR
Oberman (1137)

SÉNÈQUE
De la providence (1089)

MME DE STAËL
Delphine (1099 et 1100)

THOMAS D'AQUIN
Somme contre les Gentils (1045 à 1048), 4 vol. sous coffret (1049)

TRAKL
Poèmes I et II (bilingue) (1104 et 1105)

WILDE
Le Portrait de Mr. W.H. (1007)

GF-DOSSIER

ALLAIS
  À se tordre (1149)
BALZAC
  Eugénie Grandet (1110)
BEAUMARCHAIS
  Le Barbier de Séville (1138)
  Le Mariage de Figaro (977)
CHATEAUBRIAND
  Mémoires d'outre-tombe, livres I à V (906)
COLLODI
  Les Aventures de Pinocchio (bilingue) (1087)
CORNEILLE
  Le Cid (1079)
  Horace (1117)
  L'Illusion comique (951)
  La Place Royale (1116)
  Trois Discours sur le poème dramatique (1025)
DIDEROT
  Jacques le Fataliste (904)
  Lettre sur les aveugles. Lettre sur les sourds et muets (1081)
  Paradoxe sur le comédien (1131)
ESCHYLE
  Les Perses (1127)
FLAUBERT
  Bouvard et Pécuchet (1063)
  L'Éducation sentimentale (1103)
  Salammbô (1112)
FONTENELLE
  Entretiens sur la pluralité des mondes (1024)
FURETIÈRE
  Le Roman bourgeois (1073)
GOGOL
  Nouvelles de Pétersbourg (1018)
HUGO
  Les Châtiments (1017)
  Hernani (968)
  Quatrevingt-treize (1160)
  Ruy Blas (908)
JAMES
  Le Tour d'écrou (bilingue) (1034)
LAFORGUE
  Moralités légendaires (1108)
LERMONTOV
  Un héros de notre temps (bilingue) (1077)
LESAGE
  Turcaret (982)
LORRAIN
  Monsieur de Phocas (1111)

MARIVAUX
  La Double Inconstance (952)
  Les Fausses Confidences (978)
  L'Île des esclaves (1064)
  Le Jeu de l'amour et du hasard (976)
MAUPASSANT
  Bel-Ami (1071)
MOLIÈRE
  Dom Juan (903)
  Le Misanthrope (981)
  Tartuffe (995)
MONTAIGNE
  Sans commencement et sans fin. Extraits des *Essais* (980)
MUSSET
  Les Caprices de Marianne (971)
  Lorenzaccio (1026)
  On ne badine pas avec l'amour (907)
PLAUTE
  Amphitryon (bilingue) (1015)
PROUST
  Un amour de Swann (1113)
RACINE
  Bérénice (902)
  Iphigénie (1022)
  Phèdre (1027)
  Les Plaideurs (999)
ROTROU
  Le Véritable Saint Genest (1052)
ROUSSEAU
  Les Rêveries du promeneur solitaire (905)
SAINT-SIMON
  Mémoires (extraits) (1075)
SOPHOCLE
  Antigone (1023)
STENDHAL
  La Chartreuse de Parme (1119)
TRISTAN L'HERMITE
  La Mariane (1144)
VALINCOUR
  Lettres à Madame la marquise *** sur *La Princesse de Clèves* (1114)
WILDE
  L'Importance d'être constant (bilingue) (1074)
ZOLA
  L'Assommoir (1085)
  Au Bonheur des Dames (1086)
  Germinal (1072)
  Nana (1106)

GF Flammarion

032462/1-VI-2003 — Imp. Bussière Camedan Imprimeries, St-Amand (Cher).
N° d'édition : FG056803. — Mars 1990. — Printed in France.